LES LUMIÈRES DU
RITZ

Mme Saucy
Sept 21/2021

Catalogage avant publication de Bibliothèque et Archives nationales du Québec et Bibliothèque et Archives Canada

Titre : Les lumières du Ritz / Marylène Pion

Nom : Pion, Marylène, 1973- , auteure

Pion, Marylène, 1973- | Grande dame de la rue Sherbrooke

Description : Sommaire incomplet : tome 1. La grande dame de la rue Sherbrooke

Identifiants : Canadiana 20200091492 | ISBN 9782897834104

Classification : LCC PS8631.I62 L86 2021 | CDD C843/.6–dc23

Les Éditeurs réunis bénéficient du soutien financier de la SODEC
et du Programme de crédit d'impôt du gouvernement du Québec.

Financé par le gouvernement du Canada | Canadä

Édition
LES ÉDITEURS RÉUNIS
leslesediteursreunis.com

Distribution nationale
PROLOGUE
prologue.ca

Imprimé au Canada

Dépôt légal : 2021
Bibliothèque et Archives nationales du Québec
Bibliothèque et Archives Canada

MARYLÈNE PION

LES LUMIÈRES DU RITZ

★ *La grande dame*
de la rue Sherbrooke

LES ÉDITEURS RÉUNIS

1

Adéline déposa la bassine sur le plancher et leva la tête vers le plafond afin de s'assurer que les gouttes de pluie trouvent leur chemin au fond du récipient plutôt que sur le plancher. Elle poussa un soupir de découragement et retourna derrière son chaudron de soupe qui mijotait doucement sur le feu, s'arrêtant quelques instants devant la fenêtre qui s'ouvrait sur la rue Saint-Ferdinand. Son coup d'œil à l'extérieur lui confirma que la pluie se poursuivait bel et bien avec un peu plus d'intensité. Cette pluie diluvienne justifiait l'ajout d'une bassine de plus pour contenir l'eau qui s'infiltrait dans le toit. Déjà trois récipients avaient été déposés sur le sol de façon stratégique afin de récolter l'eau. Lorsque Julien serait de retour du travail, il constaterait les dégâts et il n'aurait pas d'autre choix que d'effectuer les différentes réparations qu'il repoussait depuis des mois. La maison de leur père n'était plus toute jeune et, malheureusement, nécessitait quelques travaux de rénovation.

Comment réussiraient-ils à pallier les frais de ces réparations? Adéline n'en avait aucune idée. Le maigre héritage de leur père avait fondu comme neige au soleil depuis son décès, deux années plus tôt. Le salaire apporté par Julien suffisait tout juste à les nourrir tous les deux et à assurer leur maigre subsistance. Adéline délaissa son chaudron et ouvrit l'armoire. Dans un pot de tabac se trouvait la somme de leurs économies. Elle évalua rapidement les billets qui se trouvaient à l'intérieur. *Ce ne sera probablement pas suffisant pour acheter les matériaux nécessaires pour réparer les fuites avant l'hiver*, pensa-t-elle tristement. Son frère Julien, de deux ans son aîné, travaillait d'arrache-pied pour qu'ils ne manquent de rien tous les deux ; toutefois, son seul salaire ne couvrirait pas les dépenses liées aux rénovations de la maison, elle en était presque certaine.

Adéline aurait tellement aimé en faire plus pour l'aider, mais Julien refusait qu'elle déniche un emploi en prétextant qu'il pouvait très bien se débrouiller seul et que la place de la femme n'était pas sur le marché du travail, mais bien à la maison, derrière un chaudron. Adéline serrait les dents et hochait la tête. Selon les convenances, il avait peut-être raison. Pourtant, Josette, son amie, travaillait dans une usine pour subvenir aux besoins de sa famille. Il était vrai que depuis que son père était malade, sa mère, ses frères et sœurs comptaient sur elle pour rapporter un salaire à la maison. La situation n'était pas la même pour Adéline et son frère. Leur foyer comptait seulement deux bouches à nourrir, mais avec les travaux que la maison nécessitait, Adéline doutait que le seul salaire de Julien suffise à régler les factures. «Je pourrais moi aussi travailler dans une usine pour aider Julien», marmonna-t-elle en retournant à sa soupe.

Adéline huma la soupe aux légumes avant de la retirer du feu pour éviter qu'elle ne brûle. Sur le comptoir, un pain refroidissait, embaumant la cuisine de son odeur alléchante. Le souper était prêt, elle pouvait se permettre de se reposer un peu avant le retour de son aîné. Elle ajouta une bûche dans le poêle avant d'aller s'asseoir dans la berçante de son père, près de la fenêtre sur laquelle les gouttes de pluie dessinaient de longues traînées. Elle croisa les bras et releva les genoux, se berçant pendant quelques minutes, perdue dans ses pensées. Benjamin Couturier, son père, s'était souvent assis au même endroit lorsqu'il revenait du travail. Elle le revoyait, l'homme au crâne dégarni et au regard bleu rempli de bonté. Comme il lui manquait en cet instant! Elle avait l'impression que son départ datait de la veille. Elle aurait tant aimé entendre encore sa voix chaleureuse, qui la réconforterait! Les journées d'Adéline étaient bien occupées, mais il lui arrivait de ressentir une telle mélancolie en pensant à leur père disparu. Malgré sa jeune vingtaine, elle se sentait parfois laissée à elle-même sans figure parentale. Surtout en ce moment avec cette maison qui tombait en ruine. Leur père avait travaillé fort toute sa vie pour leur offrir le meilleur. Depuis sa disparition, Julien avait pris son rôle d'aîné et d'homme de la maison au sérieux afin de veiller sur elle. Beaucoup trop au goût d'Adéline. Julien possédait le même gabarit et une carrure presque identique à celle de leur père. Adéline quant à elle était plus frêle; Julien devait bien la dépasser de deux têtes! C'est sûrement pour cette raison qu'il la traitait comme si elle était une poupée de porcelaine qui devait être protégée à tout prix. Elle adorait son frère, mais elle détestait quand il agissait ainsi. Julien était aussi vaillant que leur père et il tenait à s'assurer que sa cadette ne manque de rien. Au décès de Benjamin, il avait vite pris la place de protecteur qui lui revenait. Adéline ferma les yeux et se souvint du rire contagieux de son père lorsqu'il racontait une blague. Elle secoua la tête et revint au moment présent en sentant les larmes se glisser doucement au coin de ses paupières. Benjamin Couturier souhaitait tellement le bonheur de ses enfants qu'il n'aurait jamais voulu que sa fille pleure encore sa mort, deux ans après sa disparition.

Adéline inspira profondément et se força à sourire. Du bout des doigts, elle replaça une mèche de ses cheveux tirant sur le roux. Elle tendit la main et prit le cadre contenant la photo de ses parents, posé sur la table d'appoint près de la berçante paternelle. Julien et elle avaient hérité tous deux du regard bleu de leur père. Elle ne put s'empêcher de sourire devant l'air sérieux de Benjamin qui se tenait bien droit aux côtés de sa mère pendue à son bras. Julien lui disait souvent qu'elle ressemblait à leur mère en vieillissant. Même si la photo était en noir et blanc, elle savait qu'elle tenait sa couleur de cheveux de Marguerite et elle se reconnaissait dans sa physionomie. Elle se rappelait très peu sa mère, excepté ce que leur père leur avait raconté, à Julien et à elle, afin de garder un souvenir impérissable de sa femme. Dans le visage de Marguerite Couturier, née Cartier, elle reconnaissait aussi son nez légèrement retroussé et son air timide. Sa mère lui manquait parfois, mais avec les années, elle avait appris à composer avec son absence. Adéline commençait la petite école quand sa mère était morte de consomption. Son père avait alors redoublé d'efforts pour combler le manque en travaillant avec acharnement tout en assurant une présence constante auprès de ses enfants. Quand il devait s'absenter, tante Philomène, sœur de la défunte Marguerite, veillait sur eux. Sinon, Benjamin avait toujours été un père présent.

Assise confortablement dans la chaise de son père, Adéline se souvenait que, plus jeune, elle s'installait sur ses genoux dès qu'il rentrait du travail et qu'il se reposait dans sa berçante. Elle prenait alors plaisir à l'entendre raconter sa journée. Benjamin Couturier travaillait dur. L'hiver, il s'affairait à prélever d'immenses morceaux de glace dans le fleuve gelé qui étaient ensuite entreposés dans un hangar et recouverts de bran de scie afin de les conserver jusqu'à la saison chaude. L'été, Benjamin livrait ces cubes de glace dans les quatre coins de la ville pour que les Montréalais puissent les disposer dans leurs glacières et ainsi garder au frais leurs aliments. Enfant, elle avait toujours été impressionnée quand son père lui expliquait en quoi consistait son travail. Elle n'en revenait pas qu'il réussisse en quelque sorte à prolonger l'hiver tout au long de l'année. Elle le considérait alors comme un enchanteur tels ceux de ses livres d'histoire. Depuis la mort de leur père, Julien avait repris le flambeau à l'entrepôt de glace et il aurait tôt fait de se moquer d'elle s'il apprenait les traits surnaturels qu'elle avait alors prêtés à leur père étant enfant. Il n'y avait rien de magique ni de poétique à scier et à récupérer des blocs de glace sur le fleuve !

Tous les matins, Julien se levait tôt, déjeunait rapidement et partait, boîte à lunch sous le bras. Benjamin aurait probablement été fier de savoir que son fils suivait ses traces. Adéline savait parfaitement que son aîné le faisait par nécessité plutôt que par vocation. Ce travail était exigeant physiquement et même si Julien avait toujours eu une bonne constitution, Adéline savait qu'il aurait aimé poursuivre ses études si le décès prématuré de leur père ne l'avait pas contraint à trouver rapidement un travail. Elle voyait bien que Julien prenait son mal en patience. Peut-être qu'un jour il pourrait faire autre chose de sa vie? Cela ramena Adéline à condamner le conformisme dans lequel la société la plaçait. Elle aurait pu elle aussi travailler pour ajouter un salaire de plus au bien familial. Peut-être même qu'en le faisant, Julien entreprendrait des études en droit comme il avait toujours rêvé de le faire? Les usines autour cherchaient des employés qui n'avaient pas peur du dur labeur. Plusieurs de ses voisines travaillaient à l'extérieur pour arrondir les fins de mois. Du moins, celles qui étaient encore célibataires. Les mères de famille occupées à élever leur progéniture restaient à la maison. Certaines prenaient des contrats de lavage des buanderies autour. C'était le cas de plusieurs voisines autour qui s'adonnaient à ce gagne-pain. Par beau temps, il n'était pas rare que les cordes à linge soient remplies du matin au soir. D'autres plus habiles en couture avaient un revenu d'appoint et faisaient des commandes d'usines de confection de vêtements. Adéline ne possédait pas de machine à coudre, mais elle n'avait pas peur de relever des défis. N'importe quoi pour acquérir un peu de liberté financière et alléger le fardeau économique qui incombait à son frère.

Plusieurs usines étaient situées à proximité de la maison paternelle. Adéline n'avait aucune expérience de travail, mais tout comme Julien, elle avait le cœur à l'ouvrage. Elle pouvait très bien elle aussi ramener un salaire à la maison si seulement Julien lui en laissait le droit.

Le clapotis des gouttes qui tombaient dans les différents récipients lui rappela qu'ils ne passeraient pas l'hiver, avec de telles fuites. Les fenêtres aussi auraient besoin d'être remplacées. Adéline frissonna en raison du courant d'air qu'elle sentait sur sa peau. Bientôt, les froids hivernaux s'installeraient et ils peineraient à chauffer la maison avec le seul poêle à bois au centre de la cuisine. Cette résidence avait longtemps fait la fierté de leur père, mais l'âge commençait à avoir raison de sa solidité. Lentement, Adéline reprenait espoir. Peut-être qu'en constatant toutes les dépenses qui se présentaient à eux, Julien comprendrait qu'elle pourrait lui venir en aide en trouvant un travail elle aussi ? Peut-être se montrerait-il moins rigide ?

Adéline consulta l'horloge murale et se leva d'un bond. Il lui restait suffisamment de temps pour cuisiner un gâteau au chocolat avant le retour de Julien. Elle connaissait la gourmandise légendaire de son frère et en lui préparant son dessert préféré elle viendrait peut-être à bout de ses réticences et réussirait à le convaincre de la laisser tenter sa chance sur le marché du travail. Remplie d'espoir, elle marcha d'un pas décidé vers le garde-manger pour récupérer les ingrédients nécessaires à la confection de son péché mignon !

***

Une autre journée terminée ! pensa Julien en se frottant le bas du dos. Toute la journée, il avait livré ses blocs de glace et il n'était pas fâché d'avoir terminé. Trousseau de clés à la main, Julien marcha d'un pas décidé en sifflotant vers le bureau de son patron. La plupart des marchands livraient encore leur glace avec des chevaux, mais Paddy O'Farrell, le propriétaire de la City Ice House, s'enorgueillissait de posséder deux camions en plus de quelques voitures tirées par des chevaux qui effectuaient ses livraisons partout dans la ville.

Julien trouva le bureau vide. M. O'Farrell s'était absenté, probablement pour un instant puisqu'une cigarette brûlait toujours dans le cendrier. En l'attendant, Julien consulta l'horaire de travail affiché sur le mur. Même si l'entrepôt se vidait de ses derniers blocs à une vitesse surprenante en cette saison, Julien pouvait constater que les prochaines semaines s'annonçaient occupées pour la dizaine d'employés de l'entreprise. L'automne était déjà bien installé et les réserves de glace s'amenuisaient comme d'habitude. Les besoins étant moins criants qu'en période de grande chaleur, les blocs de glace restants suffiraient à la demande en attendant le prochain approvisionnement.

Habituellement, vers le mois de décembre, les employés procédaient à un nettoyage en règle de l'entrepôt avant l'arrivée des nouveaux blocs de glace. Cette collecte pouvait commencer dès que la couche glacée sur le fleuve aurait atteint une solidité suffisante pour que les hommes et les chevaux puissent y circuler en toute sécurité. Évidemment, plus tôt le fleuve gelait, plus vite la récolte de blocs de glace pouvait commencer.

Julien apprenait tranquillement à apprécier ce travail routinier et plutôt difficile physiquement. Cet emploi s'était montré salutaire pour sa sœur et lui après le décès de leur père. C'est Paddy O'Farrell lui-même qui s'était présenté chez lui pour lui offrir un travail. L'emploi n'était pas bien compliqué, il suffisait d'un peu de volonté et d'une bonne constitution physique. Surtout, il lui permettait de rapporter un salaire décent à la maison. Sans que son père le lui demande, Julien avait pris sur ses épaules la responsabilité de la maisonnée au décès de celui-ci et il se montrait dévoué à la tâche.

Des pas qui venaient derrière lui le forcèrent à se retourner. M. O'Farrell revenait dans son bureau et s'avançait vers son cendrier pour prendre sa cigarette et en tirer une bouffée. L'homme habituellement énergique paraissait fatigué. Il se laissa tomber sur la chaise derrière son bureau et se passa une main sur le visage. Julien s'inquiéta :

— Tout va bien, Paddy ? Vous paraissez fatigué.

— Bah ! Il y a des journées comme ça ! Avec toute cette maudite pluie, mes rhumatismes me font souffrir plus que de coutume. Je ne rajeunis pas, tu sais !

L'homme tira une bouffée de sa cigarette et balaya la fumée de la main.

— Tout s'est bien passé aujourd'hui, Julien ?

— Comme d'habitude, Paddy. Toutes les livraisons ont été complétées pour la journée. Je consultais l'horaire avant de partir.

Julien réalisa qu'il tenait toujours les clés du camion et les accrocha sur le tableau près de la porte du bureau de son patron. Paddy O'Farrell était un petit homme rondelet et sympathique. Il avait bien connu Benjamin Couturier et il était fier de compter son fils parmi ses employés. Paddy tira une autre bouffée de sa cigarette avant de la déposer dans le cendrier en toussotant.

— Ma femme dit que je fume trop, que ça va finir par me tuer. J'ai bien des doutes là-dessus. Mon père a fumé toute sa vie et il est mort à l'âge vénérable de quatre-vingts ans ! Je pense que ma femme essaye seulement de me faire arrêter la cigarette parce qu'elle en déteste l'odeur ! dit-il en riant.

L'homme fouilla dans la poche de sa chemise et sortit un paquet de cigarettes.

— Mon paquet est vide, malheureusement. Je t'en offrirais bien une.

— Ce n'est pas bien grave, je fume à peine.

— Garde tes bonnes résolutions, mon garçon, on devient vite dépendant, si tu veux mon avis !

Paddy pointa l'horaire accroché sur le mur.

— Est-ce que cet horaire te convient ? Il est plutôt chargé, n'est-ce pas ? se désola l'homme.

— Non, c'est parfait, Paddy. J'ai besoin de toutes les heures que vous pouvez m'offrir.

— Bien heureux, dans ce cas. Tu es aussi vaillant que ton défunt père ! Je ne regrette pas un seul instant de t'avoir engagé. Si tout le monde pouvait être aussi dynamique que toi !

Paddy poussa un soupir et ses yeux se perdirent dans le vague quelques instants. Julien se doutait de l'identité de celui à qui pouvaient s'adresser de pareils reproches.

— Je suis à préparer les listes de livraison pour demain. Encore une fois, la tienne est bien garnie. Germain te prêtera main-forte pour décharger. Idéalement, ce serait mieux si tu pouvais remplir toutes les commandes. Si jamais tu vois que ce ne sera pas le cas, avise-moi rapidement pour que je prévienne les clients.

— Avec Germain, ça devrait bien aller. Il est fort comme un bœuf et très énergique. Nous formons habituellement une bonne équipe.

— Parfait ! Ta liste sera prête demain à la première heure et elle sera placée dans le casier près du *punch clock*. Comme tu es un de mes livreurs les plus rapides, tu devrais réussir à tout livrer !

— Pas de problème. Vous pouvez compter sur moi. Bonne soirée !

— À toi aussi, mon jeune !

Paddy O'Farrell tira une nouvelle bouffée de sa cigarette avant de l'écraser dans le cendrier et se remit à son classement de papiers. À voir l'épaisse pile sur le bureau, il en aurait probablement pour un moment encore. Quant à lui, Julien était bien heureux de cette fin de journée de travail. D'un pas d'homme décidé à rentrer chez lui, il s'empressa de se diriger vers la sortie et d'insérer sa carte de temps dans la pointeuse. Quelques-uns de ses collègues s'y trouvaient aussi et bavardaient avant de rentrer chez eux. Ils le saluèrent en le voyant arriver.

— Viens-tu prendre une bière avec nous ?

L'offre était aussi tentante que la faim qui le tenaillait. Le choix n'était pas difficile à faire, il avait dîné rapidement ce midi-là entre deux livraisons et il lui tardait de se mettre quelque chose de substantiel sous la dent.

— Merci pour votre offre, messieurs, mais ma sœur doit m'attendre. La connaissant, le souper doit déjà être prêt.

— Voyons donc ! Une fois n'est pas coutume, Julien ! lança Germain Compagnat, sourire aux lèvres.

L'homme d'une trentaine d'années tendit son paquet de cigarettes à ses collègues avant d'en prendre une à son tour. D'un geste de la main, Julien déclina l'offre. Germain hocha la tête et alluma sa cigarette à l'aide du briquet qu'il venait de sortir de sa poche.

— Tu ne fumes pas, tu ne bois pas, tu rentres tôt ! plaisanta-t-il. Julien Couturier, tu es un homme exceptionnel !

Les employés autour de la pointeuse s'amusèrent de la moquerie de Germain, qui était sans malice et adorait taquiner ses collègues.

— Tu devrais en profiter un peu, Julien, avant de te faire passer la corde au cou par une demoiselle qui te demandera de revenir tôt tous les soirs !

— Cibolac ! Si j'étais à ta place, j'en profiterais, Julien ! Ton temps de célibat risque de durer moins longtemps que celui de notre vieux garçon ! dit Victor Bellavance en donnant une grande claque sur l'épaule de Germain.

— J'ai toujours été sélectif dans mes choix et c'est hors de question que je marie la première venue ! Je trouverai, j'en suis convaincu ! Au moins, je peux aller prendre une bière à la taverne du coin quand bon me semble ! J'apprécie cette liberté pour le moment et je suis certain que parfois tu m'envies, Victor !

— Jamais dans cent ans, cibolac ! Ma belle Gloria m'attend à la maison et elle sait bien réchauffer mon lit, tu sauras ! Je n'ai pas besoin de catalogne pour me tenir au chaud comme toi, Compagnat !

Julien aimait la franche camaraderie qui régnait entre ses collègues. Les deux prenaient souvent plaisir à se taquiner à propos de leurs différents modes de vie. Chaque fois, Germain laissait sous-entendre qu'il était célibataire par choix alors que Julien se doutait bien que le pauvre homme avait connu bien des déceptions amoureuses et qu'il était seul par dépit bien plus que par préférence. La sortie à la taverne avec ces deux joyeux lurons le tentait, mais Julien essaya de maintenir sa position :

— C'est bien aimable de m'inviter, messieurs, mais je me reprendrai un autre soir, promis.

— Pas de trouble, Julien, émit Germain. Paddy m'a dit que c'est moi qui t'accompagnerai demain ? Il devrait toujours en être ainsi, nous formons une sacrée équipe ! Ça te va, Victor, si on se rend au coin de la rue chez Jos ? Une bonne petite bière bien frette sera la bienvenue !

Victor Bellavance acquiesça et Germain croisa le regard de Julien. Il était presque certain qu'il avait envie de changer d'idée. Il fit une dernière tentative.

— Allons, Julien! Juste une petite bière avant de rentrer, pour une fois…

Julien baissa les yeux en signe d'abandon puis il fit oui de la tête. Victor avait bien raison, une seule bière et après il rentrerait. Adéline comprendrait puisqu'il n'avait pas l'habitude de sortir avec ses collègues.

— Bon, vous m'avez eu à l'usure, tous les deux. Une seule bière et je rentre après, les mit en garde Julien.

— Tu ne le regretteras pas, Couturier, promis!

Enjoué, Victor lui prit le coude et s'apprêta à se diriger vers la sortie. Germain, le sourire fendu jusqu'aux oreilles d'avoir eu gain de cause écrasa sa cigarette du bout du pied près de la pointeuse. Victor blêmit et lui fit signe du menton pour qu'il ramasse son mégot, mais Germain n'eut pas le temps de réagir que Dubh O'Farrell était déjà près d'eux.

— J'espère que tu vas prendre le temps de ramasser ton *botch*, Compagnat?

— J'allais le faire bien sûr, répondit le fautif en se penchant pour s'en emparer.

— J'espère aussi que vous avez *punché* avant de vous installer pour piquer une jasette?

— Bien entendu! Veux-tu vérifier? émit Germain d'un air frondeur.

Le fils du patron inspirait à la fois crainte et mépris. Dubh se croyait obligé de surveiller constamment ses pairs même si, officiellement, c'était Paddy, le grand patron. Dubh O'Farrell faisait semblant de parcourir du regard les cartes des employés, mais il hésitait à vérifier réellement si les cartes avaient bel et bien été poinçonnées.

— Sérieusement, Dubh ? Tu penses qu'on serait capables d'abuser de la confiance de ton père ? Cibolac ! C'est très mal nous connaître, renchérit Victor qui lui aussi le défia du regard.

— D'ici quelque temps, c'est moi qui serai le *boss*, vous verrez bien !

Dubh O'Farrell hocha la tête et croisa les bras. Les trois hommes se dévisagèrent pendant un moment. Fier de son annonce, il bomba le torse et afficha un sourire de contentement. Julien l'observa pendant un moment. Depuis son embauche, Julien essayait d'apprendre à connaître ce jeune homme du même âge que lui. Si au début il l'avait perçu comme un allié, lentement il déchantait. Dubh se montrait au-dessus des autres par le fait d'être le fils de Paddy, le propriétaire de l'entreprise. Ce n'était pas la première fois que Dubh leur disait qu'il reprendrait l'entreprise sous peu, mais cette fois-ci, il avait gagné en assurance en le leur mentionnant. *Tout ceci augure bien mal pour la suite*, pensa Julien. À voir Paddy aussi fatigué tout à l'heure dans son bureau, Julien comprenait que ce changement de direction pourrait avoir lieu plus tôt que prévu. Paddy vieillissait et aspirait à prendre sa retraite bientôt. Pour le moment, Dubh passait ses journées à se promener dans l'entrepôt et semblait superviser le travail des hommes qui s'y trouvaient. Lentement, il se préparait pour ce poste qui lui était destiné.

Dubh était loin d'être de la même trempe que son père et son règne s'annonçait plus arbitraire. Paddy n'avait jamais lésiné sur le travail physique, se mêlant aux employés de l'entrepôt, n'hésitant pas une seconde à travailler aussi fort qu'eux. Julien se souvenait que son père lui racontait souvent comment son patron pouvait à lui seul soulever deux blocs de glace d'une seule main et qu'il participait autant que ses hommes pour faire « la grosse ouvrage ». Il en était autrement de Dubh qui passait la majeure partie de son temps à se pavaner dans l'entrepôt, évitant de transporter les blocs de glace et se contentant de donner des ordres même si son père se désespérait de le voir fournir un quelconque effort physique. Le jeune homme prétextait souvent un mal de dos ou faisait semblant d'être beaucoup trop occupé pour aider les autres.

Paddy connaissait son fils et préférait ignorer sa mollesse. Il avait de bons employés qui suffisaient à la tâche et, quand il le pouvait, il leur versait un bonus pour les récompenser de leur constance. C'était probablement à lui qu'il songeait tout à l'heure lorsqu'il comparait le dynamisme de Julien à celui, absent, chez d'autres employés. Julien faisait ce qu'on attendait de lui sans se poser de question et tout ce qui lui importait était que Paddy soit satisfait de son rendement. Peu lui importait ce que faisait Dubh O'Farrell et s'il aimait se penser supérieur à eux. De toute façon, les autres employés l'évitaient le plus possible et s'efforçaient de se montrer consciencieux afin de réussir à pallier la nonchalance du fils du propriétaire.

— Allez-vous prendre une bière ce soir, messieurs ? demanda Dubh O'Farrell.

Victor, Germain et Julien se regardèrent tour à tour à silence. C'est finalement Germain qui choisit de répondre.

— Non, pas ce soir, Dubh. Nous avons tous envie de rentrer directement chez nous. La journée a été longue et nous préférons retourner sagement à la maison. De toute façon, la femme de Victor l'attend, de même que la sœur de Julien. On se reprendra, c'est certain !

Déçu, Dubh haussa les épaules et sortit de l'entrepôt.

— Ainsi donc, tu as changé d'idée, Germain ? le taquina Julien.

— Il était hors de question qu'il vienne avec nous. Nous n'avons jamais aimé la compagnie du fils du *boss* ! répondit Germain à voix basse. Je préfère me passer d'une p'tite bière plutôt que de le voir avec nous.

— À l'écouter, il prendra bientôt la place du *boss* ! enchaîna Victor.

— Dubh O'Farrell est un grand parleur et un petit faiseur. On ne devrait pas s'inquiéter de le voir prendre la place de Paddy, émit Germain.

Julien n'en était pas si sûr, mais il préféra se taire pour éviter de gâcher cette soirée qui s'annonçait prometteuse. Les trois hommes sortirent à l'extérieur en s'assurant que Dubh était bel et bien parti. D'une pichenette, Germain lança son mégot en scrutant les environs.

— Peut-être se cache-t-il derrière le mur là-bas pour nous épier ? plaisanta Victor.

— La voie semble libre, renchérit Germain. Nous n'allons pas remettre ça à un autre soir, pour une fois qu'on réussit à convaincre Julien ! Allez, messieurs !

Julien et Victor lui emboîtèrent le pas.

— Peut-être qu'en l'invitant à venir prendre une bière, nous pourrions le connaître un peu mieux, dit Julien. Dubh agirait autrement qu'en petit *boss*, vous ne pensez pas, messieurs ?

— J'ai toujours eu de la misère à *sizer* Dubh O'Farrell. Il y a du monde comme ça. C'est un genre de visage à deux faces. Il se montre aimable parfois, mais je suis certain qu'il observe nos travers pour mieux colporter le tout à son cher papa, grimaça Germain.

— Paddy n'est pas du genre à s'en laisser imposer, émit Victor. Cependant, je suis du même avis que Germain le concernant. Il est imprévisible et pas fiable pour deux cents. Vaut mieux se tenir loin de lui et s'en méfier.

Julien, à demi convaincu, suivit ses deux collègues jusqu'à la taverne au coin de la rue. Son père lui avait enseigné à ne pas juger les gens sans les connaître, mais pour une fois, il choisit de s'en tenir aux conseils de ses deux acolytes. L'ambiance festive de la taverne lui fit vite oublier la méfiance de ses deux amis et, heureux de sa décision de les accompagner, il décida de savourer le moment.

***

Adéline s'était finalement décidée à prendre son repas sans attendre le retour de son frère. Ce n'était pas dans ses habitudes de ne pas rentrer directement après le travail et elle était inquiète. Elle se rassurait en se disant que si quelque chose de grave était arrivé à l'entrepôt, quelqu'un l'aurait prévenue. Julien avait probablement renoncé à ses beaux principes et décidé d'aller boire une bière avec ses collègues à la taverne du coin. À quelques occasions, il était arrivé aussi à son père de sortir avec les autres et d'en profiter pour passer un peu de bon temps. Benjamin ne rentrait jamais bien tard et probablement que Julien ferait pareil. Malgré cela, Adéline sentit une colère sourde s'emparer d'elle. Elle était confinée ici comme une bonne à tout faire alors que son frère pouvait travailler et sortir comme bon lui semblait. L'injustice de sa situation lui fit oublier que Julien sortait très peu et rentrait généralement tous les soirs directement après le travail.

La pluie avait redoublé d'ardeur et le clapotis des gouttes d'eau qui tombaient dans les différents récipients ne faisait qu'aggraver son impatience. Pourquoi les femmes étaient-elles toujours reléguées aux corvées de la maison ? C'était injuste ! En même temps, elle n'avait aucune idée de la façon de changer les choses, même si elle était majeure. Son père était mort et son frère ne pouvait rien lui imposer. Le manque de confiance en ses capacités lui nouait les entrailles, mais en même temps, elle se sentait prise d'un élan d'indépendance. Sa soudaine détermination l'effraya un peu, mais peut-être que le temps était venu pour que les choses changent ? Elle pouvait essayer de chercher un travail pour sortir elle aussi de cette maison et rapporter un salaire. Julien désapprouverait sûrement. S'il s'était présenté pour le souper, Adéline en aurait profité pour lui exposer ses plans. Elle décida de se chercher un travail en catimini. Si elle parvenait à en dénicher un, elle le tiendrait au courant. On verrait bien à ce moment-là ce que Julien en penserait.

Le gâteau au chocolat attendait sur le comptoir, la narguant presque en lui rappelant le dévouement dont elle faisait preuve en tant que femme de la maison. Elle observa le gâteau pendant un moment puis le recouvrit d'un linge propre pour éviter qu'il ne sèche et surtout de le considérer comme une preuve de son asservissement. Elle avait placé les restants du souper dans la glacière. *Comme une bonne petite femme de maison*, pensa-t-elle en serrant les dents. Elle avait lavé la vaisselle, puis laissé le couvert intact de son frère à sa place sur la table. Pour passer le temps et surtout pour calmer la colère qui montait en elle, elle se remit à faire du raccommodage. Dès demain, elle parcourrait les rues à la recherche d'un travail. Peu importe en quoi il consisterait, au moins, elle aurait l'impression d'être maîtresse de sa vie. *Je ne suis pas plus bête qu'une autre ! J'apprends rapidement ! Quand Julien sera mis devant le fait accompli, il n'aura pas de raison de me retenir ici.* Son frère ressemblait terriblement à leur père sur ce point. Les deux s'étaient toujours montrés rébarbatifs au changement, mais une fois que celui-ci se produisait, ils suivaient le courant. C'était ça! Julien n'aurait qu'à suivre le courant. Adéline s'étira en bâillant et se frotta les yeux. Il était assez tard, son raccommodage pouvait attendre jusqu'à demain!

***

Il y avait un moment qu'Adéline dormait lorsque Julien rentra de la taverne. Le jeune homme avait trouvé son couvert toujours en place sur la table et la curiosité l'avait poussé à soulever le linge recouvrant le gâteau cuisiné par sa sœur. Un sentiment de culpabilité le tenailla. Adéline avait dû l'attendre pour le repas et elle avait même pensé lui cuisiner son dessert préféré. La gourmandise l'emporta bien vite sur son malaise et il prit une petite part de gâteau avant de s'installer dans la berçante de leur père. Le faible éclairage de la pièce lui fit voir les quelques seaux éparpillés sur le plancher. Julien hocha la tête en constatant les fuites venant du toit. Il devrait colmater le tout avant l'arrivée imminente de l'hiver. Adéline et lui devraient se serrer la ceinture pour les prochaines semaines s'il devait acheter différents matériaux.

Comme il trouvait lourdes parfois les responsabilités qu'il avait prises sur ses épaules à la mort de leur père! Heureusement, Benjamin leur avait laissé une maison libre d'hypothèques, mais le salaire qu'il gagnait suffisait tout juste à les nourrir tous les deux et à payer l'ordinaire. Au moins, ils avaient un toit sur la tête malgré l'eau qui s'infiltrait. Terminant sa part de gâteau, Julien songea qu'il aurait aimé poursuivre ses études. Il aurait eu le talent nécessaire pour devenir autre chose qu'un simple journalier dans un entrepôt de glace. Le destin en avait décidé autrement et Julien chassa cet excès soudain de mélancolie. Il s'était contenté de prendre deux bières, et fort heureusement, car l'alcool le rendait nostalgique. Il devait au contraire se montrer fier d'avoir un travail qui suffisait à les nourrir, sa sœur et lui. Un jour, Adéline se marierait et il serait satisfait de la savoir heureuse en ménage. Il pourrait alors se vanter d'avoir été à la hauteur en tant qu'aîné de la famille. Sa sœur comptait tellement pour lui!

Adéline redoublait d'attentions à son endroit et son couvert toujours sur la table ainsi que le gâteau cuisiné en faisaient foi. Sur le coin de la table, elle avait déposé son panier de raccommodage. Probablement qu'elle l'avait attendu en vain en réparant quelques vêtements. La culpabilité le gagna de nouveau. Il aurait souhaité offrir une autre vie à sa jeune sœur. Elle le méritait tellement! La mort de leur mère avait été une épreuve pour leur famille et Benjamin avait su relever le défi avec brio sans se laisser submerger par le découragement. Lui-même ne se sentait pas suffisamment hardi pour surmonter le deuil de leur père. Il voyait bien que son départ avait laissé une plaie béante. Pendant un moment, il songea à sa tante Philomène qui avait pris ses distances lorsqu'ils étaient petits. Du jour au lendemain, la sœur de leur mère, qui veillait sur eux, était partie pour travailler comme préceptrice dans une famille riche, les délaissant, Adéline et lui, alors qu'une présence féminine leur manquait si cruellement. Julien n'avait jamais compris ce qui avait poussé la sœur de sa mère à partir et, malgré son âge raisonnable, il gardait malgré lui une rancœur à son égard.

L'horloge sonna deux coups, lui rappelant qu'il devait se lever d'ici quelques heures pour aller travailler. Il rinça son assiette et sa fourchette et éteignit avant de se diriger vers sa chambre. En chemin, il s'arrêta devant celle de sa sœur. Il passa la tête par la porte entrebâillée et jeta un œil à l'intérieur. La lumière du réverbère éclairait suffisamment la pièce pour qu'il puisse apercevoir la chevelure rousse d'Adéline posée sur l'oreiller. Sans faire de bruit, il referma la porte doucement et se faufila dans sa chambre. Il ne lui était pas permis de se décourager, sa sœur était désormais la seule famille qu'il lui restait. Adéline comptait autant sur lui qu'il avait besoin d'elle. Cette promesse qu'il avait faite à Benjamin de toujours veiller sur elle lui pesait parfois lourd sur le cœur, mais en même temps, Adéline prenait soin de lui à sa façon. Elle s'occupait de la maisonnée en son absence et jamais elle ne s'était plainte de ce fardeau. C'est en pensant à Adéline et à leur tendresse fraternelle qu'il s'endormit. Il trouverait une solution pour réparer le toit et faire en sorte que les choses s'arrangent.

* * *

Julien gardait les yeux fixés sur les œufs brouillés que sa sœur venait de cuisiner. Assise en face de lui, Adéline mangeait en silence. La tension qui régnait dans la cuisine était à couper au couteau. Julien préférait passer sous silence son retard de la veille, croyant à tort qu'Adéline boudait et lui gardait rancune. En fait, la jeune femme réfléchissait et anticipait la démarche qu'elle voulait entreprendre un peu plus tard afin de trouver un travail. Julien se sentait fautif et il décida de briser le silence, devenu oppressant. Sa sœur ne pouvait pas le bouder indéfiniment.

— Je voulais te remercier pour l'excellent gâteau que tu as cuisiné hier soir. Je ne voulais pas te réveiller en rentrant pour te le dire de vive voix. Les gars m'ont invité à prendre une bière avec eux. Une fois n'est pas coutume, comme on dit.

Adéline hocha la tête en signe d'assentiment.

— Je n'ai pas pu résister au gâteau, j'en ai pris une petite part avant d'aller me coucher.

— Tant mieux s'il t'a plu…

Adéline reporta son attention sur son déjeuner. Julien garda les yeux fixés sur sa sœur pendant un moment. Elle crut bon d'ajouter :

— Je ne t'ai pas entendu rentrer hier soir.

— J'aurais dû te prévenir de mon retard, excuse-moi.

— Tu es assez grand pour savoir ce que tu as à faire, se contenta de répondre Adéline en terminant son assiette.

— Je suis vraiment désolé, réitéra Julien afin de se racheter.

Adéline se leva et ramassa les deux assiettes vides sans rien ajouter. Elle avait peur que son frère détecte l'agitation qui l'habitait et elle ne voulait pas discuter de ce qui occupait son esprit pour le moment. Tant pis s'il croyait qu'elle boudait en raison de son retard de la veille. Au moins, il y penserait à deux fois avant d'aller prendre une bière avec ses collègues sans l'avertir. Julien, penaud, referma sa boîte à lunch contenant le dîner que sa sœur venait de lui préparer et, en silence, il alla s'habiller, espérant qu'Adéline lui voue de meilleurs sentiments avant son départ. Ce fut en vain, car la jeune femme lui souhaita une bonne journée avant de se consacrer au lavage de la vaisselle. Dépité, il la remercia et disparut.

Adéline chassa la culpabilité qui l'assaillait. C'était un premier pas vers son indépendance et elle entendait bien conserver cet état d'esprit. Tant pis pour ce qu'avait pensé Julien de son silence, ce matin. La tranquillité se prolongeait depuis son départ, mis à part le bruit des assiettes dans l'évier. Au plus grand soulagement d'Adéline, la pluie avait cessé et le clapotis des gouttes de pluie s'infiltrant par le toit avait pris fin. *Plus tard, je rangerai les bassines jusqu'à la prochaine fois*, pensa-t-elle avec dépit.

Conditionnée par l'envie de trouver du travail, Adéline termina la vaisselle et s'habilla en vitesse. Elle disposait de plusieurs heures pour faire ses recherches avant le retour de Julien, en fin de journée. En partant tôt, elle serait rentrée à temps pour préparer le souper. Encouragée par le soleil qui pointait à l'horizon, chassant la grisaille malgré le temps frais, elle se promena dans le quartier, évaluant les différents commerces qui cherchaient des employés. Ses recherches durèrent une bonne partie de la journée et Adéline ne vit pas le temps passer, s'arrêtant à quelques reprises dans des parcs aux alentours pour réfléchir à ce qu'elle devait faire. Affligée par les maigres perspectives d'emploi dans son quartier, Adéline ne se laissa toutefois pas démonter. Demain, elle se rendrait un peu plus loin, quitte à devoir au besoin prendre le tramway pour se rendre au travail.

Son estomac gargouilla et elle jeta rapidement un œil à sa montre. Elle n'avait pas vu le temps filer, son déjeuner était loin et elle ne s'était même pas arrêtée pour dîner. Si elle ne rentrait pas chez elle bientôt, Julien serait de retour et constaterait qu'elle avait passé la journée à l'extérieur de la maison. Elle décida donc de prendre le chemin du retour. Elle poursuivrait ses recherches dès le lendemain. Ses pas la conduisirent sur la rue Saint-Ambroise où elle passa devant les moulins de farine de la Dominion Flour Mills puis, poursuivant sa route, elle s'arrêta quelques instants devant la Steelco. Le travail dans cette fonderie ne convenait pas à une femme puisqu'il était nécessaire de soulever de lourdes charges. De plus, la chaleur extrême et le bruit continuel constituaient des conditions de travail difficiles, même pour un homme avec de bonnes capacités physiques. Au décès de leur père, Julien avait été tenté d'y travailler, mais il avait vite renoncé et, fort heureusement, M. O'Farrell l'avait engagé dans son entrepôt de glace. Peut-être aurait-elle pu soumettre sa candidature en tant que secrétaire dans les bureaux de la compagnie si le décès prématuré de leur père ne les avait pas empêchés, son frère et elle, de poursuivre leurs études.

Continuant sa route, elle passa devant la Dominion Textile où quelques travailleuses sortaient au moment où elle bifurquait pour remonter la rue Saint-Ferdinand. Si les ouvrières de l'usine de textile rentraient chez elle, c'était aussi le signe que Julien ne tarderait pas à revenir lui aussi. *Par chance, il reste du poulet et de la soupe que je pourrai faire réchauffer*, réfléchit-elle en pressant le pas. Perdue dans ses pensées, elle se retourna après avoir cru entendre son prénom. Reconnaissant la jeune femme essoufflée qui courait vers elle, elle s'arrêta pour l'attendre.

— Il me semblait bien que c'était toi, Adéline, lui dit Josette Landry en reprenant son souffle.

— Désolée, je ne t'avais pas vue.

— À la vitesse où tu marchais, j'avais l'impression que tu étais poursuivie ! J'imagine que tu rentres chez vous ? Ça te dérange si je marche avec toi ?

Adéline acquiesça en emboîtant le pas à son amie. Josette avait presque son âge et travaillait depuis un moment à la Dominion. Le salaire supplémentaire n'était pas de refus. Le père était invalide depuis un moment et la famille comptait sur les enfants plus âgés pour ramener un peu d'argent. Josette habitait la maison voisine et les deux jeunes femmes avaient grandi ensemble, partageant à la fois leurs jeux comme leurs joies et leurs peines. Les dernières années, elles s'étaient un peu éloignées, prises toutes les deux par leurs différentes obligations.

— Que faisais-tu dans le coin ? lui demanda Josette, curieuse.

— J'avais envie de me promener un peu avant que n'arrive le froid.

— Voyez-vous ça ! Tu as bien de la chance d'avoir le loisir de te promener comme bon te semble. Je rêve d'avoir une journée où je pourrai faire ce dont j'ai envie.

— J'ai rarement le temps de me promener habituellement, rétorqua Adéline.

Adéline accéléra le pas, piquée par le commentaire de son amie. Josette la suivit, consciente que sa remarque était peut-être déplacée.

— Je ne voulais pas t'offenser, ma chère, je sais qu'il peut être aussi épuisant de tenir une maisonnée que de travailler dans une usine. Tu dois parfois avoir hâte que ton frère finisse par trouver chaussure à son pied et qu'il se marie, ça te ferait de la compagnie en attendant de prendre mari toi aussi !

Pendant un moment, elle pensa à sa tante Philomène qui ne s'était jamais mariée. Un jour, peut-être trouverait-elle pour sa part la perle rare, mais pour le moment, ce qui lui importait était de dénicher un travail. Josette, de toute évidence, chérissait cet espoir de se caser afin de pouvoir fuir ce logement rempli de bouches à nourrir.

— En tout cas, pour être honnête, je pense parfois que je pourrais être la fameuse chaussure qui conviendrait à ton frère. Je ne lui ferais pas mal, si tu vois ce que je veux dire !

C'était connu que Josette avait toujours eu un léger faible pour Julien, mais Adéline n'avait jamais songé que son amie pût devenir un jour sa belle-sœur. Peut-être valait-il mieux l'informer que, pour le moment, Julien ne semblait pas concerné par l'idée d'un mariage.

— Le deuil de votre père est terminé depuis des mois, Adéline, il faudrait songer à votre avenir, à ton frère et toi, renchérit Josette.

Adéline s'abstint de dire à Josette de se mêler de ses affaires. Elle n'avait pas envie de se mettre son amie à dos.

— Pour le moment, le seul avenir auquel je réfléchis est de trouver une façon d'effectuer les travaux sur la maison.

— La nôtre aurait bien besoin elle aussi d'un peu de rénovations.

— La vie coûte cher sans bon sens, se désola Adéline.

— À qui le dis-tu! Mes parents sont contents d'avoir des enfants sur qui compter. Ce n'est pas avec les quelques contrats de buanderie de ma mère que nous réussirions à payer toutes les dépenses des plus jeunes.

— Tes parents ont beaucoup de chance que ta sœur et toi puissiez rapporter un salaire. Marie travaille toujours pour cette famille bourgeoise?

— Oui, c'est une chance qu'elle y soit nourrie et logée, ça nous fait moins de dépenses. Elle contribue en nous envoyant une enveloppe chaque mois. C'est toujours ça de pris, comme dit ma mère!

Les deux jeunes femmes arrivèrent bientôt à la hauteur de leurs résidences respectives. Adéline se risqua à demander à Josette si le salaire de la Dominion en valait la peine.

— Ce n'est pas tous les jours facile, mais au moins la paye suffit à sa peine, comme on dit. Pourquoi est-ce que tu me demandes ça?

Josette posa une main sur le bras de son amie, essayant de déceler ce que cette question signifiait. Son visage s'éclaira.

— Pourquoi ne viendrais-tu pas travailler avec moi? La compagnie est à la recherche constante d'employées fiables

et travaillantes. Nul doute qu'avec ta jarnigoine, on t'engagerait haut la main ! Ce serait vraiment fantastique que nous
travaillions ensemble toutes les deux. On pourrait faire le
trajet ensemble tous les jours !

Josette s'enthousiasma de son idée et, peu à peu, Adéline se
laissa convaincre que peut-être un travail à la Dominion serait
la solution à leur problème d'argent. Josette promit à son amie
que, dès le lendemain, elle en glisserait un mot à sa contremaîtresse. Adéline rentra chez elle requinquée, elle avait peut-
être trouvé la solution afin d'aider financièrement Julien.

2

Philomène Cartier franchit les imposantes portes tournantes donnant sur la rue Sherbrooke. C'était la première fois qu'elle sortait par cette issue et ce serait la seule puisque maintenant qu'elle avait été embauchée, elle devait utiliser l'entrée de service située sur la rue Drummond. La démarche assurée, elle avait traversé l'immense hall d'entrée de l'hôtel de luxe avec son plancher et son foyer de marbre. Elle s'était attardée quelques secondes devant le grand escalier en imaginant que, d'ici quelques jours, les dames de la haute société feraient une entrée remarquée dans le hall, vêtues de leurs plus belles robes de soirée.

Une fois à l'extérieur, elle retrouva l'effervescence de la rue Sherbrooke, la ramenant à la réalité. Lorsqu'elle était à l'intérieur, coupée des bruits de la rue pendant un moment, elle avait eu l'impression d'être dans un château digne de contes de fées. Le luxe et le confort de ce nouvel hôtel étaient presque inimaginables. Ses concepteurs n'avaient rien laissé au hasard et Montréal pouvait désormais compter sur un hôtel aussi fastueux que les autres grandes villes dans le monde. Pendant un moment, Philomène, encore impressionnée par ce qu'elle venait de voir, demeura immobile sur le trottoir de bois à regarder avec admiration la luxueuse construction. Malgré les passants qui la contournaient, elle avait l'impression d'être seule, savourant ce moment de grâce. Le bâtiment possédait trois façades sur rue. Les deux façades latérales se trouvaient sur les rues Drummond et de la Montagne. La façade principale se dressait sur la rue Sherbrooke. Le bâtiment de style néo-classique, avec ses fenêtres impressionnantes, possédait une marquise grandiose où se tenaient portiers, voituriers et bagagistes prêts à intervenir dès l'arrivée des clients. Elle serra contre son cœur le paquet contenant ses uniformes. Elle ne croyait pas encore à la chance qu'elle avait de faire partie des membres du personnel du tout nouvel hôtel Ritz-Carlton. À son âge, c'était une chance de pouvoir travailler dans ce magnifique établissement. *Cinquante ans passés et j'ai l'impression que l'avenir est encore devant moi!* songea-t-elle avec contentement. Son expérience bien plus que son âge avait certainement joué en sa faveur pour obtenir ce poste de gouvernante qu'elle convoitait.

C'est M. Allan lui-même qui lui avait dit que les propriétaires du nouvel hôtel cherchaient du personnel. Philomène avait hésité un peu avant de soumettre sa candidature, mais son ancien patron avait insisté et l'avait chaudement recommandée. *Qui ne risque rien n'a rien*, s'était-elle finalement dit en considérant cette nouvelle vie qui s'offrait à elle. Les quelques années où elle avait travaillé auprès des quatre enfants de Sir Hugh Montagu Allan, un des fondateurs de l'hôtel, avait sûrement joué en sa faveur. Les excellentes références qu'il avait transmises avaient certainement pesé dans la balance lors des quelques entrevues d'embauche auxquelles elle s'était prêtée. Ce travail de gestion du personnel lui conviendrait sûrement et tombait à point puisque les enfants Allan, dont elle s'occupait, étaient désormais assez âgés et n'avaient plus besoin de l'assistance d'une préceptrice. Pendant les quelques années où elle avait été au service de la famille Allan, elle avait pu perfectionner son apprentissage de la langue anglaise, ce qui représentait un atout pour travailler dans un endroit aussi fabuleux.

Un piéton qui passa près d'elle s'excusa après l'avoir légèrement bousculée, la ramenant à la réalité. Philomène quitta à regret la devanture de l'hôtel de onze étages. L'immense bâtiment rappelait le style des palais italiens de la Renaissance. Le Ritz-Carlton trônait majestueusement au milieu du Mille carré doré, ce quartier huppé où la bourgeoisie à majorité anglophone s'était installée. La résidence de M. Allan, elle-même située dans ce que son ancien patron appelait le Golden Square Mile, n'était qu'à une dizaine de minutes de marche de l'hôtel. Elle ne put s'empêcher de ressentir un élan de fierté en pensant à ce poste où elle serait chargée de l'organisation et de la supervision du service d'entretien. Ainsi, elle dirigerait le travail des femmes de chambre. Que M. Allan lui fasse confiance à ce point la touchait beaucoup. Malgré son âge, elle avait encore de belles années devant elle à travailler et à offrir le meilleur d'elle-même. Les enfants Allan n'avaient plus besoin d'elle, mais elle se sentait encore utile malgré tout.

Philomène Cartier avait toujours été une femme de tête, fonceuse, une tête dure, comme aimait si bien le dire sa défunte sœur Marguerite. En se remémorant sa cadette, elle ne put s'empêcher de penser à son neveu et à sa nièce qu'elle n'avait pas vus depuis un moment. Les premières années après le décès de sa sœur, elle avait prêté main-forte à

Benjamin pour s'occuper de ses deux jeunes enfants. Puis, à la demande de celui-ci, elle l'avait laissé reprendre en main sa maisonnée lui-même. Elle gardait un souvenir amer de la décision de Benjamin. Philomène avait alors dû prendre ses distances à contrecœur et c'est à ce moment-là qu'elle avait commencé à travailler pour la famille Allan. L'indifférence de Benjamin à son endroit lui avait brisé le cœur et elle s'était tenue éloignée de sa famille comme il le souhaitait. Elle n'avait revu son neveu et sa nièce qu'aux funérailles de leur père. Les années passées loin d'eux avaient créé une sorte de barrière qu'elle n'était pas parvenue à franchir. Adéline et Julien étaient maintenant des adultes et ils n'avaient plus besoin d'elle.

Après avoir tourné sur la rue Drummond, la quinquagénaire se dirigea d'un pas résolu vers la rue Sainte-Catherine. Le cœur joyeux, elle regarda défiler les bâtiments qu'elle verrait désormais tous les jours en se rendant au travail : la façade de l'édifice de l'Armée du Salut avec ses six colonnes majestueuses, les quelques résidences cossues devant lesquelles elle passa. Elle emprunta ensuite la rue Sainte-Catherine jusqu'à la rue Stanley. Une dizaine de minutes à pied séparait le Ritz-Carlton de son logement. Au fil de ses pas, elle se força à chasser rapidement le pincement au cœur qu'elle ressentait en pensant à Julien et à Adéline, ainsi qu'à Benjamin qui avait voulu la rayer de leur vie. Rien ne servait d'assombrir une si belle journée avec les regrets et la mélancolie. *Je refuse de devenir une vieille fille aigrie*, pensa-t-elle en secouant la tête. Elle ne devait avoir aucun regret puisqu'elle avait été présente auprès de son neveu et de sa nièce quand ils en avaient le plus besoin. Peu importe le rejet qu'elle avait ressenti à cause de l'attitude de Benjamin, c'est vers l'avenir qu'elle devait maintenant se tourner. Ce poste de gouvernante à l'hôtel tombait à point. Elle avait la capacité de travailler encore quelques années et elle se faisait trop vieille pour travailler avec des enfants, sa patience s'était amenuisée avec les années.

Philomène n'avait pas eu la chance d'avoir des enfants bien à elle, mais elle avait su compenser ce manque en s'occupant des enfants des autres. Maintenant, la vie l'appelait ailleurs. Les femmes de chambre qui seraient sous ses ordres ne devraient pas être si difficiles à superviser. Sans doute qu'elles se montreraient moins turbulentes que les enfants dont elle avait eu la charge.

Elle tenait toujours fermement son paquet contre son cœur lorsqu'elle déverrouilla la porte de son logement. En entrant chez elle, elle déposa son paquet sur le petit guéridon près de la porte et le toucha du bout des doigts en essayant de contenir la joie qu'elle ressentait à l'idée que d'ici quelques jours, elle travaillerait dans ce fabuleux hôtel. Au cours des derniers mois, elle avait lu avec plaisir les différents articles de journaux concernant la construction de l'hôtel. Pendant les quelques jours qu'avait duré sa formation à titre de gouvernante, Philomène en avait appris un peu plus sur cet endroit extraordinaire qui serait inauguré la veille du Nouvel An. Les propriétaires avaient choisi cette date du 31 décembre 1912 par superstition afin d'éviter l'année 1913. Philomène avait suivi les différentes étapes de la construction de l'hôtel, commencée en 1911, tant dans les journaux que par ce que M. et Mme Allan racontaient à son sujet alors qu'elle était encore au service de la famille. La brève visite qu'elle avait faite un peu plus tôt prouvait hors de tout doute ce qu'elle avait lu et entendu à propos du nouveau Ritz-Carlton. L'hôtel serait sans contredit le plus luxueux de Montréal. Au départ, l'hôtel devait être nommé le Carlton, mais à la suite de l'implication du célèbre hôtelier et entrepreneur suisse César Ritz, il porterait désormais le nom de Ritz-Carlton.

Un peu plus tôt, pendant la courte visite des lieux, Philomène avait eu la possibilité d'observer les différentes commodités alors exigées par le célèbre hôtelier afin que l'établissement puisse utiliser son nom. Chacune des quatre-vingt-dix-huit chambres et des trente et une suites possédait sa propre salle de bains. Des cuisines avaient aussi été aménagées à chaque étage pour faciliter le service des repas vingt-quatre heures sur vingt-quatre.

Philomène avait fait l'expérience du confort lorsqu'elle avait résidé dans la demeure des Allan, sur l'avenue des Pins, mais ce n'était rien de comparable aux chambres et aux différentes pièces qui constituaient le Ritz-Carlton. Partout, le luxe se manifestait. La salle de bal avec son lustre de cristal était à couper le souffle. Le salon ovale, la Cour des Palmiers et son foyer de marbre permettraient aux clients de l'hôtel de passer de bons moments entre amis. Quant au jardin extérieur, il serait inauguré au printemps et offrirait une aire de repos supplémentaire aux hôtes.

Philomène se dévêtit et se laissa tomber sur son fauteuil. Le prix du logement était abordable et elle se félicita de nouveau d'avoir pu mettre la main sur pareil endroit lorsqu'elle avait quitté la résidence de la famille Allan.

Elle balaya des yeux son logement qui comptait une cuisine et un salon à aire ouverte. Au bout du petit couloir se trouvaient sa chambre et, en face, la porte donnant sur sa propre salle de bains. Son habitation était modeste, mais elle réussissait à la combler. Une bouffée de satisfaction l'envahit soudain devant cette constatation. Elle n'avait besoin de personne pour réussir dans la vie, elle y parvenait amplement, et ce, même en étant seule. Ce nouveau travail au Ritz-Carlton s'annonçait prometteur et lui remplissait le cœur de fierté.

* * *

La lueur des réverbères encore allumés dans la rue traversait le rideau de la fenêtre de la cuisine. Une ampoule blafarde éclairait la table où Adéline était déjà installée lorsque Julien la rejoignit. La jeune femme essaya de capter le regard de son frère, mais celui-ci gardait la tête baissée, s'affairant à préparer son bol de gruau en l'ignorant complètement. Depuis presque deux semaines, Julien boudait et Adéline commençait à en avoir assez de sa mauvaise humeur. Son aîné agissait ainsi depuis qu'elle avait commencé à travailler à la Dominion. Il avait tout fait pour la dissuader, mais Adéline avait décidé de tenir son bout. La jeune femme fixait sa tranche de pain grillé. Son frère ne pouvait pas bouder indéfiniment, il devait se rendre à l'évidence qu'elle ne changerait pas d'idée. Le silence de Julien devenait oppressant ; toutefois, Adéline ne démordait pas. Ce n'était pas à lui de décider de ce qu'elle avait le droit de faire, malgré sa volonté de la protéger à tout prix.

Julien risqua un regard vers sa sœur à son insu. Elle mâchait sa tranche de pain grillé, les yeux dans le vague. Elle était furieuse et Julien savait que bientôt la tempête éclaterait et qu'il serait celui qui serait le plus éclaboussé. Son père lui avait souvent raconté à quel point leur mère pouvait être têtue lorsqu'elle avait une idée derrière la tête. Adéline avait de qui tenir! Il avait cru que la ténacité de sa cadette se désintégrerait lorsqu'elle comprendrait qu'il était tout à fait contre l'idée qu'elle travaille dans cette usine, mais Adéline tenait bon. Tous les matins, elle se levait tôt, leur préparait à tous les deux un dîner à emporter avant de filer vers la Dominion en compagnie de Josette, leur voisine. Le soir, elle rentrait et préparait le souper comme si de rien n'était. Même si la fatigue de la journée était parfois perceptible, elle faisait tout pour ne pas le montrer. Probablement que l'orgueil de sa cadette jouait beaucoup dans sa volonté de cacher sa fatigue et de faire comme si rien n'avait changé malgré son emploi à la manufacture. Julien avait entendu parler des rudes conditions de travail dans cette filature de coton. L'usine embauchait principalement des femmes pour la confection de couvertures et de vêtements en tout genre. Le travail à la Dominion n'avait rien d'une sinécure, d'après ce qu'il avait entendu. Il tenait ses informations de Victor Bellavance, qui lui avait rapporté que sa femme y occupait un poste d'ouvrière avant leur mariage. Selon elle, il n'y avait pas pire endroit où gagner sa croûte. Sa sœur n'avait pas peur du dur labeur, mais il était tout de même surpris qu'elle tienne encore le coup. Peut-être que la femme de Bellavance avait exagéré ses dires? En même temps, Julien en doutait, Adéline voulait s'affranchir en travaillant et elle était prête à surmonter n'importe quelle embûche qui se trouverait sur son chemin. Il avait tout fait pour la décourager dès les premiers jours. Ses tentatives avaient eu l'effet contraire, Adéline s'accrochait désespérément à cet emploi, certainement dans le seul but de lui tenir tête.

Julien était forcé d'admettre que l'apport financier d'Adéline tombait à point. Il y avait tant à faire pour redonner à la maison de leur père le lustre d'antan. Le salaire qu'il gagnait en travaillant pour Paddy O'Farrell suffisait tout juste à les faire vivre tous les deux. Le revenu supplémentaire qu'engrangeait Adéline était le bienvenu. Ce qu'il croyait être une simple passade perdurait depuis deux semaines. Tôt ou tard, il devrait admettre qu'il s'était trompé et la remercier de contribuer aux finances de la maison. Sa bouderie avait duré suffisamment longtemps, Julien en convenait, mais il ne savait plus comment arranger les choses avec sa sœur.

Adéline avait terminé de manger sa tranche de pain depuis un moment lorsqu'elle se décida à se lever pour porter son assiette dans le lavabo où elle la laverait ce soir après le souper. Elle passa près de Julien en martelant le sol de ses talons afin de manifester son mécontentement vis-à-vis de son attitude désagréable. Par inadvertance, elle s'accrocha au dossier de la chaise et laissa tomber son assiette qui se fracassa sur le plancher de bois en plusieurs morceaux.

— Maudit ! s'écria-t-elle.

Elle se pressa vers le placard à balais, mais Julien la devança.

— Laisse faire, je vais m'en occuper, lui dit-il avec gentillesse.

Adéline serra les mâchoires et saisit avec rudesse le balai des mains de son frère.

— Je peux très bien m'arranger avec mon dégât !

— Je voulais seulement te rendre service, Adéline, ne te fâche pas.

Adéline laissa reposer son balai au mur et plaça ses mains sur ses hanches. Julien retint un fou rire de voir sa sœur aussi en colère soudainement. La situation était ridicule, tout ça pour une assiette brisée.

— Que je ne me fâche pas ? Tu fais la baboune depuis des jours, et là, parce que j'échappe cette maudite assiette, tu penses que j'ai besoin de ton aide pour la ramasser ? C'est la première fois depuis deux semaines que tu oses m'adresser la parole. Tu ne m'auras pas avec ton semblant de compassion, Julien Couturier !

Adéline reprit son balai et son porte-poussière et ramassa avec brusquerie les éclats de porcelaine sur le plancher. Elle connaissait son frère : quand il voulait se faire pardonner, il tentait par tous les moyens d'éviter de régler le conflit en faisant comme si de rien n'était. Cette fois-ci, il ne s'en tirerait pas à si bon compte. Pour une fois, il connaîtrait le fond de sa pensée. Julien, les bras ballants, ne savait plus comment s'excuser pour son attitude détestable des derniers jours. Il avait blessé Adéline et il devait faire amende honorable pour que leur relation redevienne aussi conviviale qu'elle l'avait été jusqu'à maintenant.

— Je voulais réellement t'aider à ramasser cette assiette, Adéline, ne te méprends pas sur mes intentions.

Adéline continua de balayer en silence. Julien semblait prêt à s'excuser et elle voulait savourer cette victoire. Julien la devança et leva le couvercle de la poubelle pour qu'elle puisse vider son porte-poussière. Hésitant, il lui demanda :

— Comment ça se passe à la Dominion ?

— Parce que ça t'intéresse, maintenant ?

Adéline regretta son ton méprisant en voyant Julien prendre un air navré. Il faisait un réel effort pour demander pardon. Elle s'en voulut d'avoir utilisé ce ton de reproche. En même temps, que pouvait-elle lui répondre ? Elle n'était pas certaine qu'elle réussirait à s'adapter aux dures conditions de travail de l'usine, mais son orgueil l'empêchait de s'exprimer librement. Elle n'allait tout de même pas se plaindre et lui dire qu'elle regrettait son choix ! Josette ne lui avait pas tout dit lorsqu'elle lui avait posé des questions. Les fileuses évoluaient dans une usine chaude, humide et bruyante à un salaire minime. Les pauses n'étaient pas tolérées puisque la production prédominait sur la situation des ouvrières. Il était hors de question de s'arrêter même une demi-heure pour prendre un repas rapide sans risquer un arrêt de la production, et aucune remplaçante ne pouvait suppléer à la tâche. Adéline commençait à sept heures le matin et terminait sa journée à cinq heures le soir. Quand elle rentrait à la maison, elle avait peine à tenir debout et elle rêvait du moment où elle trouverait un repos bien mérité dans son lit. Non, elle ne dirait pas

la vérité à Julien, qui lui répéterait qu'il l'avait bien prévenue : le travail en usine était loin d'être idéal. Mieux valait
embellir la situation et remédier discrètement à ce problème
qui s'aggravait. Plus le temps passait, plus Adéline se rendait
à l'évidence qu'elle devait trouver un autre travail.

— Les filles avec qui je travaille sont sympathiques. Je
suis dans le même service que Josette, se contenta-t-elle de
répondre.

Julien se risqua à lui demander :

— Le travail en usine n'est pas trop difficile ?

— Non, ça va, je dois m'assurer que les métiers ne manquent pas de fils et remplacer les bobines vides.

— Ce doit être bruyant, comme endroit…

Adéline commençait à s'impatienter. Cherchait-il à lui faire
avouer qu'elle s'imaginait difficilement passer sa vie dans ce
type d'établissement ?

— Je ne sais pas où tu veux en venir avec toutes ces
questions, Julien, mais je ne renoncerai pas, si tu veux tout
savoir, quand bien même ce travail serait encore plus exigeant
que de charrier des blocs de glace.

— Là n'est pas la question, Adéline. J'ai compris ton besoin
d'autonomie même si je continue de croire que la place d'une
femme n'est pas sur le marché du travail. De toute façon,
quand tu te marieras, tu n'auras pas le choix de rester à la
maison pour élever tes enfants.

— Si je me marie…

Julien fronça les sourcils.

— Une femme n'est pas obligée de se marier pour faire quelque chose de sa vie. Nous n'avons qu'à penser à tante Philomène. Elle n'a jamais manqué de travail. Aux dernières nouvelles, elle était préceptrice dans une riche famille anglaise.

Adéline jeta un coup d'œil à l'horloge sur le mur.

— En attendant de me trouver un mari ou de finir vieille fille, la manufacture m'appelle.

— Je suis content de savoir que tu trouves ton compte à la Dominion et je voulais te remercier de m'aider à m'occuper de cette vieille bicoque.

— Papa était si fier de notre maison, c'est la moindre des choses de veiller à son entretien, et tant mieux si ma contribution t'est profitable. Je suis soulagée que tu ne m'en veuilles pas de vouloir t'aider un peu, mon grand frère.

— Si ça te convient de travailler à la Dominion, tu as mon accord, malgré ce que j'en pense.

Adéline se mit sur la pointe des pieds et embrassa son frère sur la joue.

— Fini le boudin, alors, le taquina-t-elle.

— Tu es tellement têtue que ça ne me sert à rien d'essayer de te faire changer d'idée.

— Tant mieux si tu as compris ça ! Allons vaquer à nos occupations et ramener des tonnes de dollars pour réparer cette vieille maison !

Adéline partit pour la Dominion le cœur un peu plus léger même si elle était convaincue à présent qu'elle devait trouver un autre travail le plus rapidement possible avant de s'enliser comme Josette et toutes ces ouvrières qui passeraient leur vie à remplacer les bobines des métiers de la Dominion.

**

Ida Sloane, assise derrière sa coiffeuse, terminait de se brosser les cheveux. Déposant son article de toilette, elle jeta un œil en direction du lit où Violette, sa dame de compagnie, avait placé sa robe pour la soirée. Son père lui avait fait la surprise en commandant expressément ce vêtement pour cette soirée qu'il attendait avec impatience. La tenue était magnifique, mais ce n'était pas assez pour donner envie à la jeune femme de se rendre à la fête. Elle aurait préféré demeurer à New York pour célébrer l'arrivée de la nouvelle année en compagnie de ses amis plutôt que de devoir suivre son père à Montréal. C'est bien malgré elle qu'elle avait accepté de l'accompagner à cette soirée d'inauguration. Elle n'avait jamais aimé Montréal en cette période de l'année, elle préférait y séjourner durant l'été. Elle frissonna sous son peignoir, resserrant sur elle le fin vêtement de soie pour se réchauffer. Le temps était beaucoup plus clément dans sa ville natale qu'ici. La neige recouvrait la métropole canadienne et ses habitants se préparaient à subir les assauts des tempêtes et des froids mordants qui déferlaient sur cette ville située près du fleuve Saint-Laurent. Elle n'avait pas cette résilience face aux aléas de la température.

Plusieurs mois auparavant, Bruce Sloane avait reçu une invitation de son ami de longue date, Charles Meredith, pour l'inauguration du nouvel hôtel dont il était un des associés. Meredith était le propriétaire du terrain sur lequel il était bâti. Ainsi, il était devenu l'un des principaux actionnaires du Ritz-Carlton. Bruce avait voulu témoigner son soutien à son ami devant ce projet d'envergure et avait sollicité la présence de sa fille. D'autant plus qu'il connaissait aussi Whitney Warren, un des architectes qui avaient conçu le magnifique hôtel. Ce même architecte qui avait élaboré les plans du Grand Central Terminal, la nouvelle gare de New York, qui devait ouvrir ses portes dès cette année. Bruce Sloane tenait à être présent pour cette soirée historique et Ida n'avait eu d'autre choix que de se conformer à son désir.

En franchissant les portes tournantes de l'hôtel, Ida avait été agréablement surprise. Le Ritz-Carlton de Montréal était aussi luxueux et beaucoup plus récent que le Ritz de Paris où elle avait déjà séjourné à quelques reprises. En hommage à l'amitié entre Bruce Sloane et lui, Charles Meredith leur avait réservé sa meilleure suite.

Ida et son père étaient arrivés un peu plus tôt dans la journée par train pour assister à l'inauguration de l'hôtel. Ida connaissait seulement de nom les autres propriétaires. Bruce les avait déjà tous rencontrés par le passé lorsqu'il venait faire des affaires à Montréal. Ainsi, Charles Blair Gordon, Charles Hosmer, Herbert Samuel Holt, Sir Hugh Allan et bien entendu Charles Meredith avaient mis en commun leurs connaissances, mais surtout leurs finances pour bâtir cet hôtel dont son père lui parlait depuis des mois.

Ida releva sa longue chevelure châtain foncé et observa son reflet dans le miroir. Violette serait sûrement de retour bientôt pour l'assister dans ses préparatifs. Elle lui avait préparé un bain puis l'avait laissée se détendre en lui disant qu'elle reviendrait avec du thé bien chaud pendant qu'elle se préparerait. Ida, toujours vêtue de son peignoir, hésitait à commencer à s'habiller même si elle avait froid avec ce seul vêtement. Une légère douleur aux tempes se manifesta et Ida décida à ce moment qu'elle ne se présenterait pas à la soirée. Ce début de mal de tête était l'excuse parfaite pour rester dans la chambre. Son père comprendrait qu'elle souhaitait se reposer et il n'insisterait pas.

Violette choisit ce moment pour entrer dans la chambre. Elle déposa le service à thé qu'elle apportait comme prévu et s'excusa auprès d'Ida.

— Je suis désolée de vous avoir fait attendre, mademoiselle. Laissez-moi vous aider à passer cette magnifique robe.

Violette versa une tasse de thé, y ajouta un carré de sucre, comme sa patronne l'aimait, et remua la boisson pendant quelques secondes pour le faire fondre. Déposant délicatement la cuillère sur le bord de la soucoupe, elle tendit la tasse à Ida qui n'avait perdu aucun geste de la domestique. Elle trempa les lèvres dans le liquide et grimaça en constatant qu'il était encore trop chaud. Elle le boirait plus tard lorsque Violette serait repartie pour la laisser se reposer. La domestique s'affaira dans la chambre puis elle se précipita vers le lit où se trouvait la robe, soulevant avec déférence le vêtement fin.

— Vous allez être tout à fait splendide dans cette robe, *miss*.

— Je n'irai pas, tout compte fait, Violette. J'ai mal à la tête et je souhaite me reposer. Je crois que c'est la fatigue du voyage.

— Vous n'y pensez pas, *miss*! Votre père compte sur votre présence. En revenant à la chambre, je l'ai d'ailleurs croisé et il m'a dit de vous prévenir qu'il viendra vous rejoindre sous peu pour la grande rentrée. À ce qu'il paraît, tous les convives doivent passer par le grand escalier ce soir.

— Eh bien, mon père franchira cet escalier seul puisque je ne m'y présenterai pas!

Violette hocha la tête, tenant toujours la robe devant elle. Délicatement, elle la suspendit à un cintre qu'elle plaça sur le crochet près du miroir. Si sa patronne avait décidé qu'elle n'irait pas à la soirée d'inauguration, elle devrait user d'arguments valables pour la convaincre d'y assister. Ida Sloane était têtue comme pas une! Seul son père parviendrait peut-être à la ramener à de meilleures dispositions. Peut-être pouvait-elle essayer de convaincre Mlle Sloane plutôt que de reléguer cette tâche à son père? Le connaissant, il serait furieux que sa fille se désiste. Violette redoutait une confrontation père-fille qui viendrait assombrir cette belle soirée qui se profilait. Peut-être parviendrait-elle à convaincre sa patronne en jouant sur sa corde sensible.

— Votre père se faisait une joie de vous voir vêtue de ce fabuleux vêtement, *miss* Ida. Il sera tellement désolé que vous ne l'escortiez pas ! Tous ces messieurs que votre père connaît viennent accompagnés et votre père devra se présenter seul. C'est d'une tristesse !

Ida croisa les bras. Son père ne pouvait tout de même pas la traîner de force à cette fête ! Violette continua sur sa lancée :

— Vous devriez faire un petit effort, *miss* Ida, je suis certaine que vous ne regretterez pas d'y être allée. J'ai eu la chance d'apercevoir la salle de bal. J'ai rarement vu quelque chose d'aussi impressionnant.

Ida releva un sourcil, curieuse des propos de sa domestique. Heureuse d'avoir pu capter son intérêt, Violette poursuivit :

— Je me suis laissé dire que le chef cuisinier a préparé les meilleurs plats pour le souper. Rien n'a été laissé au hasard et j'ai entendu dire que le menu a été élaboré par Auguste Escoffier lui-même, à la demande de César Ritz.

Violette reporta son attention sur la robe suspendue. Du bout des doigts, elle toucha le fin tissu.

— Il n'y a aucun doute, *miss*, vous auriez fait tourner les têtes avec cette magnifique tenue.

Ida regarda le vêtement et, pendant quelques secondes, sentit qu'elle se laisserait convaincre par Violette, mais son mal de tête lui rappela qu'elle serait beaucoup mieux à se reposer dans la chambre.

— Mon père a réussi à me traîner de force à Montréal, il ne peut m'obliger à assister à cette mascarade.

— Il souhaitait vous avoir près de lui pour célébrer l'arrivée de la nouvelle année. Il sera déçu de ne pas vous y voir, j'en suis convaincue.

Violette laissa sa patronne seule quelques instants avant de revenir de la salle de bains avec une bouteille de comprimés et un verre d'eau. Elle les plaça près de la tasse de thé qui refroidissait.

— Je vous laisse cette bouteille d'analgésiques, peut-être qu'en prenant un ou deux comprimés, le médicament fera effet et vous serez rapidement sur pied.

Ida était têtue, mais elle devait avouer que sa domestique l'était encore plus. Elle observa du coin de l'œil la bouteille de verre de couleur brune et se décida à prendre le médicament. Violette avait raison, pour une fois, son père comptait sur elle et il se faisait une joie de se rendre à la fête. Elle n'avait qu'à assister au souper et se retirer en douce par la suite afin de revenir à la chambre pour se reposer. Elle ferma les yeux quelques instants puis se décida à revêtir la robe. Violette, heureuse d'avoir réussi à la convaincre, se pressa pour l'assister et l'aider à attacher les fins boutons nacrés au dos de la robe. En apercevant son reflet dans le miroir, Ida fut forcée d'admettre que son père avait vu juste. Comme cette robe était belle! Le rose chiné mettrait en valeur ses longues boucles de cheveux châtain foncé. La dentelle du corsage et la finesse du voile de la même couleur que la robe en soie ajoutaient une certaine élégance à l'ensemble. De fines perles avaient été brodées sur le pourtour du voile qui retombait de chaque côté de la robe en partant de la taille. La traîne comportait les mêmes broderies. Quelques fleurs confectionnées en ruban de soie vert céladon agrémentaient les broderies de perles.

— Cette toilette vous va à merveille, mademoiselle ! Déposée sur le lit, la robe était magnifique, mais sur vous, c'est une pure merveille. Le choix de votre père de commander cette robe est tout à fait judicieux, *miss*.

Violette fouilla dans la poche de son tablier et tendit une pochette en soie à Ida.

— Pendant que vous preniez votre bain, j'ai terminé d'enfiler les perles du collier qui a malheureusement été brisé il y a quelques mois. Je les avais conservées dans votre boîte à bijoux en sachant qu'elles me serviraient.

Ida fouilla dans la pochette et trouva un fil recouvert des perles en question. Elle observa quelques secondes le fin travail manuel tout en se demandant ce que sa dame de compagnie souhaitait faire de cette parure. Elle avait déjà un collier à rangée double pour orner son cou ainsi que des pendants d'oreilles assortis. Devant le regard interrogateur de sa maîtresse, Violette expliqua :

— Je voulais relever votre chevelure pour former un chignon tressé. Je vois très bien mon fil perlé dans cette coiffure.

Le visage d'Ida s'éclaira en entendant l'idée ingénieuse de sa domestique.

— Vous avez des doigts de fée, Violette, je suis toujours impressionnée.

Ida enfila ses chaussures à talons, de la même teinte que sa robe, et retourna près de la psyché pour admirer le résultat. La robe lui allait parfaitement, et les manches qui s'arrêtaient à la hauteur du coude laissaient voir la délicatesse de ses poignets. Elle s'empara de sa tasse de thé avant de prendre place sur le siège devant la coiffeuse pour laisser Violette s'occuper de sa longue chevelure. Depuis le temps qu'elle la connaissait, la dame de compagnie savait ce qu'elle aimait, tant en ce qui concernait les vêtements que les coiffures. La domestique avait toujours été présente pour elle, elle travaillait pour la famille depuis la mort de sa mère.

On frappa discrètement et la porte s'ouvrit doucement sur Bruce Sloane qui s'aventura dans la pièce.

— Tu n'es pas encore prête, Ida?

La jeune femme garda le silence, ce fut Violette qui lui répondit.

— Ça ne devrait pas tarder, monsieur, il ne me reste que la coiffure de mademoiselle à terminer, dit-elle après avoir enlevé les épingles à cheveux qu'elle tenait entre ses lèvres.

Bruce Sloane détailla pendant un moment sa fille dans la glace. Ida lui rappelait sa défunte Eleonor lorsqu'il l'avait connue. Si Ida avait la même couleur de cheveux que sa mère, elle avait ses yeux à lui. Le regard bleu de sa fille rencontra le sien par l'entremise du miroir. Bruce sentit monter un sentiment de grande fierté; sa fille vieillissait en beauté. Il se racla la gorge pour chasser l'émotion qui le gagnait.

— Ce soir est l'occasion rêvée pour te présenter aux meilleurs partis de Montréal. Il est temps de faire ton entrée officielle dans cette ville.

Ida grimaça. Elle n'avait aucune envie de rencontrer qui que ce soit pour le moment. Pourquoi son père tenait-il tant à ce qu'elle se case si rapidement ?

— À quoi cela peut-il bien servir, dites-moi, que je rencontre les meilleurs partis de la ville, comme vous dites. Nous habitons à New York, dois-je vous le rappeler ?

— J'ai tout récemment investi dans la Canadian Pacific Railway et je serai appelé à revenir à Montréal plus souvent, maintenant. J'espère bien que tu m'accompagneras lors de ces séjours qui, grâce à ce magnifique hôtel, seront simplifiés.

Ida aurait voulu dire à son père qu'elle ne le suivrait pas chaque fois, mais elle préféra se taire pour le moment. Elle aurait suffisamment le temps de le convaincre qu'elle pouvait très bien rester à New York malgré la présence requise de son père à Montréal. Pour l'instant, elle préférait se concentrer sur cette soirée qu'elle aurait à affronter avec ce début de mal de tête. Heureusement, les comprimés de Violette semblaient commencer à faire effet.

— Mon ami Charles et ses associés ont vu juste. Je pense que nous serons confortables dans cette suite, c'est Charles lui-même qui s'est assuré que nous en disposions.

— Nous avons toujours été bien accueillis par Charles et Elspeth. Leur maison offrait beaucoup de confort les fois où ils nous ont reçus chez eux.

— Bien certain que leur résidence sur l'avenue des Pins est un endroit accueillant, mais je suis heureux que nous ayons notre espace personnel. Charles m'a promis que lors de nos futurs séjours, cette suite nous serait réservée.

Ida avait toujours aimé loger dans la résidence des Meredith, les fois où son père et elle étaient venus à Montréal. Les deux familles se côtoyaient depuis très longtemps. Les deux hommes s'étaient connus plusieurs années auparavant. La mère d'Ida avait grandi aux côtés d'Elspeth, la femme de Charles, et les deux hommes s'étaient rencontrés par le biais de leurs épouses. Rapidement, Charles Meredith et Bruce Sloane avaient noué une solide amitié. À quelques reprises, les Sloane avaient séjourné dans la résidence secondaire des Meredith à Senneville, dans l'ouest de l'île de Montréal. Après la mort d'Eleonor, Bruce avait espacé ses visites même s'il demeurait étroitement lié au couple Meredith. Récemment, Bruce avait investi dans la compagnie de transport ferroviaire de Richard Bladworth Angus, le père d'Elspeth, et il accumulait les séjours à Montréal.

— Elspeth a très hâte de te revoir, je lui ai parlé tout juste avant de monter pour voir si tu étais prête.

Ida avait toujours apprécié la femme de Charles Meredith. Le couple étant demeuré sans enfants, Elspeth avait pris Ida sous son aile à la mort de son amie Eleonor. Pour la dame, Ida représentait la fille qu'elle n'avait pas eu la chance d'avoir et elle se faisait un honneur de l'aider à connaître sa défunte mère. Ida se trémoussa sur sa chaise, elle avait enfin une bonne raison de se rendre à la soirée. La présence d'Elspeth

Meredith changeait soudainement son état d'esprit. Violette posa une main sur son épaule pour la calmer afin qu'elle puisse terminer sa coiffure, qui devenait de plus en plus complexe.

— Finalement, un simple chignon aurait peut-être fait l'affaire ? dit Ida en marquant son impatience.

— J'ai presque terminé, *miss* Ida ! Votre coiffure sera fabuleuse.

Bruce observa pendant un moment sa fille et sa domestique. Se sentant de trop, il battit en retraite dans sa chambre en précisant qu'il reviendrait chercher Ida dans une dizaine de minutes.

Rassurée de la présence d'Elspeth à la soirée, Ida se dit que la dame qui s'était toujours montrée protectrice à son endroit surveillerait de près les jeunes gens «intéressants» que son père voulait la contraindre à rencontrer.

***

Tel le général d'une armée, Philomène inspectait ses troupes. La quinzaine de femmes de chambre dont elle avait la responsabilité se tenaient droites, vêtues de leur robe de serge noire, de leur tablier et de leur coiffe d'un blanc immaculé. Philomène procédait à l'inspection de façon minutieuse, redressant la coiffe inclinée de l'une d'entre elles, replaçant le tablier d'une autre. Elle recula pour juger l'effet d'ensemble qu'offrait la vue de ces jeunes femmes prêtes à donner le meilleur d'elles-mêmes. Les jeunes femmes se montraient fébriles, et certaines d'entre elles avaient peine à se tenir immobiles. Philomène regarda celles-ci avec sévérité.

— Cessez, mesdemoiselles, de vous tortiller ainsi sur place.

Les jeunes femmes concernées mirent fin à leur mouvement et croisèrent les mains derrière le dos, imitant les plus disciplinées, afin d'éviter de déplaire à leur patronne. Philomène s'approcha de l'une d'elles.

— Redressez la colonne et gardez votre tête droite, mademoiselle. Vous devez vous montrer digne de ce métier. Le travail sera difficile, j'en conviens, mais vous devez faire honneur à l'établissement.

Philomène balaya le groupe du regard et ajouta :

— Vous êtes les premières responsables du confort des clients qui séjourneront dans ce magnifique hôtel.

Elle parcourut de nouveau la rangée de femmes de chambre qui s'efforçaient de suivre ses conseils en se tenant droites comme des « i », les mains derrière le dos.

— Si je me fie à ce que j'ai vu, toutes les chambres sont maintenant prêtes et je suis plutôt satisfaite du travail que vous avez accompli. Quelques petites erreurs ont été notées, mais rien qui soit catastrophique. Il est important, mesdemoiselles, de respecter le protocole à la lettre en ce qui concerne l'entretien des chambres.

Même si la plupart acquiesçaient en silence, Philomène trouva approprié de rappeler les principaux points d'importance :

— Vous êtes responsables d'une dizaine de chambres chacune. L'entretien des suites sera réservé aux plus expérimentées d'entre vous. Il est impératif que vous nettoyiez les chambres et les salles de bains tous les jours. Vous devez refaire les lits des clients qui poursuivent leur séjour, changer les serviettes tous les jours sans exception et vous assurer que l'époussetage soit fait dans toutes les chambres et que les miroirs soient étincelants. Les clients doivent avoir accès en tout temps aux différents accessoires d'accueil que nous leur offrons, que ce soient des savons pour le corps ou des lotions. Il est essentiel qu'ils aient l'impression de se trouver à la maison. Quand un client part, les draps doivent être changés et les lits refaits selon les standards exigés. Il est important de vous rappeler que c'est votre travail minutieux qui fera la différence sur la qualité d'un séjour dans notre hôtel. Croyez-moi, j'en serai la première informée si le travail est inadéquat.

Les jeunes femmes acquiescèrent aux demandes de Philomène. Ce travail, bien qu'exigeant physiquement, était tout de même bien rémunéré et aucune d'entre elles ne souhaitait décevoir la gouvernante et risquer de perdre son poste. Bien différents du travail d'ouvrière dans une usine, les emplois de ce genre étaient prisés par les jeunes femmes. Philomène recula de nouveau et redressa fièrement la tête. Ses «filles» se montraient attentives à son discours et elle était heureuse que son autorité soit prise en considération aussi consciencieusement. Lissant les plis de sa jupe, elle replaça le col de sa blouse blanche et détailla la rangée de jeunes femmes déterminées à donner le meilleur d'elles-mêmes pour faire du Ritz-Carlton un des hôtels les plus prisés de la métropole.

— Ce sera une soirée exceptionnelle. Non seulement nous célébrons le Nouvel An, mais il s'agit de l'inauguration officielle de l'hôtel. Dès demain, votre minutieux ouvrage débutera puisque plusieurs invités séjourneront ici pour quelques jours. Celles qui doivent rester ici pour la soirée peuvent me suivre ; aux autres je donne congé jusqu'à demain matin puisque les chambres sont prêtes à accueillir les premiers clients. J'espère que vous vous efforcerez de faire honneur à la formation que vous avez reçue.

Philomène ébaucha un sourire qui eut pour effet de mettre fin à la réunion. Les jeunes femmes avaient travaillé fort pour s'assurer que les chambres étaient fin prêtes. Philomène et quelques-unes d'entre elles se réfugièrent dans son bureau pour pouvoir parer à d'éventuelles demandes au cours de la soirée. Philomène réprima la curiosité d'aller dans la salle de bal pour admirer les dames qui bientôt descendraient le magnifique escalier en faisant étalage de leurs plus belles tenues. Sa place n'était pas là, elle le savait. Elle devait donner l'exemple auprès des femmes de chambre sous son autorité et rester dans l'ombre de ce grand événement. Elle se rabattrait sur la lecture des journaux dès demain et elle était certaine qu'elle éprouverait un immense sentiment de satisfaction à l'idée qu'elle avait joué un rôle important dans le succès de la soirée, en s'assurant que les femmes de chambre accomplissent leur tâche de la meilleure façon qui soit.

***

Comme tous les convives, Ida et son père avaient dû attendre leur tour avant de franchir le grand escalier menant au hall d'entrée. Les couples faisant partie du gratin de la bourgeoisie de Montréal descendaient tour à tour l'imposant escalier, les dames exhibant leurs plus belles toilettes, les messieurs portant leur chapeau haut de forme pour l'occasion. À leur tour, les Sloane s'engagèrent dans cette espèce de parade qu'Ida trouva grotesque. Elle n'avait jamais aimé ce genre de décorum, mais pour faire plaisir à son père, elle se prêta au jeu. Il se tenait fièrement à ses côtés, cigare au bec, en bombant le torse. Ida s'accrocha fermement à son bras, pour s'assurer de ne pas rater la descente. *Il ne manquerait plus que je trébuche, mon entrée serait encore plus éblouissante!* ironisa-t-elle en silence tout en gardant le sourire. Cette docilité n'était pas sans but fondé de la part de la jeune femme. Elle s'était dit qu'en contentant son père en début de soirée, il lui serait plus facile de s'éclipser plus tard.

Une fois l'entrée faite dans le hall, les convives furent invités à passer à table. Grâce aux comprimés donnés par Violette et à l'excellent repas qu'elle savoura, la migraine d'Ida avait disparu. La présence des Meredith à sa table la réconcilia avec l'idée de rester un peu plus longtemps et, le cœur un peu plus joyeux, elle suivit ensuite dans la salle de bal le petit groupe constitué de son père, des Meredith et d'autres invités de prestige. Le décor était fastueux et, en franchissant les larges portes menant à la salle de bal, Ida comprit le travail colossal qu'avait exigé la construction de l'hôtel. Cette pièce, à l'instar du reste de l'hôtel, était somptueuse. Un énorme lustre était suspendu au centre de la pièce, un orchestre se trouvait sur un podium au fond de la salle et jouait des airs à la mode. Ida s'arrêta quelques instants pour admirer le décor. Son père et Charles Meredith la devancèrent et Ida perdit les différentes informations que Meredith transmettait à propos des étapes de construction. Elspeth prit délicatement Ida par le bras et l'entraîna vers une des tables placées en périphérie du vaste plancher de danse.

— Laissons donc les hommes bavarder de détails sans importance, lui dit la dame en souriant.

— Je dois avouer que je suis fascinée par tout ce que je vois.

— Charles ne cesse de me rebattre les oreilles avec la construction de l'hôtel, et ce, depuis le moment où il a vendu son terrain. Mais je dois avouer que mon mari a de quoi être fier.

— Avec raison ! Le Ritz de Paris ou même celui de Londres n'ont rien à envier à cet établissement.

— Qui aurait dit que ce terrain que possédait mon époux depuis des lustres servirait à construire cet hôtel ! Je lui ai souvent dit de le vendre puisqu'il ne nous servait à rien. Mon père et mes frères étaient du même avis et n'en reviennent pas qu'il ait pu servir à construire quelque chose d'aussi grandiose. Charles a toujours dit que ce lopin de terre ne valait pas plus qu'un dollar, mais qu'avec une bonne volonté les avantages pourraient être considérables ! Je ne saurais mieux dire !

Elspeth éclata de rire et Ida l'imita.

— Ce terrain avait tout compte fait une grande valeur en raison de son emplacement, expliqua Elspeth. Notre résidence n'est qu'à quelques minutes de marche de l'hôtel. Cela permettra à Charles de voir sa nouvelle acquisition avant d'aller travailler à la banque.

Elspeth prit une serviette de table et la tendit à Ida en pointant la broderie.

— Charles a mis tout son cœur dans cette construction et a même fourni les armoiries de sa famille pour servir d'emblème à l'hôtel.

Ida considéra le lion brodé de fils d'or dressé sur ses pattes arrière. Elle se souvenait d'avoir aperçu cet emblème un peu partout dans l'hôtel, même sur la marquise à l'extérieur. La noblesse du roi de la jungle représentait bien l'hôtel qui deviendrait sans contredit le plus prisé de la métropole canadienne. Ida écouta pendant un moment Elspeth faire un commentaire sur chacune des personnes qui entraient dans la salle de bal. Ida suivait avec attention et amusement ces présentations informelles. Elspeth chuchotait tout bas différents détails savoureux sur les personnes qui passaient devant leur table. Cette dame qui aurait dû opter pour une robe d'une autre couleur parce qu'elle jurait avec celle de ses cheveux. Ce monsieur qui avait préféré assister à la soirée en compagnie d'une autre femme que sa propre épouse. Évidemment, tout le monde dans le milieu connaissait ce penchant qu'avait ce mari, mis à part l'épouse en question, bien sûr. Elspeth prenait plaisir à potiner alors qu'Ida lui prêtait une oreille attentive. Ces rumeurs n'étaient pas bien différentes de celles qu'elle entendait dans les cercles qu'elle côtoyait à New York.

Bruce et Charles revinrent à la table avec un petit groupe de personnes, dont Whitney Warren, un des architectes ayant travaillé sur le projet du Ritz-Carlton ainsi qu'un couple et leur fils, les Connelly, qui avaient été brièvement présentés à Ida un peu plus tôt. Le fils Connelly prit place à côté d'Ida en lui adressant un sourire invitant. Son père lui prit délicatement le bras et se pencha vers elle avant de lui dire tout bas :

— Fergus souhaite faire plus ample connaissance avec toi. Ce jeune homme a un avenir prometteur, Ida. J'entends parler de lui depuis que nous sommes à Montréal. Montre-toi aimable à son endroit, je te prie !

Piquée au vif par les propos de son père, Ida se renfrogna. Comme elle aurait eu envie de s'éclipser à ce moment et de laisser Fergus Connelly seul en compagnie de son père, puisqu'il était aussi intéressant ! Elle choisit tout de même de rester, mais avec l'idée de ne pas se prêter à son dessein. Elle avait accompagné son père à cette soirée sans le vouloir véritablement, elle s'était pliée au jeu, il était hors de question maintenant qu'elle fraternise avec ce jeune homme, aussi prometteur soit-il. Elle croisa les bras et préféra garder le silence.

Une bouteille de champagne avait été servie et Charles leva son verre pour porter un toast :

— C'est un grand honneur pour moi de vous accueillir ici ce soir. Je tiens à féliciter notre cher ami, Whitney, pour le défi colossal qu'il a eu à relever avec la construction du Ritz-Carlton.

— Nous étions toute une équipe à plancher sur ce magnifique projet, Charles. Je suis ici en tant que représentant de Warren et Wetmore, notre firme d'architectes. Mon associé ne pouvait malheureusement se joindre à nous et vous envoie ses meilleures pensées pour l'inauguration. Je te remercie de ta confiance à notre endroit.

Les hommes entrechoquèrent leurs verres. Ida consentit à participer au toast tout en dissimulant sa lassitude de constater que la soirée servait de prétexte à se féliciter mutuellement. *Oui, cet hôtel est fabuleux, mais personne n'a réinventé la roue!* songea Ida en trempant les lèvres dans son verre de champagne. Elle sentait la migraine sur le point de revenir la faire souffrir. Du coin de l'œil, elle remarquait que Fergus Connelly l'observait à la dérobée.

Les musiciens entamèrent une valse entraînante et Charles invita Elspeth à danser alors que M. et Mme Connelly les suivaient eux aussi au centre de la salle. Ida resta seule à table avec son père, Whitney Warren et le fils Connelly. Elle essaya de porter intérêt à la conversation de son père et de l'architecte, mais elle se perdit rapidement dans les détails des différentes composantes de structures du bâtiment. Fergus se pencha vers elle.

— Cette conversation est des plus ennuyeuses pour moi, j'imagine à quel point elle doit être soporifique pour une jeune femme.

Ida se redressa et regarda Fergus droit dans les yeux.

— Bien au contraire, monsieur, je suis fascinée d'apprendre les différentes techniques de construction qui ont été utilisées ici, mentit-elle en reportant son attention vers son père et M. Warren.

Ida essaya par le fait même de croiser le regard de son père pour lui signifier qu'elle voulait qu'il l'entraîne sur le plancher de danse, mais fasciné par les explications de M. Warren, il ne se souciait guère d'elle. Ida détourna le regard en direction des danseurs. Charles et Elspeth évoluaient au milieu des couples. Ils paraissaient aussi amoureux que s'ils s'étaient mariés la veille. Charles Meredith, avec sa moustache cirée, avait fière allure au centre de la piste tandis qu'Elspeth se tenait droite et se laissait guider par son cavalier. Pendant un moment, Ida imagina ses parents à leur place. Elle gardait très peu de souvenirs de sa mère ; son père et Violette la domestique avaient tout fait pour qu'elle ne souffre pas trop du décès d'Eleonor. Si sa mère était encore en vie, elle montrerait sûrement la même impatience que son père devant sa lenteur à trouver un bon parti à épouser. Pourtant, à ses yeux, rien ne pressait. Elle venait tout juste d'avoir vingt et un ans, plusieurs de ses amies étaient encore célibataires. La plupart étaient presque fiancées, certes, mais elles n'avaient pas encore la bague au doigt. Ce n'était sûrement pas ce Fergus Connelly qui la ferait changer d'idée. Elle se risqua à l'épier alors qu'un jeune homme venait de s'arrêter à leur table pour discuter avec lui. Il était vêtu avec élégance et coiffé à la dernière mode, ses cheveux blonds soigneusement lissés vers l'arrière. Il devait avoir le même âge qu'elle, si elle se fiait à l'ébauche d'une moustache se dessinant sur sa lèvre supérieure. Il était tout de même attirant, Ida ne pouvait le nier, mais en même temps, elle ne souhaitait pas lui démontrer le moindre intérêt afin d'éviter que son père se mette à se faire des idées ! Ida ramena son attention sur ce dernier, toujours occupé à discuter avec M. Warren. Elle le connaissait suffisamment pour se douter qu'il l'ignorait de cette façon dans l'espoir qu'elle engagerait la conversion avec ce Fergus. Elle refusa de lui donner satisfaction.

Ida vida d'un trait son verre de champagne pour l'aider à oublier ce moment ennuyant malgré la musique entraînante jouée par l'orchestre. D'ici quelques minutes, elle projetait même de quitter la salle. Elle avait rempli son mandat en descendant les marches du grand escalier, cette parade ridicule, puis en accompagnant son père durant tout le repas. À présent, elle considérait qu'elle avait le droit de se retirer. Ida n'avait pas remarqué que l'interlocuteur de Fergus était parti depuis quelques minutes. Le jeune homme se pencha de nouveau vers elle.

— Votre père m'a dit tout à l'heure que vous êtes appelés à revenir de plus en plus souvent à Montréal.

— Mon père le fera pour ses affaires. Pour ma part, j'ai déjà un bon cercle d'amis qui habite à New York, je ne ressens pas le besoin de m'en créer un nouveau ici. De toute façon, les séjours de mon père n'y seront jamais bien longs.

Ida regretta presque immédiatement sa rudesse. Fergus ne s'en laissa pas imposer et ajouta :

— Je considère que nous ne pouvons jamais avoir trop de gens dans notre entourage, peu importe qu'ils soient des amis ou des connaissances. Je serais heureux de faire partie de ces connaissances lors de vos prochains séjours à Montréal, *miss* Sloane.

Les musiciens venaient d'entamer une valse entraînante et Fergus sourit en apercevant le pied gauche d'Ida qui, machinalement, battait la cadence.

— Sans forcer quoi que ce soit, et comme vous semblez vous ennuyer fermement, puis-je vous inviter à danser ?

Ida hésita quelques instants.

— Mes parents ne sont pas tellement différents de votre père, vous savez, continua Fergus. Ils aimeraient bien que je trouve rapidement une compagne de vie, mais je considère que rien ne presse pour le moment. Ma mère se montre particulièrement insistante pour que je trouve enfin chaussure à mon pied ! Nous sommes encore jeunes et nous avons toute la vie devant nous ! Ne trouvez-vous pas ?

Ida acquiesça et se détendit un peu. Tout comme elle, Fergus avait probablement reçu l'avis de ses parents de fréquenter des jeunes femmes respectables dans le but de se marier rapidement. S'il se trouvait, ils lui avaient sûrement parlé d'elle et Fergus devait certainement les avoir prévenus qu'il ne sortirait pas avec la première jeune femme qu'il rencontrerait. Les parents de Fergus choisirent ce moment pour revenir à la table près d'eux. Mme Connelly confirma les pensées d'Ida.

— Fergus ! Il me semble, mon garçon, que je ne t'ai pas élevé à te montrer aussi rustre en présence d'une jeune femme telle que *miss* Sloane. Qu'attends-tu pour l'inviter à danser ?

Fergus leva les mains en signe de défense et fit un clin d'œil à Ida. Mme Connelly continua :

— Deux jeunes gens pleins de vigueur comme vous assis à la table sans bouger, c'est presque disgracieux ! Allez ! Montrez-nous que vous dansez encore mieux que nous !

Fergus prit délicatement le bras d'Ida et l'entraîna vers le plancher de danse en lui disant tout bas :

— C'est impossible pour un fils de refuser quoi que ce soit à sa mère. J'ai croisé le regard furtif de votre père quand nous sommes passés près de lui. J'imagine qu'il vous a servi un petit discours pour vous démontrer à quel point je suis un bon parti ?

Ida dissimula son sourire derrière sa main. Fergus s'était fait servir la même médecine qu'elle avant la soirée.

— Donnons-leur la satisfaction du devoir accompli ! Peut-être se montreront-ils indulgents à notre endroit et qu'après tout ceci, nous pourrons bénéficier d'une trêve de harcèlement !

Ida ne put s'empêcher de rire aux propos de Fergus. En d'autres temps, elle se serait braquée et elle l'aurait laissé là au beau milieu de la salle, mais pour une fois, elle avait envie de s'amuser, ce qui freina son envie de dissidence. Fergus s'avérait loin d'être ennuyant et elle désirait se laisser distraire par son enthousiasme. Au moins, elle aurait profité un peu de la soirée, malgré tout. De toute manière, Fergus se retrouvait lui aussi dans le même bateau qu'elle en tentant de répondre aux exigences parentales. En consentant à danser avec Fergus, elle se dit que son père avait peut-être gagné cette bataille, mais elle se réservait le droit de lui livrer la guerre s'il insistait un peu trop pour qu'elle se rapproche du jeune homme.

***

La sirène annonçant la fin de la journée de travail retentit. Adéline soupira en s'essuyant le front du revers de sa manche, heureuse et épuisée d'avoir survécu une fois de plus! Elle marcha comme un automate jusqu'au vestiaire, suivant le flot d'ouvrières qui bavardaient. Adéline grimaça en effectuant une rotation de ses poignets. Elle aurait encore besoin de comprimés ce soir afin d'atténuer la douleur. Son dos n'était pas en reste puisque lui aussi la faisait souffrir. Elle jeta un regard autour d'elle. Ses autres compagnes ne semblaient pas affectées autant qu'elle par les rudes conditions de travail. Souriantes, elles récupéraient leurs effets personnels comme si la journée qu'elles venaient de vivre était fort différente de l'enfer dans lequel Adéline avait l'impression d'être plongée. Josette lui fit signe de la main, mais elle ignora la salutation de son amie et se dirigea vers son casier. En moins de deux, Josette la rattrapa et s'appuya sur celui qui se trouvait tout juste à côté.

— Tu n'as pas l'air d'en mener large aujourd'hui. C'est encore cette douleur au poignet qui te tourmente?

— Maintenant, j'ai mal aux deux poignets, et que dire de mon dos…

Pour appuyer ses dires, Adéline se frictionna le bas du dos. La chaleur de ses mains lui apporta un bref réconfort, sans plus. Elle retira ses chaussures et prit son temps pour enfiler ses bottes. Ce simple mouvement lui arracha une plainte qu'elle s'efforça de camoufler.

— Il ne faut pas se décourager, Adéline. Comme je t'ai déjà dit, tu t'y feras! On s'y fait toutes! Surtout avec notre chèque de paye à la main!

Adéline sourit sans grande conviction. La dernière paye qu'elle avait reçue était loin de la convaincre que toute cette souffrance en valait la peine. Elle promena son regard sur les jeunes femmes autour d'elle et se tourna vers Josette après avoir réussi à enfiler ses bottes.

— Vous m'impressionnez par votre force et votre résistance. J'ai l'impression que je n'arriverai jamais à suivre le rythme, dit Adéline avec tristesse.

— Il ne faut pas t'en faire avec ça, ma chère. Mlle Bergeron, la contremaîtresse, semble satisfaite de ton rendement. Tu travailles bien malgré ton manque d'expérience.

Ce n'est pas bien difficile de s'assurer que le métier à tisser ne manque pas de bobines…, songea Adéline en récupérant son manteau.

— Ce soir, certaines d'entre nous iront faire quelques parties de cartes chez Georgette. Ce serait plaisant que tu viennes. Demain, c'est congé, alors aussi bien en profiter.

Adéline se demandait comment elle ferait pour marcher jusque chez elle, il était hors de question qu'elle aille jouer aux cartes. Elle rentrerait directement à la maison et se ferait réchauffer une soupe. Puis, elle se coucherait tout de suite après. Elle déclina l'offre de la tête.

— T'es ben plate, Adéline Couturier! Allez force-toi un peu! Au pire, on ajoutera un peu de whisky à ton café pour calmer la douleur!

Josette se pencha vers Adéline et ajouta en catimini :

— Je vais enfin pouvoir te présenter le beau Jean-Pierre Catudal. Il n'arrête pas de me questionner à ton sujet.

Raison de plus pour ne pas y aller, c'est hors de question que je passe une soirée avec ce Jean-Pierre Catudal ! songea Adéline tout en boutonnant son manteau.

Elle referma son casier sans rien ajouter et sortit du vestiaire, en répondant en souriant aux salutations de quelques compagnes. Josette se dépêcha de s'habiller pour rejoindre son amie, déjà rendue sur le trottoir.

— T'es pas obligée de te sauver de même, Adéline ! Si tu ne veux pas venir, c'est bien toi la pire, tu ne sais pas ce que tu vas manquer !

— Je suis vraiment fatiguée de ma semaine, Josette, je suis désolée. On se reprendra sous peu, c'est promis. Comme tu dis, je devrais m'habituer tôt ou tard et devenir plus résistante au travail !

— C'est comme tu veux.

Josette marcha à ses côtés en silence. Probablement que le refus d'Adéline l'avait contrariée. La jeune femme n'avait aucune envie de s'excuser pour son refus, qu'elle qualifiait de plus que poli. Tant pis si Josette ne comprenait pas, elle n'en avait que faire. Les deux jeunes femmes parcoururent le reste du trajet en silence, ce qui laissa à Adéline tout le loisir de réfléchir à son avenir.

Chaque jour passé à l'usine était de plus en plus pénible. Adéline n'avait jamais été une lâcheuse, mais elle devait avouer qu'elle songeait de plus en plus à remettre sa démission. Quelques jours auparavant, son frère l'avait surprise à s'enduire le poignet de liniment, même si elle avait tout tenté pour dissimuler ce rituel qu'elle effectuait avant de dormir et qui se répétait très souvent dernièrement. Adéline était peu convaincue de l'efficacité de l'onguent que leur père utilisait pour soigner ses douleurs arthritiques, mais son odeur de thé des bois lui apportait un certain baume au cœur, ce qui n'était pas à négliger en ce moment. Tout la rendait triste et elle essayait tant bien que mal de chasser les pensées moroses qui l'assaillaient. Que son frère la surprenne en train d'appliquer l'onguent avait bien failli faire déborder le vase.

Contrairement à ce qu'elle avait imaginé, Julien ne lui avait pas fait la morale comme elle s'y attendait. En l'apercevant en train d'appliquer l'onguent, il avait disparu quelques minutes pour revenir vers elle. Respectueusement, il lui avait tendu un verre d'eau et un flacon de comprimés analgésiques.

— Ce sera probablement plus efficace que ce vieux remède qui doit être expiré, depuis le temps, lui avait-il dit.

Adéline avait failli verser des larmes de soulagement en constatant que son frère s'inquiétait pour elle. Les comprimés avaient agi sur la douleur, mais elle avait vite repris dès qu'Adéline était retournée à son remplacement de bobines. Découragée de voir qu'elle semblait être la seule à souffrir autant, elle avait conclu qu'elle devait peut-être prendre son mal en patience. *Je finirai bien par m'habituer*, se disait-elle en essayant vivement d'y croire. Elle revenait chez elle tous les soirs, le corps de plus en plus meurtri. Les douces paroles de réconfort prononcées par son frère lui revenaient en tête et commençaient sérieusement à remettre en question le bien-fondé de son désir de ramener de l'argent à la maison. Du moins dans de telles conditions.

— Nous réussissions à nous arranger avant que tu travailles à la Dominion, Adéline, lui avait dit son frère. Peu importe ce que tu décideras, tu devrais cesser de t'imposer ce calvaire tous les jours. Je le vois bien que c'est difficile et que tu peines à terminer tes journées.

Sur le coup, elle lui avait répondu qu'une bonne nuit de sommeil viendrait à bout de ses douleurs et que dès le lendemain, elle irait mieux. Julien n'avait pas insisté, connaissant son entêtement. Adéline faisait tout ce qu'elle pouvait afin de se convaincre qu'elle réussirait à surmonter cette situation difficile, mais plus le temps passait, plus elle se disait qu'elle abandonnerait. Elle se sentait acculée au pied du mur, avec pour seule sortie de secours l'idée de donner sa démission et de passer pour une lâcheuse aux yeux de toutes ses consœurs de travail. Arrivée près de la maison de son père, elle salua Josette en lui souhaitant un bon congé, décidée une fois de plus à persévérer pendant quelque temps encore, surtout en voyant à quel point la maison de leur père avait besoin de rénovations. Quoi qu'il dise, Julien ne pouvait refuser l'argent qu'elle gagnait.

3

Adéline étira le bras pour mettre fin au vacarme incessant du réveille-matin. Elle s'extirpa de son lit en se disant sans trop y croire que tout irait bien. Les journées se suivaient et se ressemblaient, malheureusement. Seule consolation, ses poignets lui faisaient moins mal. Lentement, son corps s'adaptait à son travail, mais il en était autrement de son esprit. Chaque matin depuis deux mois maintenant, elle se faisait tirer de son sommeil par ce maudit réveille-matin. Elle se hâtait de s'habiller, mangeait en vitesse avant de suivre Josette jusqu'à la Dominion. Elle y travaillait toute la journée, s'efforçant de garder le sourire et conservant en mémoire qu'elle le faisait pour aider son frère. Elle gardait pour elle ses états d'âme. Josette serait trop déçue d'apprendre que ce travail ne lui convenait pas. Elle rentrait en fin de journée, fourbue, sans avoir eu le droit de voir le soleil briller. En effet, lorsqu'elle arrivait à la Dominion, il faisait encore noir et lorsqu'elle terminait, le soleil était déjà couché. Elle vivait dans la nuit, qui se prolongeait malgré elle.

Adéline ouvrit le rideau de sa chambre et jeta un œil à l'extérieur. Une neige fine tombait sur la ville. L'hiver était bien installé, le mois de janvier n'en finissait plus et février lui emboîterait le pas, avec ses journées neigeuses et encore froides. *Ça ira mieux avec l'arrivée du printemps*, se dit-elle en essayant de s'en convaincre. Les journées allongeaient et la lumière reprendrait sa place autant dans sa vie que sur la métropole. Adéline referma le rideau en jetant un dernier regard vers son lit, où elle aurait tant aimé prolonger son sommeil. Elle s'habilla en vitesse et alla rejoindre Julien, déjà à la cuisine.

— Le thé sera bientôt prêt si tu en veux une tasse, lui dit-il en guise de bonjour.

Adéline le remercia en silence en hochant la tête et se coupa une tranche de pain sur laquelle elle étendit un peu de miel. Cette substance sucrée et dorée apportait un peu de douceur à sa vie, qui se résumait à travailler du matin au soir pour un salaire de crève-faim.

— Il neige encore, annonça-t-elle avec lassitude.

Julien jeta un œil dehors. *Lui aussi vit de nuit autant que moi*, pensa avec tristesse Adéline en l'observant.

— C'est bien beau, la neige, mais il ne fait pas assez froid. C'est à peine si le fleuve est gelé. M. O'Farrell commence à trouver le temps long, on ne peut pas récolter de blocs de glace. Ça prendrait un miracle pour que le couvert de glace atteigne une épaisseur idéale.

Adéline souffla sur sa tasse de thé. Elle était tellement préoccupée par son sort qu'elle n'avait pas prêté attention à l'inquiétude de son frère. Elle s'en voulut de son égoïsme. Julien avait toujours agi ainsi quand il la savait soucieuse, il préférait garder ses tourments pour lui. Adéline, enlisée dans son quotidien, avait l'impression que l'hiver était bien installé, car c'était le cas au fond de son cœur, mais à entendre parler Julien il en était tout autrement en ce qui concernait la récolte de blocs de glace. Il n'avait pas fait assez froid pour que le fleuve gèle suffisamment. Le pont de glace reliant Montréal à la Rive-Sud n'était même pas encore en fonction. Quand le serait-il ? Adéline l'ignorait. Comme s'il avait lu dans ses pensées, Julien dit :

— Selon Paddy, il devrait faire plus froid la semaine prochaine, le couvert de glace devrait être suffisamment épais pour que le pont puisse être utilisé de façon sécuritaire et nous pourrons renflouer l'entrepôt de blocs.

Adéline mangea son pain, les yeux dans le vague, écoutant en silence son frère. Elle ne se reconnaissait pas. Habituellement, elle se montrait à l'écoute des autres, mais maintenant, sa tristesse prenait toute la place. Elle en était presque rendue à espérer un mariage pour se sortir de ce mauvais pas ! Peut-être devrait-elle se tourner vers ce Jean-Pierre Catudal qui lui faisait de l'œil ? Adéline sourit en secouant la tête. Non, quand même, elle n'était pas si découragée ! Jamais elle n'épouserait le premier venu pour quitter la Dominion. N'empêche ! Elle avait l'impression d'errer entre la maison et la Dominion. Soudain, on frappa à la porte et Julien ouvrit sur Josette qui, comme tous les matins, s'arrêtait chez eux pour qu'Adéline et elle parcourent ensemble le trajet jusqu'à la Dominion. Julien ne la laissait pas indifférente puisque le visage de Josette s'était empourpré à la vue du frère de son amie. Elle lui sourit timidement tout en s'étirant le cou afin de voir Adéline derrière le gaillard qui se tenait devant elle.

— Bonjour, Julien! Est-ce qu'Adéline est prête?

Julien, sans dire un mot, fit un pas en arrière pour que Josette puisse voir son amie. Adéline, qui terminait sa dernière bouchée, se leva d'un bond et se précipita vers l'évier pour déposer son assiette.

— Je suis prête dans deux minutes, Josette.

— Prends ton temps, je suis un peu en avance.

Josette reluqua Julien qui terminait de débarrasser la table. Le frère de son ami lui avait toujours fait de l'effet. Comme elle aurait aimé attirer son attention! Josette pensa avec regret qu'il la considérait seulement comme une simple voisine et l'amie de sa sœur. Julien embrassa Adéline sur la joue avant de se rendre près de la porte d'entrée et de commencer à s'habiller. Josette se poussa pour le laisser passer, non sans continuer de le suivre des yeux. Adéline se recoiffa du bout des doigts devant le miroir au-dessus de l'évier, attendant que la place se libère dans le portique pour qu'elle puisse s'habiller elle aussi.

— Dernière journée de travail, les filles, vous devez être heureuses! lança Julien d'un ton joyeux.

— Oh oui! Et elle est la bienvenue! répondit Josette.

— Ça ne fera pas de tort, une journée de congé, consentit Adéline. J'ai du sommeil à rattraper, dit-elle en bâillant. Et aussi de la lessive à faire…

— Je vais t'aider pour la lessive, ne t'inquiète pas, petite sœur, intervint Julien.

— Si mes frères pouvaient t'entendre, Julien! Tu en as de la chance, Adéline, de te faire épauler de la sorte, ce n'est pas chez nous que ça arriverait!

— Je suis un homme dépareillé! plaisanta Julien.

Josette éclata de rire avec un peu trop de vigueur. Adéline la connaissait, elle agissait toujours ainsi devant une présence masculine.

— Si tu es si dépareillé que tu le dis, peut-être que ça ne te dérangera pas si j'invite ta sœur à venir manger avec moi sur la rue Sainte-Catherine ce soir après le travail?

— Et pourquoi j'irais manger sur Sainte-Catherine? demanda Adéline.

— Parce que nous irons dans le Golden Square Mile pour aller porter quelques affaires à Marie, ma sœur qui travaille comme cuisinière sur la rue de la Montagne. Ensuite, nous irons manger sur la rue Sainte-Catherine. Je connais un petit restaurant qui ne coûte presque rien.

— Je ne sais pas, j'avais prévu rentrer ici directement…

— Allez, Adéline! Pour une fois!

— N'insiste pas, Josette. Je préfère vraiment revenir ici, il faut que je prépare le souper…

Adéline entreprit d'enfiler ses bottes et de revêtir son manteau sans rien ajouter. Julien croisa le regard insistant de Josette qui semblait lui signifier de s'interposer. Adéline avait bien besoin de distraction et Julien se plia à sa demande silencieuse.

— Une fois n'est pas coutume, Adéline. Tu peux y aller, je me ferai réchauffer de la soupe de légumes. Je suis certain que Josette n'a pas envie de s'aventurer là-bas toute seule et elle sera heureuse de ta compagnie.

Avec colère, Adéline braqua les yeux sur son frère. De quoi se mêlait-il ? Elle n'avait pas envie d'aller là-bas avec Josette. Faire tout ce chemin pour aller manger sur Sainte-Catherine alors qu'elle pouvait revenir tôt de la Dominion et savourer un bon repas dans le confort de son foyer. Elle était capable de décider par elle-même et ce n'était sûrement pas Julien ni Josette qui le feraient pour elle. Adéline allait riposter lorsque Josette, trop heureuse d'avoir trouvé un allié en la personne de Julien, lui prit la main.

— Tu vois ! Tu as la bénédiction de ton frère, en plus ! Je te payerai le tramway avec plaisir !

Julien fouilla dans la poche de son manteau et lui tendit un billet de banque.

— Et moi je t'offre le souper, profites-en !

— Tu ne peux pas refuser pareille offre, Adéline !

Julien l'embrassa de nouveau et lança un « Bonne journée, les filles ! » avant de disparaître à l'extérieur, signifiant à Adéline que la discussion était close. Josette, l'air rêveur, regarda pendant un moment la porte qui venait de se refermer.

— Ton frère est vraiment quelqu'un de bien, Adéline, j'espère que tu le sais.

Adéline acquiesça. Même si elle lui en voulait un peu de s'être montré aussi insistant pour qu'elle accompagne Josette, son amie avait raison. Julien avait toujours été attentionné à son endroit. Son grand frère devait penser que l'activité lui ferait du bien et la sortirait du marasme dans lequel elle se trouvait plongée depuis des mois. Julien avait un grand cœur, elle devait le reconnaître, même s'il était aussi entêté qu'elle !

* * *

Philomène jeta un œil à sa montre et la rangea de nouveau dans la poche de sa jupe noire, lissant machinalement les plis de celle-ci. Elle ferma les yeux quelques secondes pour chasser l'impatience qui la gagnait. «C'est la dernière fois qu'elle arrive en retard, celle-là !» marmonna-t-elle en se dirigeant vers la fenêtre de son bureau. Au même moment, on frappa à la porte.

— Entrez ! dit-elle d'un ton sec.

Julia Brown se faufila dans la pièce. Sa coiffe légèrement de travers fit sourciller Philomène qui lui indiqua la chaise vacante devant son bureau. Philomène détailla la femme qui se trouvait devant elle. Ce n'était pas la première fois que Julia Brown se retrouvait ici. Les mains sur les genoux, elle attendait avec fatalisme le courroux de sa patronne. Bien qu'elle souhaitât se montrer ferme face à son employée, Philomène sentit ses convictions profondes vaciller devant l'air repentant de la jeune femme. Si son travail de gouvernante à l'hôtel Ritz-Carlton la comblait encore plus qu'elle ne l'avait cru, Philomène abhorrait cet aspect de son travail. Elle détestait plus que tout devoir faire la discipline comme une maîtresse d'école. Elle devait faire connaître à cette employée son mécontentement. Un peu plus tôt, elle avait fait demander Julia pour la voir avec la ferme intention de la licencier. Maintenant qu'elle se trouvait devant elle, Philomène cherchait le courage au plus profond d'elle-même afin d'effectuer cette tâche ingrate. Avec son poste de gouvernante venait un salaire plus que convenable, mais aussi des responsabilités auxquelles Philomène aurait aimé pouvoir se soustraire. Toujours debout derrière son bureau, elle essayait de faire figure d'autorité, mais elle abdiqua, préférant s'asseoir afin d'alléger l'ambiance. Julia regardait le plancher, s'attendant au pire. Philomène croisa les mains sur sa table de travail, mais trouvant le geste un peu trop solennel, les plaça sous le meuble. Elle se racla la gorge et dit :

— Depuis vos débuts ici, Julia, vous êtes arrivée en retard à plusieurs reprises. Chaque matin, vous êtes la dernière arrivée et vous êtes la première à partir pour retourner à la maison. Ça ne fait pas beaucoup d'heures de travail, tout ça.

Julia acquiesça, consciente de sa faute. Philomène continua :

— Et que dire de votre travail qui est souvent mal fait ?

Julia rentra la tête dans les épaules comme pour parer les coups imaginaires, écoutant en silence les remontrances de sa patronne. Philomène préféra ignorer cet état de soumission.

— Plusieurs de vos collègues sont venues me voir pour m'informer de votre travail bâclé. Comme je n'ai jamais été à l'affût des potinages de tout un chacun, j'ai été forcée d'aller le constater par moi-même. Dans les chambres qui étaient sous votre responsabilité, les lits ont été mal faits, les édredons déposés sans soin. Que dire des draps dessous qui comportaient des plis disgracieux! Je l'ai répété souvent, il faut repasser les draps plats pour qu'ils soient impeccables avant de faire les lits.

Philomène soupira et continua son laïus:

— Dans une des chambres, il manquait même des oreillers. Vous le savez, le confort des clients est primordial au sein de notre hôtel.

Julia, qui fixait toujours le plancher, agréa en silence.

— Comme je disais, des oreillers étaient manquants, et même des serviettes. Je l'ai répété bon nombre de fois, les serviettes doivent être remplacées tous les jours ainsi que les divers articles de toilette que nous offrons gracieusement à nos clients.

Philomène insista sur sa dernière phrase.

— J'ai dû moi-même refaire l'époussetage de quelques chambres. Vos collègues et moi avons réussi à couvrir vos arrières, mais ça ne peut plus continuer ainsi, Julia. Ce n'est pas la première fois que vous venez vous asseoir dans mon bureau.

Julia renifla et essuya du revers de la main les larmes qui roulaient sur ses joues. Philomène prit un ton plus conciliant:

— Pourtant, la dernière fois, vous m'aviez juré de vous montrer plus attentive.

— Je sais, souffla Julia en reniflant encore.

Philomène eut pitié d'elle et lui tendit un mouchoir.

— J'ai bien essayé, madame, de travailler de mon mieux, mais je n'y arrive pas. J'ai peine à me concentrer, je crois que le travail de femme de chambre n'est pas pour moi, malheureusement.

— Pourtant, après notre dernière rencontre, j'ai constaté que vous aviez tenté de faire de réels efforts.

Julia esquissa un sourire puis baissa de nouveau les yeux.

— Je suis consciente que le travail de femme de chambre doit être fait avec minutie, poursuivit Philomène. Vous êtes les dernières à vous assurer que tout respecte les normes exigées par le Ritz. Malheureusement, votre retard des deux derniers jours est la goutte qui fait déborder le vase.

— Je n'ai aucune excuse valable, si ce n'est que je dois faire matin et soir un long trajet en tramway pour me rendre jusqu'ici, madame. Je suis profondément désolée de tous les inconvénients que j'ai pu causer, autant à vous qu'à mes collègues.

— Pouvez-vous expliquer ce manque flagrant de concentration, Julia ?

La femme de chambre s'essuya les yeux et se moucha bruyamment.

— Je dors très peu ces temps-ci, madame. Mon mari est malade et je dois veiller sur lui ainsi que sur mes deux plus jeunes. Avant de venir travailler ici, je dois les laisser aux bons soins d'une voisine parce que mon mari n'a pas la force de s'occuper d'eux quand je ne suis pas là. Quand je rentre le soir, je dois voir à tout ce qui concerne la maisonnée, je termine souvent très tard. Je dois me lever tôt pour attraper le premier tramway et, oui, il m'est arrivé de devoir attendre le prochain parce que je ne me suis pas levée à l'heure prévue.

Les larmes silencieuses de Julia reprirent de plus belle, laissant Philomène décontenancée. Elle ne s'était pas préparée à entendre une explication aussi affligeante, ce qui la fit revenir à de meilleurs sentiments. Malgré tous les travers de Julia, elle ne pouvait se montrer aussi intransigeante qu'elle l'aurait souhaité. Pour le moment, il était hors de question qu'elle congédie cette jeune femme tout en sachant qu'elle avait la charge de rapporter le seul revenu à la maison. Philomène toussota pour cacher la tristesse qui l'habitait.

— Est-ce que votre mari prend du mieux, au moins ?

— Il a eu une grosse pneumonie, mais je pense qu'il est maintenant hors de danger, du moins d'après ce que le médecin nous a dit. D'ici quelques jours, il devrait être de retour à la manufacture. Je devrai toujours m'occuper des enfants, mais ce sera beaucoup moins contraignant. Gédéon demande beaucoup de soins, il agit un peu comme un grand enfant. Vous savez comment sont les hommes lorsqu'ils sont malades !

Philomène hocha la tête, elle pouvait très bien imaginer la scène, bien qu'elle fût célibataire. Cela lui confirma qu'elle était heureuse de n'avoir qu'à s'occuper d'elle-même, même si la solitude lui pesait parfois.

— Je vais tout faire, madame, pour arriver à l'heure, c'est promis. Je vais devoir courir un peu plus pour réussir à attraper les tramways à temps !

— Il serait peut-être plus facile pour vous de trouver un emploi plus près de chez vous, Julia.

— C'est certain que j'y pense, mais il est difficile de trouver du travail en tant que femme mariée. Nous avons vraiment besoin d'un deuxième salaire pour le moment. Quand mon mari ira mieux, je pense que je devrai rester à la maison pour m'occuper de mes enfants.

Julia se tordit les mains pendant un moment. Ses larmes continuaient de brouiller son regard, attendrissant bien malgré elle Philomène. C'était le lot des femmes de rester à s'occuper de la maisonnée après le mariage et Philomène trouvait cela déplorable.

— Je vous offre une dernière chance, madame Brown. Je vais me montrer compréhensive pour les retards, mais je serai intraitable en ce qui concerne le soin que vous apporterez à votre travail. Suis-je claire ?

— Oh ! Merci, madame. Je vais vraiment tout faire pour vous satisfaire, je vous le promets.

Julia se moucha une dernière fois et sortit en vitesse du bureau par crainte que Philomène change d'idée. La gouvernante regarda avec dégoût le mouchoir souillé laissé sur le bureau. Elle s'était laissé émouvoir et regrettait sa souplesse. En même temps, elle ne pouvait tout de même pas se montrer insensible à la misère d'autrui. Malgré son air parfois revêche, elle avait un grand cœur, elle ne pouvait pas le démentir. Du bout des doigts, elle ramassa le mouchoir et le mit dans le panier qui irait à la buanderie, soulagée de s'être montrée malgré tout juste et équitable envers Julia.

***

Paddy O'Farrell avait toujours respecté le rituel qu'il répétait chaque année. L'homme, bien emmitouflé, s'avançait le premier sur la glace et vérifiait son épaisseur à l'aide d'un vilebrequin. Une fois qu'elle s'avérait suffisante pour que les hommes et les chevaux puissent y circuler en toute quiétude, il donnait son approbation, levant un pouce pour signifier que ses employés pouvaient commencer le travail. Paddy demeurait alors sur place pour s'assurer que tout se passait bien. Cette année, l'homme avait relégué cette tâche à son fils. La passation des pouvoirs avait eu lieu dès les premiers jours de janvier. Paddy O'Farrell avait officiellement pris sa retraite et laissé le contrôle entier de son entreprise à Dubh qui, sans trop de cérémonie, s'était chargé de vérifier l'épaisseur de la glace avant que les employés s'y rendent avec leur équipement et les chevaux. Quelques hommes plus expérimentés lui avaient indiqué qu'ils doutaient de l'épaisseur de la glace. La neige avait formé rapidement une couche épaisse, la glace s'était formée beaucoup plus tard que prévu et serait ainsi plus mince que d'habitude. Dubh avait réfuté ces conseils et, sans prendre en considération ces avertissements, il avait autorisé les hommes à s'installer avec leur équipement.

Contrairement à son père, qui participait à cette tâche de façon active, coupant et chargeant les blocs de glace, Dubh se tenait en retrait et observait les ouvriers. Bien emmitouflé dans son capot de fourrure, il surveillait attentivement ce qui se déroulait devant lui comme s'il était un maître de chantier.

Les chevaux attelés avec la scie avaient déjà découpé en longs traits la glace, puis les hommes s'affairèrent à tailler ces longues bandes pour en faire des blocs. Armés de scies et de ciseaux à glace, tous mettaient du cœur à l'ouvrage pour détacher les morceaux qui seraient acheminés à l'aide de pics vers les traîneaux tirés par les chevaux.

Julien se tenait sur un de ces traîneaux et, à l'aide d'un grappin, participait au chargement des blocs. Ce travail était exigeant physiquement, mais il le préférait à celui de récolter la glace. Parfois, l'eau remontait à la surface et les hommes rentraient souvent les pieds complètement trempés. D'un œil distrait, il voyait Dubh, mitaines aux mains, essayant de se réchauffer du mieux qu'il le pouvait. Victor Bellavance, qui travaillait près de lui, avait lui aussi remarqué l'inactivité du fils du patron.

— Calvince! On est loin de Paddy qui était partout à la fois! dit-il à l'intention de Julien. J'ai parfois ben de la misère à croire que Dubh est son fils.

— Il semble complètement frigorifié.

— Si seulement il se bougeait un peu pour nous aider, il réussirait à se réchauffer, émit Victor en remontant un des blocs vers le traîneau.

Du revers de la manche de son manteau en laine, Victor s'essuya le front et ajusta son bonnet.

— Cibolac! J'ai jamais vu quelqu'un d'aussi paresseux! continua Victor.

— Il faut lui laisser le temps de s'habituer. On dirait qu'il ne sait pas par où commencer.

— C'est chaque fois pareil! J'étais certain qu'avec le temps son père remarquerait à quel point il est empoté et qu'il ne lui céderait pas sa *business* aussi facilement! Il semblerait que non. Regarde-moi cet incapable qui est devenu notre *boss*!

Les deux hommes se tournèrent en même temps vers Dubh.

— Je me demande ce qu'il fait ici, planté là comme un codinde. Il pourrait nous aider! Paddy travaillait aussi fort que nous.

— Paddy est de la génération des hommes qui ont toujours travaillé. Mon père était pareil.

— Tu n'es pas de la même trempe que Dubh, même si ton père ressemble au sien, ajouta Victor.

— Dubh préfère profiter de ce que son père a semé et il récolte le fruit de son travail. Malgré ce que tu en dis, je pense qu'il faut lui laisser une chance de faire ses preuves.

— Ses preuves? Voyons donc, Julien, tu le sais comme moi que ce type est un incompétent.

Dubh était trop loin pour entendre leur discussion, mais il se tourna vers eux, ce qui obligea les deux hommes à reprendre leur occupation.

— Ça reste qu'il est notre nouveau patron, Victor. Nous n'avons pas le choix de faire avec, articula Julien en forçant pour soulever un bloc.

Victor ne répondit que par un «ouais» peu convaincant et continua de remonter les blocs que les autres venaient d'apporter. Julien pouvait comprendre le ressentiment qui habitait ses collègues. En même temps, il avait toujours voulu laisser une chance au coureur, comme son père le lui avait enseigné. Dubh O'Farrell n'avait sûrement pas l'esprit rempli uniquement de mauvaises intentions. Paddy lui faisait tout de même confiance puisqu'il lui avait cédé l'entièreté de son entreprise et aucun employé ne pouvait contester sa décision.

Le traîneau était pratiquement chargé au complet. Dans quelques minutes, Julien pourrait s'installer sur le siège avant et transporter les blocs vers l'entrepôt. Cette pause assise serait la bienvenue puisqu'il pourrait en profiter pour soulager ses muscles endoloris. Victor l'accompagnerait pour décharger les blocs une fois là-bas. Son travail était physique, certes, mais Julien avait toujours aimé se trouver à l'extérieur, peu importe les saisons. Le jeune homme s'arrêta quelques instants pour respirer l'air frais et écouter les sons habituels que faisaient les ouvriers. Quelqu'un avait entamé une chanson que les autres fredonnaient. Le calme régnait sur la banquise alors que tous vaquaient à leurs occupations. Plus loin, une autre entreprise procédait elle aussi au chargement des blocs. Malgré le froid, le soleil était radieux et Julien profitait des rayons de soleil qui lui réchauffaient le visage avant de reprendre le chargement.

Dubh, toujours immobile, essayait tant bien que mal de se réchauffer, il s'était approché du trou creusé et observait de plus près les hommes découper les morceaux de glace. Les hommes assignés au découpage n'appréciaient guère la présence de ce nouveau patron qui les surveillait d'un peu trop près. L'homme était fasciné par la noirceur de l'eau lorsque les ouvriers recueillaient les blocs. Sans prendre garde, Dubh s'approcha encore un peu plus du bord pour profiter d'une meilleure vue. Un des ouvriers exaspérés par la présence du curieux se tourna vers lui et l'avertit:

— Vous êtes trop près, monsieur O'Farrell, vous devriez reculer, c'est dangereux, la glace pourrait céder.

En prononçant ces paroles, un grand fracas couvrit le son des hommes qui fredonnaient et, comme l'avait prédit l'employé, une grande fissure se fit sous les pieds de Dubh. Le fils de Paddy et deux collègues se retrouvèrent bientôt à l'eau. Julien et ses compagnons étaient habitués à entendre les bruits de l'eau gelée qui se distendait sous eux, mais le grand fracas que fit la glace qui cédait les pétrifia. Il vit les trois hommes disparaître dans l'eau glaciale. Ce genre d'incident arrivait de temps à autre et, chaque fois, c'était la course contre la montre pour tirer les malheureux de ce mauvais pas.

En moins de deux, Julien se précipita en bas du traîneau et se dirigea avec précaution vers le trou. La plupart des employés avaient reculé par prudence, mais les plus téméraires s'étaient couchés à plat ventre sur la surface glacée afin d'aider leurs collègues. Rapidement, les deux ouvriers furent remontés et tirés hors de l'eau. Il ne restait que Dubh qui battait des bras en criant. Un petit groupe d'ouvriers aidèrent les deux hommes à se rendre dans un des traîneaux pour se réchauffer. Les autres demeuraient à bonne distance, cloués sur place en regardant Dubh se démener comme un fou furieux.

Julien s'approcha avec réserve du trou et, muni d'une perche, rampa jusqu'au bord. Il la tendit à Dubh qui, en panique, continuait de crier. D'une voix calme, Julien l'exhorta à se détendre :

— Arrête de te débattre, tu vas couler à pic avec ton gros manteau de fourrure. Calme-toi et je vais te sortir de là.

Déjà, Julien pouvait percevoir la fatigue qui semblait s'emparer du nouveau patron. Les autres hommes se montraient toujours tétanisés à l'idée de lui venir en aide. Seul Victor s'était approché et rampait vers le désespéré. Dubh posa ses grosses mitaines sur le bord de la glace. Il plongea son regard implorant dans celui de Julien qui s'avança plus près pour le saisir à la hauteur des poignets. La glace craqua sous leur poids et Julien se retrouva à l'eau lui aussi, Dubh s'accrochant à lui avec toutes les forces qui lui restaient. Le souffle coupé par l'eau glacée qui s'infiltrait dans ses vêtements, Julien s'efforça de garder son calme, même si Dubh se cramponnait à lui et le faisait couler. Il réussit à se défaire de son emprise et réussit à le pousser sur la glace suffisamment loin pour que Victor puisse le saisir et le tirer complètement hors de l'eau.

Les quelques minutes que dura ce sauvetage parurent une éternité aux yeux de Julien qui tentait de demeurer calme malgré l'engourdissement progressif de ses membres. L'eau était tellement froide et il se sentait devenir si lourd. Pendant ce temps, les ouvriers autour réagirent enfin et aidèrent Dubh à regagner un traîneau. Les autres s'approchèrent alors de Victor en rampant pour lui prêter main-forte.

— Je vais te sortir de là, mon ami, lui dit Victor pour l'encourager.

Victor se tourna vers les deux hommes qui rampaient vers lui pour le rejoindre.

— Allez, les gars, il faut le sortir de là au plus sacrant! Tirez! cria Victor pour encourager ses collègues.

En mettant en commun leurs forces, les trois collègues réussirent à tirer Julien hors de l'eau. Lentement, le petit groupe recula en rampant et, quand il fut suffisamment loin, Victor et les deux hommes portèrent Julien jusqu'à un des traîneaux. Rapidement, ils s'affairèrent à le dévêtir puis à le recouvrir d'une épaisse couverture de laine pour qu'il puisse se réchauffer.

Une fois bien installé sur un des sièges du traîneau, Julien se cala dans sa couverture et se serra contre Dubh qui grelottait toujours.

— Vous en avez mis du temps avant de me sortir de là! leur reprocha Dubh en claquant des dents.

Julien resta muet. Il se serait attendu au moins à un remerciement et non pas à un reproche. Il avait mis sa propre vie en péril pour le tirer de ce mauvais pas. Il en aurait pour des jours à chasser de son esprit la vision de Dubh dans l'eau, puis de sa propre chute. Ils l'avaient vraiment échappé belle. Malgré le manque de reconnaissance de Dubh, Julien laissa la peur céder peu à peu la place à la gratitude qu'il éprouvait envers son ami Victor qui n'avait pas hésité une seule seconde à le secourir. En revanche, l'image des ouvriers plantés debout et regardant Dubh se débattre dans l'eau froide sans lui venir en aide le tourmentait. Sans le vouloir, les hommes avaient clairement indiqué que le seul patron auquel ils répondaient était Paddy et que la vie de Dubh O'Farrell ne valait pas cher à leurs yeux. Cette pensée l'attrista tout en lui rappelant qu'il avait agi honorablement, comme son père le lui avait enseigné. Il avait mis sa propre vie en danger pour sauver quelqu'un d'autre. Peu importe que ce geste fût ou non apprécié, il était en paix avec lui-même.

***

Adéline attendait patiemment sur le trottoir que Josette revienne. La jeune femme s'était engouffrée dans une fastueuse résidence de la rue de la Montagne. Adéline referma le col de son manteau pour se réchauffer et enfonça les mains dans ses poches. Son amie lui avait signifié qu'elle serait de retour rapidement. Adéline fit quelques pas sur le trottoir en observant la résidence qui se dressait devant elle. De larges fenêtres donnaient sur la rue. Des rideaux de dentelle obstruaient la vue de l'intérieur du regard curieux des passants. *Ces gens n'ont sûrement pas besoin de mettre des seaux un peu partout pour récolter l'eau de pluie qui s'infiltre par le toit!* pensa Adéline en souriant tout en évaluant le luxe que représentait pareille construction. Elle se prit au jeu en s'imaginant vivre dans cette maison. La sœur de Josette en avait de la chance d'être à l'emploi d'une famille aussi riche! Certes, le rôle de cuisinière ne devait pas être de tout repos, mais les conditions de travail ne pouvaient qu'être mille fois supérieures à celles qu'elle devait endurer à la Dominion. Se retrouver du matin au soir dans un tel environnement valait beaucoup mieux que l'obscurité constante de l'usine. Elle n'avait qu'à penser à sa tante Philomène qui s'occupait des enfants de familles bourgeoises. Sa tante avait appris à parler anglais à force de discuter avec les enfants. Elle pourrait en faire tout autant si elle en avait l'occasion. Après tout, son père avait insisté pour qu'elle reçoive une bonne éducation, même si elle s'était vu confier la maisonnée dès qu'elle avait eu l'âge de s'en occuper. Elle avait toujours eu une certaine propension pour l'apprentissage, elle n'était pas plus bête que la sœur de Josette qui s'était bien placée dans cette résidence. C'est peut-être de ce côté qu'Adéline devait chercher plutôt que de s'enfoncer jour après jour dans cet emploi pénible qui lui donnait l'impression d'être enfermée dans une prison.

Au lieu de lui changer les idées, cette sortie avec Josette provoquait chez elle une grande mélancolie, lui ramenant en plein visage qu'elle étouffait, à l'usine, et que, de surcroît, elle ne se permettait pas d'en discuter avec Josette. Elle avait peur de confier ses états d'âme à son amie qui avait fait preuve d'une telle gentillesse en l'aidant à se trouver une place à la Dominion. Debout devant l'imposante résidence, elle réalisait que n'importe quel emploi serait préférable à celui qu'elle occupait. Les larmes lui brouillèrent la vue et elle s'exhorta à ne pas se laisser entraîner dans cette tristesse qui l'habitait depuis des semaines. Josette et surtout Julien avaient voulu qu'elle se change les idées avec cette escapade dans le Golden Square Mile alors aussi bien chasser son abattement et profiter pleinement de la soirée qui s'offrait à elle.

C'est à ce moment que Josette dévala les escaliers qui menaient à la porte de service et la rejoignit à la hâte.

— Je suis désolée de t'avoir fait attendre. Ma sœur a toujours eu beaucoup de jasette, tu la connais ! Elle est bien contente des victuailles que ma mère lui a envoyées. Selon ses dires, elle cuisine des tas de petits plats *fancy* pour ses bourgeois, mais elle est incapable de faire du sucre à la crème aussi bon que celui de ma mère.

— Il est difficile à battre, je dois dire…

Sans contredit, Mme Landry cuisinait le meilleur sucre à la crème de tout le quartier. L'estomac d'Adéline se mit à gargouiller à la pensée de ce délice sucré, lui rappelant que son dernier repas était déjà loin derrière elle.

— Dire qu'elle n'a même pas pu se libérer pour célébrer les fêtes avec nous ! C'est presque péché de travailler autant ! continua Josette.

— Elle travaille tout de même dans un endroit fabuleux.

— Tu devrais voir l'intérieur ! En fait, je ne suis entrée que dans la cuisine, mais elle est aussi grande que notre logement au complet ! Tu imagines ? Il y a des fenêtres partout.

Adéline pouvait effectivement l'imaginer.

— Ma sœur venait tout juste de sortir une fournée de pains et je ne sais trop quel mets elle faisait cuire, mais toutes ces bonnes odeurs m'ont donné faim !

— J'ai faim moi aussi. Qu'en dirais-tu si on se dépêchait pour se rendre au restaurant ?

Josette prit son amie par le bras pour l'entraîner avec elle et, tout en discutant, les deux jeunes femmes descendirent la rue de la Montagne jusqu'à la rue Sherbrooke, où elles bifurquèrent vers l'est. Josette pointa le majestueux bâtiment qui se dressait sur la rue Sherbrooke.

— Avais-tu déjà vu le Ritz-Carlton ?

Adéline secoua la tête de gauche à droite tout en détaillant le magnifique édifice.

— C'est la première fois que je viens dans le coin, pour tout te dire. Je ne connais pas le Ritz.

— C'est un des hôtels les plus luxueux de Montréal. Les travaux de construction ont été entrepris en 1911 et l'hôtel vient tout juste d'ouvrir à la fin décembre.

— On dirait presque que tu as déjà mis les pieds dans ce fabuleux endroit.

— Non, mais j'aimerais bien, souffla Josette, admirative. Ma sœur me l'a décrit sous toutes ses coutures. Les rares fois où elle est venue en visite à la maison, elle nous en a parlé abondamment.

Les deux jeunes femmes s'arrêtèrent quelques instants devant la marquise où se tenait un portier vêtu d'un chapeau haut de forme et d'un paletot. Il était chargé d'accueillir les riches clients de l'hôtel.

— Tu imagines les mois de salaire que ça doit prendre pour pouvoir se payer une chambre dans cet hôtel ?

— J'ai peine à le faire, émit Adéline.

La porte de l'hôtel s'ouvrit sur un couple élégant et les deux amies étirèrent le cou en même temps pour tenter d'apercevoir un peu l'intérieur de l'hôtel avant que les portes ne se referment. Elles s'esclaffèrent en même temps devant leur attitude.

— Avec nos petits salaires, c'est à peu près tout ce qu'on peut se payer, de zieuter rapidement l'intérieur ainsi! s'amusa Josette.

Elles continuèrent leur chemin et s'engagèrent sur la rue Drummond pour descendre en direction de la rue Sainte-Catherine. Le côté de l'hôtel dominait la rue Drummond avec ses fenêtres en hauteur et quelques portes probablement réservées au personnel de service. Justement, plusieurs employés sortaient à ce moment même. Intimidées, Josette et Adéline changèrent de côté de rue pour les laisser passer.

Adéline suivit des yeux le groupe composé principalement de jeunes femmes de son âge. Elles en avaient de la chance de travailler dans pareil endroit! Elle les observait, fascinée. Parmi elles, Adéline distingua une silhouette familière. Elle s'arrêta, plissant les yeux afin de vérifier si elle avait bien vu. Josette revint sur ses pas en constatant l'absence de son amie à ses côtés.

— Ça va, Adéline?

Sans lui répondre, Adéline traversa la rue avec précipitation, évitant de peu une calèche qui venait en sens inverse. Josette, main sur le cœur, demeura pétrifiée de l'autre côté de la rue, se demandant bien qui son amie avait pu voir pour qu'elle soit si perturbée.

En quelques enjambées, Adéline rattrapa le groupe et posa la main sur l'épaule de sa tante, qui sursauta en l'apercevant.

— Adéline! Qu'est-ce que tu fais ici?

Philomène s'empara des mains de sa nièce et lui fit spontanément la bise en reculant pour la regarder. Adéline fit signe à Josette pour qu'elle vienne les rejoindre. Celle-ci regarda de chaque côté de la rue avec précaution avant de traverser; pas question de faire comme son amie un peu plus tôt. Brièvement, Adéline expliqua à sa tante pourquoi elle se trouvait là. Josette arriva bientôt près d'elles et Adéline fit les présentations. La tante et la nièce prirent des nouvelles l'une de l'autre, Josette les écoutait en silence, l'estomac dans les talons et sentant le froid transpercer ses vêtements. Elle toussota pour attirer leur attention et dit joyeusement:

— Comme il se fait tard et que je suis certaine que vous avez envie de bavarder toutes les deux, que diriez-vous de poursuivre votre discussion au chaud devant un bon repas?

***

Adéline versa l'eau chaude dans la théière et fixa le thé alors qu'il infusait doucement, teintant l'eau d'une belle couleur ambrée. Sitôt rentrée du restaurant, elle avait trouvé Julien emmailloté dans une couverture, se berçant sur la chaise de leur père. Julien, encore ébranlé, lui avait raconté la mésaventure survenue plus tôt sur la glace. Au fur et à mesure du récit, Adéline avait réalisé avec horreur qu'elle aurait très bien pu perdre son frère en un claquement de doigts. La vie tenait à si peu de choses.

— J'ai l'impression que je ne parviendrai jamais à me réchauffer. Je sens encore le froid mordant pénétrer mes vêtements et les alourdir.

— Un bon thé bien chaud te fera du bien, dit Adéline en versant le liquide dans les tasses.

Le choc des révélations de Julien passé, Adéline cherchait les bons mots pour parler à son frère de la rencontre qu'elle avait faite un peu plus tôt. Elle était tentée de garder ces retrouvailles secrètes. Elle connaissait Julien et elle savait qu'il ne verrait sûrement pas d'un bon œil qu'elle ait envie de renouer avec leur tante. Adéline n'avait jamais compris cette rancœur que son frère conservait à l'endroit de Philomène. En même temps, elle prenait conscience que la vie était fragile et qu'en une fraction de seconde, elle pouvait changer à jamais. À quoi bon la passer à ressasser de vieilles histoires ? Philomène était leur seule parente encore vivante et, en la revoyant, Adéline avait réalisé que la présence de sa tante lui avait réellement manqué et qu'elle désirait la revoir. Philomène avait pris de leurs nouvelles avec grand intérêt, démontrant que son attachement pour eux n'avait pas changé avec les années.

Adéline fouilla dans la poche de sa veste afin de s'assurer que le morceau de papier que lui avait remis Philomène se trouvait toujours au même endroit. Alors que Julien se berçait dans la chaise, sa tasse de thé près de lui, elle relut les coordonnées inscrites par Philomène, qui lui avait fait promettre de lui rendre visite bientôt. Avec précaution, Adéline plia le bout de papier qu'elle rangea dans un tiroir de la cuisine.

— Ce thé devrait te réchauffer un peu, lui dit-elle en s'installant à table.

— Tu as raison, déjà je me sens un peu mieux. Une bonne nuit de sommeil bien au chaud et je devrais être en pleine forme demain.

— Tu as été tellement chanceux de te sortir de ce pétrin ! Je n'arrête pas d'y penser. Tu aurais pu mourir, Julien.

— Je sais, j'ai eu peur pendant un moment. Une chance, je savais que mon ami Victor ne me laisserait pas tomber.

— Il faudra bien que je le remercie quand je le verrai. Tu devrais l'inviter à souper pour que je puisse le faire.

— Je vais lui transmettre tes remerciements et ton invitation, on verra bien. Tu ne m'as pas raconté comment s'était passée ta journée.

— Bah, j'ai travaillé à la Dominion et nous sommes allées ensuite porter les affaires de la sœur de Josette. Les maisons sont tellement belles dans ce quartier, j'ai rarement vu quelque chose de semblable.

— Ça n'a rien à voir avec Saint-Henri, c'est bien certain. Et ce souper ?

Adéline souffla sur son thé et toucha du bout des lèvres le liquide brûlant. Elle hésitait encore à lui parler de sa rencontre fortuite. En même temps, elle ne pourrait pas lui mentir lorsqu'elle se déciderait à rendre visite à sa tante. Adéline poussa délicatement de la main sa tasse.

— Avant d'aller au restaurant, nous sommes passées devant le nouvel hôtel.

Julien hocha la tête, ignorant de quoi il s'agissait.

— Tu sais, le nouveau Ritz-Carlton situé sur la rue Sherbrooke ?

— Oui, j'ai lu quelque chose dans les journaux à ce sujet. Il paraît que c'est très beau, comme endroit.

— Nous n'avons pas eu la chance de voir l'intérieur, ou si peu, Josette et moi, mais l'édifice est impressionnant.

— Et le restaurant, lui ?

— Comme je t'ai dit, nous ne sommes pas allées à l'intérieur.

Julien sourit. On aurait dit qu'Adéline cherchait à gagner du temps.

— Je te parle du restaurant où Josette et toi avez mangé, rectifia Julien.

Adéline rapprocha sa tasse et tenta de nouveau d'en prendre une gorgée, mais le liquide était toujours trop chaud.

— C'était bien, très peu dispendieux, comme l'avait dit Josette. Il faudrait que je t'y emmène une bonne fois.

Adéline se racla la gorge et souffla :

— J'ai rencontré quelqu'un en passant près du Ritz.

— Quelqu'un ? Qui, ça ? Josette était toujours avec toi ?

Julien fronça les sourcils et se redressa sur sa chaise. À son air interrogateur et à ses questions teintées d'inquiétude, Adéline était certaine qu'il imaginait déjà le pire.

— Si ça peut te rassurer, Josette ne m'a pas quitté d'une semelle.

— De qui s'agissait-il ?

Adéline ne pouvait plus reculer maintenant, elle devait révéler à Julien qui elle avait vu. Elle posa les mains de chaque côté de sa tasse pour les réchauffer et lui procurer en même temps un peu de réconfort.

— J'ai croisé tante Philomène qui sortait du Ritz.

Les yeux de Julien s'écarquillèrent.

— Philomène ? Au Ritz ?

— Elle y travaille, en fait.

— Ah bon.

Julien détourna le regard et but une gorgée de son thé. Adéline attendit qu'il la questionne un peu plus. Se heurtant à son silence, elle poursuivit :

— Elle nous a accompagnées au restaurant. Les enfants de la famille chez qui elle travaillait n'avaient plus besoin d'elle, alors elle est gouvernante au Ritz, maintenant. Elle supervise les femmes de chambres de l'hôtel.

— Tant mieux pour elle, se contenta de dire Julien.

— Elle était vraiment heureuse de me voir et elle s'est informée de toi, de ce que tu fais maintenant.

— Tu connais ma position face à notre tante Philomène.

— Justement, je ne la comprends pas vraiment, pour tout te dire.

Julien avala une autre gorgée de thé avant de déposer sa tasse presque vide. Cette conversation prenait un tournant fort désagréable. La journée avait été difficile, il était fatigué et il rêvait de se blottir au chaud dans son lit plutôt que de tenter d'expliquer pourquoi il ne souhaitait plus que Philomène Cartier fasse partie de leur vie.

— Philomène m'a dit qu'elle s'est empêchée à plusieurs reprises de reprendre contact avec nous après les funérailles de papa.

— Elle a bien fait, si tu veux mon avis. Nous n'avons pas besoin d'elle, Adéline, tu le sais autant que moi.

Adéline n'était pas d'accord avec Julien. Les quelques heures où elle avait côtoyé sa tante lui avaient confirmé qu'elle lui avait terriblement manqué pendant toutes ces années. Elle prit une gorgée de son thé. Le visage fermé de son frère ne laissait rien présager de bon. Elle se risqua tout de même à lui dire :

— Philomène m'a dit qu'elle aimerait bien que nous allions lui rendre visite. Elle m'a laissé ses coordonnées, elle habite à quelques rues du Ritz.

— Il est hors de question que je me rende chez elle.

— Après toutes ces années, tu n'as pas envie de renouer avec elle, Julien ?

— Qu'est-ce que cela m'apporterait, veux-tu me le dire ?

Adéline termina sa tasse de thé et se leva pour aller la porter dans l'évier, tout en prenant au passage celle de son frère.

— Philomène est notre seule parente encore vivante, Julien, il me semble que cela ne sert à rien d'entretenir de vieilles querelles qui datent de si longtemps.

Julien serra les dents. Sa sœur avait la mémoire courte, mais il entendait bien la lui rafraîchir.

— Elle nous a abandonnés alors que nous avions le plus besoin d'elle. Elle a préféré aller s'occuper des enfants de cette famille riche plutôt que de veiller sur ses propres neveu et nièce. Ça en dit long sur son esprit de famille.

— Philomène avait sûrement ses raisons et nous ne pouvons pas dire que nous avons manqué d'amour parce que seul papa s'occupait de nous après la mort de maman.

Adéline n'avait pas tout à fait tort. Sa sœur et lui n'avaient jamais manqué de rien et Benjamin s'en était assuré jusqu'à sa mort. Cependant, Julien avait toujours considéré l'absence de leur tante comme un abandon pur et simple, et peu importe les bons sentiments qu'Adéline conservait à son endroit, il n'avait pas envie de rétablir les liens avec celle qui avait fait passer ses intérêts avant les leurs. Les paupières lourdes de fatigue, Julien décida de couper court à la discussion qui, selon lui, n'allait nulle part.

— Je ne t'empêcherai pas de voir Philomène si tu le désires, mais pour ma part, n'espère rien en ce sens. J'ai bien l'intention d'agir de la même façon qu'elle l'a fait avec nous, c'est-à-dire l'ignorer complètement.

— J'aurais cru que tu lui avais pardonné, Julien. Avec ce qui est arrivé aujourd'hui, il me semble que tu devrais comprendre que la vie est fragile et qu'il faut parfois agir avant qu'il ne soit trop tard.

— Fais ce que tu veux, Adéline. Si tu souhaites la revoir, fais-le, mais ne m'oblige pas à faire de même. Elle a fait son choix quand elle est partie ce matin-là.

Julien se leva et embrassa sa sœur sur le front avant de disparaître dans le couloir. Adéline l'entendit fermer la porte de sa chambre et décida d'aller au lit elle aussi. Cette rencontre avec sa tante lui avait remué le cœur. Peu importe ce qu'en pensait Julien, elle avait envie de la revoir et elle entendait bien lui rendre visite très bientôt.

4

Ida avait demandé à être conduite chez les Meredith, sur l'avenue des Pins, sitôt ses bagages déposés dans la suite qu'elle occupait avec son père au Ritz. Il avait réussi à la faire fléchir une fois de plus pour qu'elle l'accompagne lors d'une visite dans la métropole canadienne. L'idée de l'agréable compagnie d'Elspeth avait eu raison de ses dernières réticences. La quadragénaire l'avait invitée à visiter l'Art Gallery dans son tout nouveau bâtiment, situé tout près du Ritz, sur la rue Sherbrooke. Le chauffeur d'Elspeth les avait conduites toutes les deux au musée. L'hiver semblait enfin s'être dissipé, laissant sa place aux journées plus longues, à l'air plus chaud et à l'eau qui ruisselait le long des trottoirs de bois. L'air frais printanier avait revigoré Ida à sa descente du train, lui faisant presque oublier le froid pénétrant qu'elle avait ressenti lors de son dernier voyage. L'espoir du retour de la saison estivale apportait une effervescence chez les passants qui déambulaient sur la rue Sherbrooke, plus légèrement vêtus que la dernière fois où Ida était venue à Montréal. Déjà, à New York, les premiers bourgeons commençaient à percer, il en serait de même à Montréal d'ici quelques semaines.

La voiture des Meredith s'arrêta devant le nouveau bâtiment du Musée des beaux-arts. Les travaux de la construction de style classique avaient débuté en 1910 et s'étaient achevés à l'automne 1912. Tandis que les deux femmes descendaient du véhicule, Elspeth racontait à Ida la cérémonie d'inauguration qui s'était tenue au début du mois de décembre, où le gouverneur général du Canada ainsi que le Prince Arthur du Royaume-Uni avaient fait un discours devant plus de trois mille personnes. D'un signe de la main, Elspeth invita Ida à la suivre vers le portique soutenu par quatre colonnes taillées dans un seul bloc de marbre et toutes deux franchirent la porte d'entrée en chêne massif.

— Avec toutes ces œuvres qu'a reçues le musée en 1909 grâce au legs de William John Learmont et sa sœur Agnes, l'association du musée avait besoin d'un espace plus grand. Ils ont donc acheté la vieille maison Holton, abandonnée depuis un moment, et ils y ont fait construire ce nouveau musée.

Ida, intriguée par les propos d'Elspeth, était fascinée par ses connaissances.

— C'est bien normal, ma chère, que je sache tous ces menus détails. Mon père ainsi que mon beau-frère font partie du comité qui était responsable de sa construction. Je ne cesse de le répéter, Montréal est en fait un très gros village !

Elspeth entraîna Ida dans les différentes galeries du musée. À partir de ce moment, la femme plutôt loquace demeura silencieuse, laissant Ida s'imprégner des différentes œuvres d'art qui l'entouraient. Malgré la différence d'âge entre Elspeth et elle, Ida avait toujours eu l'impression d'être en présence d'une amie plutôt que d'une femme d'âge mûr. De temps à autre, Elspeth intervenait, lui murmurant d'infimes détails à surveiller sur les différents tableaux. Ida buvait les paroles de sa compagne, ne se lassant pas d'admirer les œuvres d'art.

— Voyez ces couleurs déposées sur la toile, Ida. Elles sont formidables et réjouissent notre regard, ne trouvez-vous pas ?

Ida approuva de la tête.

— Comme j'aimerais être capable de peindre de la sorte ! exprima Elspeth.

— Charles et vous avez le talent de faire de magnifiques compositions florales dans vos jardins, c'est un art en soi.

Elspeth soupira.

— Vous avez bien raison. L'hiver s'est avéré long, j'ai si hâte au printemps pour m'y remettre dès que possible !

— À New York, les crocus et tulipes hâtives ont déjà fait leur apparition. Bientôt, vous pourrez admirer les vôtres dans vos jardins.

— Et j'espère bien que vous y serez, ma chère Ida. Votre présence me fait tant de bien !

Elspeth toucha avec délicatesse le bras d'Ida et les deux femmes poursuivirent leurs découvertes artistiques pendant une bonne heure encore. De temps à autre, Elspeth expliquait certains détails à Ida. La jeune femme avait tenté à plusieurs reprises de se mettre à la peinture, mais sans grand succès. Elle avait toujours préféré la musique. Sans exceller au piano,

Ida s'en tirait tout de même bien. Cette visite au Musée des beaux-arts l'émerveillait d'autant plus qu'elle savait combien cette discipline était difficile.

Après avoir parcouru le musée au complet, Elspeth entraîna Ida vers la sortie.

— C'est bientôt l'heure du thé au Ritz. Une pause nous fera le plus grand bien, qu'en pensez-vous, ma chère?

— Avec plaisir, d'autant plus que mon père est probablement de retour de sa réunion. Il souhaitait que nous soupions ensemble. Peut-être que Charles et vous pourriez vous joindre à nous?

Ida espérait sincèrement qu'Elspeth accepterait son invitation. Elle n'avait aucune envie de souper en tête en tête avec son père, qui ne cessait de lui parler de ses différentes affaires. Ce genre de conversation était totalement assommant pour elle. Certes, il en discuterait sûrement avec Charles, mais au moins la présence du couple Meredith l'empêcherait de revenir sur son sujet de prédilection ces temps-ci: trouver un fiancé à sa fille. L'homme d'affaires avait multiplié les rencontres à New York avec plusieurs de ses connaissances, pères de partis intéressants pour elle. Chaque fois, Ida ne se montrait pas enthousiaste vis-à-vis des jeunes hommes qu'il lui présentait. Elle savait que, tôt ou tard, elle serait forcée de faire son choix et elle redoutait de plus en plus le moment.

Les deux femmes traversèrent le lobby de l'hôtel et se dirigèrent dans la Cour des Palmiers, où le thé était servi. Elles se virent rapidement assigner une table, Elspeth saluant au passage quelques connaissances qui s'y trouvaient. La dame se laissa choir sur une des chaises confortablement rembourrées et Ida l'imita en poussant un profond soupir.

— Je peux constater que vous êtes à plat, vous aussi. J'avais peur que ce soit mon âge qui explique ma fatigue, plaisanta Elspeth.

— Cette visite au musée a été admirable et je compte bien y retourner dès que j'en aurai l'occasion. Seulement, mes bottillons commençaient sérieusement à me meurtrir le petit orteil. Un bon thé chaud ne sera pas de refus.

— Le tout accompagné de délicieux petits scones, compléta Elspeth.

Ida pouvait voir une lueur de gourmandise dans les yeux de son interlocutrice et son estomac lui confirma qu'elle aussi bénéficierait de ce petit encas. Elspeth retira ses gants et son chapeau, qu'elle déposa sur le bord de la table. Ida l'imita tout en pensant que dès qu'elle remonterait à la suite, elle pourrait en faire autant avec ses bottillons. Le serveur apporta le thé ainsi qu'un plateau contenant des sandwichs et des scones. L'eau à la bouche, Ida se servit la première après qu'Elspeth l'eut encouragée à le faire. Déposant sa serviette de table sur ses genoux, la dame se servit à son tour en lui disant :

— J'aime beaucoup venir prendre le thé ici. Nous y sommes tellement bien accueillies. Ne trouvez-vous pas ?

Ida ne pouvait qu'être d'accord avec l'affirmation de sa compagne, bien qu'elle se doutât qu'Elspeth Meredith recevait un traitement de faveur quand elle venait dans l'hôtel dont son mari était actionnaire.

— L'autre jour, j'ai pris le thé au Ritz avec la mère de Fergus Connelly. Vous vous souvenez de ce charmant jeune homme ?

Ida acquiesça tout en espérant qu'Elspeth ne lui tiendrait pas le même discours que son père.

— À ce qu'il paraît, son fils a une très haute estime de votre personne, ma chère petite. Martha m'a dit qu'il lui a parlé de vous à quelques reprises.

Ida se demandait si ce n'était pas le contraire qui s'était produit. Peut-être que Martha Connelly lui rebattait les oreilles en lui parlant d'elle comme son père semblait prendre plaisir à le faire ? Cette situation n'était pas sans l'amuser. *Je plains Fergus si sa mère glisse mon prénom dans toutes leurs discussions !* À quelques occasions, son père lui avait signifié que lors de leur prochain séjour à Montréal, il organiserait une soirée en compagnie de ce charmant jeune homme. *Les parents ont le don de harceler leurs enfants à la limite du possible*, songea Ida en prenant une gorgée de thé. Martha Connelly ne devait pas être bien différente de Bruce Sloane ! Curieuse malgré tout, elle interrogea Elspeth pour savoir ce qu'elle avait entendu à son sujet.

— Disons qu'il a demandé si vous n'aviez pas un fiancé caché quelque part à New York. J'ai confirmé à Martha que vous étiez libre. Ai-je bien fait ?

Ainsi donc, Fergus Connelly s'était enquis de son statut. Ce propos étonna et charma en même temps Ida, qui était presque certaine que le jeune homme se montrait intéressé seulement parce que sa mère le poussait à le faire. Elle décida de s'en assurer afin d'éviter de se faire une fausse idée de la situation.

— Si Mme Connelly est comme mon père, je doute que ce questionnement vienne réellement de Fergus, émit Ida.

— Certainement, Martha était d'ailleurs étonnée que son fils vous porte un intérêt aussi flagrant.

Ida sentit ses joues s'empourprer. Elle était tout de même surprise d'avoir réussi à attirer l'attention du jeune homme uniquement en lui accordant quelques valses. Elspeth réitéra sa question :

— Est-ce que j'ai bien fait, Ida, de lui dire que vous êtes toujours célibataire ? Peut-être que je suis dans l'erreur ?

— Effectivement, il n'y a aucun fiancé qui m'espère à New York, tout comme à Montréal. Mon père insiste tellement pour que je trouve chaussure à mon pied qu'il ne parvient qu'à m'en enlever l'envie.

— C'est le lot des pères d'insister autant. Le mien s'est montré tellement fier lorsque Charles a demandé ma main ! Il agissait comme un homme satisfait du devoir accompli. Enfin, son aînée était casée !

— Le fait que je sois fille unique doit peser dans la balance. Mon père a une peur bleue que je devienne une de ces vieilles filles aigries !

— Vous avez encore le temps de trouver un bon parti, ma chère Ida. Fergus Connelly est charmant, mais vous avez tout votre temps pour décider. Vous êtes une jeune femme remplie d'esprit et d'audace. Je ne doute pas une seule seconde que vous trouverez quelqu'un pour vous seconder tout au long de votre vie.

— Je crois que mon audace et mon esprit, comme vous dites, peuvent faire peur à certains hommes. Je suis loin des potiches qui sont convoitées par les bons partis.

Elspeth s'amusa des propos de sa jeune amie.

— Vous n'avez pas la langue dans votre poche, c'est irréfutable. Le garçon qui demandera votre main le constatera bien assez vite. Ce sont les femmes avec de l'esprit qui gouverneront le monde, j'en suis convaincue !

* * *

Le ramassage de blocs de glace avait repris de plus belle malgré l'incident qui aurait pu coûter la vie à plusieurs hommes ce jour-là, dont Dubh O'Farrell. Quelques-uns avaient remis en cause l'évaluation de Dubh selon laquelle la glace était suffisamment épaisse pour assurer la sécurité des travailleurs. Ces doutes qui subsistaient minaient la confiance des employés face à leur nouveau patron. Malgré tout, Julien s'était efforcé de reprendre son travail en reléguant au fond de son esprit les images qui l'assaillaient parfois quand il voyait apparaître l'eau au moment où les hommes retiraient les blocs de glace pour les ramener vers les traîneaux. Dubh se tenait désormais à l'écart; il préférait rester près de la terre ferme au cas où un autre incident survenait. Julien pouvait comprendre sa crainte. En même temps, ce genre d'événement n'était pas courant et la cueillette de blocs de glace, malgré les dangers qu'elle pouvait représenter, devait être effectuée.

— Au moins, il n'est plus dans les pattes de ceux qui taillent les blocs, fit Victor en pointant Dubh du menton.

— Il préfère se tenir sur ses gardes et observer le déroulement de la récolte les pieds sur la terre ferme. Après ce qui s'est passé, je pense que c'est normal.

— S'il fallait que tous les hommes qui sont tombés à l'eau un jour restent sur la terre ferme, il n'y aurait personne pour travailler sur la glace, cibolac! J'ai moi-même déjà foutu le camp dans l'eau glacée. Ton père faisait partie de ceux qui m'ont aidé à remonter.

— Tu en devais une à ma famille, alors, c'est pour ça que tu m'as sauvé, avança Julien.

— Tu es mon ami, un point c'est tout. Je n'allais quand même pas te laisser dans cette eau glaciale! J'ai besoin de quelqu'un de solide et fort pour m'aider à monter ces blocs sur le traîneau. Je ne peux pas vraiment compter sur Dubh O'Farrell pour le faire!

— Une chance que je suis vaillant, sinon tu m'aurais laissé couler à pic, plaisanta Julien.

— Oui, c'est grâce à tes gros muscles et à ton cœur au ventre que je t'ai sorti de là.

Les deux hommes s'amusèrent pendant un moment avant que Dubh s'approche d'eux.

— Vous n'êtes pas ici pour vous amuser, messieurs. Le traîneau devrait être plein depuis un moment déjà.

— Nous chargeons les blocs même si on s'amuse un peu, Dubh, dit Victor en continuant sa tâche.

— Je suis votre patron et je tiens à ce que vous m'appeliez M. O'Farrell. Mon père acceptait qu'on l'interpelle par son prénom, mais pour ma part, je réclame cette marque de respect. Est-ce que je me suis bien fait comprendre?

— Bien sûr, monsieur O'Farrell, répondit Victor en dissimulant son ton ironique.

Dubh resta de longues minutes à les surveiller, puis il retourna à l'endroit qu'il occupait avant son intervention, bien installé, comme un chef orchestrant le travail de ses hommes.

— Si seulement M. O'Farrell était aussi serviable que son propre père! se moqua Victor en continuant sa besogne. Il se donne de grands airs pour se faire respecter, mais au fond, tout le monde sait qu'il n'a pas la trempe de Paddy pour diriger son entreprise.

— Peu importe, c'est lui qui nous paye, astheure.

Germain Compagnat s'était approché de Victor et Julien; il avait entendu les dernières paroles du duo.

— Je me suis laissé dire que Dubh entend faire des changements dans l'entreprise. Il veut rajeunir ses employés. Il souhaite se débarrasser des plus vieux, qu'il a l'impression de traîner comme des boulets.

— Il n'a pas le droit de faire ça, cibolac! s'exclama Victor.

— Il est le *boss*, il a tous les droits. Je vous le dis, les gars, vous allez devoir vous tenir tranquilles pour être sûrs de garder vos *jobs*!

Julien observa à la dérobée quelques-uns de ses collègues qui étaient à l'emploi de la City Ice House depuis longtemps et qui avaient été embauchés en même temps que son père. Il n'avait qu'à penser à Jos Bernier, qui avait bien connu Benjamin et qui avait partagé avec lui bien des dîners ainsi que quelques bières à la taverne du coin. L'homme dans la soixantaine ne méritait pas de perdre son emploi à cause de son âge. Ses collègues avaient toujours compensé les efforts qu'il ne pouvait plus fournir en raison de son âge, mais le travail était réalisé malgré tout.

Julien venait de charger le dernier bloc. Il sauta en bas du traîneau, heureux de quitter le bord du fleuve pour aller porter sa cargaison et pouvoir se reposer un peu. Dubh choisit ce moment pour se manifester à nouveau.

— Il reste encore de la place pour quelques blocs. Vous devriez charger un peu plus, tous les deux.

Julien croisa le regard exaspéré de Victor qui s'apprêtait à riposter. Connaissant son ami, il ne mettrait pas de gants blancs pour remettre Dubh à sa place. Julien s'avança vers le patron avant que Victor n'intervienne.

— Je pense, monsieur O'Farrell, que la charge est suffisante pour les chevaux.

— Si tu «penses» que c'est mieux, Couturier, je vais suivre tes conseils, alors, se moqua Dubh.

Dubh s'adressa ensuite à Victor et à Germain qui se trouvaient tout près :

— Chargez quatre blocs de plus, vous autres. On n'a pas les moyens de retourner les traîneaux à moitié vides.

Victor serra les poings, mais un léger signe de Julien le convainquit de se soumettre à l'autorité du patron. Victor et Germain se mirent à la tâche à contrecœur, même s'ils savaient que Julien avait raison. Les chevaux n'étaient plus aussi fringants qu'avant et il aurait mieux valu les ménager un peu. Julien s'apprêtait à aider ses deux compagnons, mais Dubh intervint.

— Je pense qu'une rotation de personnel serait une bonne chose. Vous vous amusez un peu trop, Bellavance et toi. Pour le reste de l'après-midi, tu vas aller travailler sur la coupe, Couturier.

Julien se demanda quelques secondes s'il devait protester. Il avait toujours été meilleur pour charger et décharger que pour tailler des blocs de glace. Tous avaient leurs spécialités et les autres ne verraient pas d'un bon œil son arrivée à la coupe.

— Tu diras à Bernier que tu prends sa place et que c'est lui qui va charger les blocs avec Bellavance.

— Si je peux me permettre monsieur O'Farrell, le vieux Bernier n'a pas la constitution pour monter les blocs à bord du traîneau, émit Germain.

— De quoi tu te mêles, Compagnat? C'est qui, le *boss*, icitte?

— C'est vous, monsieur O'Farrell.

— Il serait temps que tout le monde le reconnaisse. Mon père est rendu à un âge où il a le droit de se reposer et c'est moi qui le remplace. Les choses sont appelées à changer et j'espère bien que vous allez le comprendre rapidement. Allez, assez niaisé : Bellavance et Compagnat, allez porter ce traîneau-là !

Les deux hommes s'exécutèrent et Dubh retourna à son promontoire pour surveiller ses hommes. Julien salua ses deux compagnons à regret. Les choses étaient appelées à changer, comme l'avait dit O'Farrell, et Julien commençait sérieusement à redouter le pire.

* * *

Philomène observait à la dérobée Adéline, assise dans un des fauteuils de son salon. Elle ne pouvait s'empêcher de lui trouver des ressemblances avec sa défunte sœur. Sur la table, deux tasses de thé refroidissaient. Lors de sa rencontre avec sa nièce, pendant le souper au restaurant, il lui avait semblé qu'il y avait tant de choses qu'elles ne s'étaient pas dites. Maintenant qu'Adéline se trouvait devant elle, le silence dominait la pièce. Ce malaise était sûrement imputable à toutes ces années passées loin l'une de l'autre, conclut Philomène.

La ressemblance était trop frappante entre Adéline et sa mère, Philomène avait l'impression de se trouver devant Marguerite et cette pensée apportait son lot de nostalgie. Sa sœur était morte dans la fleur de l'âge, en étant privée de voir grandir ses enfants. Philomène s'était donné la mission de le faire à sa place et elle avait échoué. Elle n'avait pas eu d'autre choix que de prendre ses distances et, aujourd'hui, Adéline était là, alors que Philomène avait le sentiment d'être une étrangère pour elle.

La dame s'étira et prit sa tasse de thé pour garder une contenance. Adéline paraissait aussi mal à l'aise qu'elle. La jeune femme, les deux mains sur les genoux, promenait son regard sur la décoration minimaliste de son salon. Philomène s'en excusa :

— Je n'habite ici que depuis quelques mois seulement. Quand j'ai quitté la famille Allan, je me suis installée dans ce petit logement. Je projette d'ajouter quelques décorations ici et là quand j'en aurai l'occasion. J'ai manqué de temps pour le faire.

— C'est très chaleureux, comme endroit, j'aime beaucoup. Une belle luminosité entre par les fenêtres.

Au moins, j'ai eu le temps d'accrocher mes rideaux aux fenêtres ! pensa Philomène. Elle promena elle aussi le regard sur l'ensemble du salon. Les meubles n'étaient pas neufs, mais tout de même confortables. La pièce, de dimensions respectables, était chaleureuse, comme l'avait dit Adéline. Une table à café se trouvait au milieu du salon, posé sur un tapis moelleux que Philomène avait acheté avec ses économies. Adéline toucha du plat de la main le coussin à côté d'elle, unique décoration ornant le divan. Le tic-tac de l'horloge accrochée au mur du salon meublait un peu le silence qui s'était installé entre la tante et la nièce.

— J'ai été tellement surprise de te croiser l'autre jour en sortant de l'hôtel! dit enfin Philomène. Je n'en reviens pas encore de cette fabuleuse coïncidence.

— C'était un hasard, en effet. C'est la première fois que je m'aventurais dans ce coin-là. En fait, tout ça, c'est à cause de Josette, qui allait porter quelques affaires à sa sœur, sur la rue de la Montagne.

— J'ai compris qu'elle est cuisinière pour une famille bourgeoise?

— Oui.

— J'ai été heureuse de rencontrer ton amie Josette.

— Quand elle a su que je venais te rendre visite, elle m'a fait promettre de te saluer de sa part.

— C'est aimable, tu lui retourneras la politesse et tu l'inviteras à se joindre à nous une prochaine fois.

— Nous sommes voisines et amies depuis un moment. Nous nous étions un peu perdues de vue. C'est grâce à elle si je me suis trouvé un emploi à la Dominion.

— C'est généreux de sa part de t'avoir aidée. Je l'ai trouvée très énergique et très loquace aussi! émit Philomène en souriant.

— Disons qu'elle a toujours quelque chose à dire, on ne s'ennuie pas avec elle !

Pendant tout le souper, c'est Josette qui avait alimenté à peu près toutes les discussions. L'amie de sa nièce n'étant pas là, c'était à Philomène, en tant qu'hôtesse, qu'incombait la responsabilité d'amorcer la conversation, ce qu'elle peinait à faire. Elle devait briser la glace qui s'était formée durant les années passées loin l'une de l'autre.

— Tu m'as surprise l'autre jour en me disant que tu travailles à la Dominion.

— Oui, je voulais aider Julien. De plus, j'en avais assez de rester toute la journée à la maison.

— J'espère que vous n'avez pas de difficultés financières ?

Philomène regretta immédiatement sa question. Adéline n'avait pas de comptes à lui rendre. Sa nièce ne semblait pas froissée et répondit avec franchise :

— La maison de papa n'est plus toute jeune. Nous avons quelques travaux à faire pour la remettre en ordre.

— Donc, ce travail à la Dominion est temporaire ?

— Je ne sais pas. Un deuxième salaire est le bienvenu pour payer toutes les dépenses. Pour le moment, je me sens utile, même si le travail en usine n'est pas facile.

— Je te comprends.

Philomène sourit et Adéline l'imita. La jeune femme aurait eu envie de se confier sur ses doutes, sur son envie d'abandonner ce travail qu'elle détestait. Philomène l'aurait comprise, elle en était certaine, mais toutes ces années passées loin de sa tante avaient laissé des traces. Une gêne et une réserve l'habitaient. Au lieu se confier, Adéline préféra questionner sa tante sur son ancien emploi de préceptrice.

— Les journées ne se ressemblaient pas, lui répondit-elle. Parfois, les enfants étaient surexcités, mais la plupart du temps ils se montraient sages comme des images. J'ai eu beaucoup de plaisir à m'occuper d'eux.

Adéline se rappela les récriminations de son frère et éprouva du soulagement de ne pas avoir réussi à convaincre Julien de l'accompagner chez Philomène. Son frère aurait sûrement mal pris le commentaire de leur tante, lui qui lui reprochait de les avoir abandonnés.

— En y pensant bien, mon travail de gouvernante n'est pas bien différent de celui de préceptrice. Au lieu de m'occuper d'enfants turbulents, je supervise des femmes de chambre pour que tout soit en ordre pour les clients. C'est un poste qui vient avec son lot de responsabilités.

— Ça doit être tout de même fabuleux de travailler dans un si bel endroit.

— Je n'ai pas à me plaindre, même si c'est exigeant.

Adéline déposa les mains sur ses genoux. Elle avait toujours admiré l'audace de sa tante. Son célibat l'avait toujours fascinée. Elle avait bravé toutes les conventions et avait préféré faire ses propres choix plutôt que de suivre le chemin tracé pour les femmes depuis des lunes. Philomène avait préféré l'affranchissement au mariage. Adéline enviait ce sentiment de liberté que devait éprouver sa tante. Toutes les jeunes femmes avec qui elle travaillait à la Dominion, y compris Josette, rêvaient du prince charmant qui viendrait les libérer de leur emploi d'ouvrières et qui leur offrirait un logement mal chauffé avec une trâlée d'enfants pendus à leurs jupes. Leur destin ne s'annonçait peut-être pas aussi fataliste qu'Adéline l'envisageait, mais pour le moment, c'est ainsi qu'elle percevait le mariage et cette perspective ne l'enchantait guère. En même temps, elle ne savait pas ce qu'elle désirait pour l'avenir. Trouver un mari et élever une famille? Elle était cependant certaine qu'elle ne voulait pas croupir indéfiniment dans une usine. Elle avait eu à convaincre Julien du bien-fondé de son désir de travailler, maintenant, il était trop tard pour reculer. Elle était prise dans un engrenage et elle ne savait aucunement comment en sortir. En avouant ouvertement à Julien qu'elle s'était trompée, elle craignait qu'il lui suggère fortement de se trouver un mari et elle anticipait ce moment. Tôt ou tard, cette réalité la rattraperait, mais elle préférait ne pas y songer pour le moment. Peut-être avait-elle trouvé une alliée en la personne de sa tante Philomène, qui comprendrait son besoin de liberté et d'indépendance puisqu'elle-même l'expérimentait! Rassemblant son courage, Adéline se décida à se confier à sa tante.

— Je t'ai toujours admirée pour ton audace. Tu as choisi de te réaliser au lieu de te conformer au moule imposé à toutes les femmes. Je n'ai pas le quart du courage que tu devais posséder à mon âge.

Philomène déposa sa tasse de thé. C'était la première fois que quelqu'un lui témoignait une telle considération et elle détourna le regard quelques secondes pour dissimuler ce qu'elle ressentait. Sa vie n'avait pas été facile et sa solitude lui pesait, parfois. Elle le constatait à présent quand elle rentrait dans son logement vide, après le travail. Personne ne l'attendait. Lorsqu'elle était plus jeune, elle s'était imaginé avoir des enfants bien à elle plutôt que d'élever ceux des autres. La distance qu'elle avait dû prendre vis-à-vis de son neveu et de sa nièce lui avait brisé le cœur. Adéline ignorait les sacrifices qu'elle avait dû faire, mais elle ressentit un élan d'amour pour sa nièce qui, malgré tout, continuait de l'admirer.

— Je ne te souhaite pas de finir vieille fille comme moi, ma belle Adéline. Juste de trouver ton propre bonheur, peu importe où il se trouve.

Se sentant devenir émotive, Philomène décida de changer de sujet :

— Tu m'as dit que Julien travaille au même entrepôt de glace où œuvrait Benjamin ?

— Oui, à la City Ice House. M. O'Farrell, l'ancien patron de notre père, l'a engagé peu de temps après sa mort.

— C'est une chance pour lui, sans aucun doute. C'est un travail exigeant, mais tout de même très valable. Ton frère est aussi valeureux que ton père, c'est tout à son honneur.

— Mon père aurait sans doute préféré que mon frère poursuive ses études, mais Julien n'avait pas le choix. Quand papa est décédé, il est devenu le seul soutien de famille.

— Vous auriez dû venir me voir…

En prononçant ces paroles, Philomène se doutait de la réponse que lui ferait Adéline. Elle n'était pas riche, mais elle aurait pu leur venir en aide et, qui sait, peut-être que Julien aurait pu poursuivre ses études et même Adéline, si elle l'avait voulu? Sa nièce secoua la tête.

— Je connais mon frère, jamais il n'aurait accepté que tu nous aides. Il est bien trop orgueilleux! Il m'a boudée pendant deux semaines quand je lui ai proposé de me trouver un emploi pour l'aider.

— Vous pouvez être fiers tous les deux d'avoir réussi à perpétuer l'héritage de votre père. Benjamin serait si fier de vous voir vous débrouiller comme vous le faites!

— Je ne peux m'empêcher de penser que Julien aurait pu faire de brillantes études si mon père avait vécu plus longtemps.

— Parfois, la vie fait en sorte que nous devons changer d'itinéraire.

— Julien ne s'est jamais plaint. C'est un dur métier, mais il le fait avec brio.

— Ton frère est le digne fils de ton père, Benjamin a toujours été travaillant et il a toujours veillé sur sa famille comme sur son plus grand bien. Je suis heureuse de savoir que Julien veille sur toi comme ton père le faisait.

Adéline acquiesça et raconta la mésaventure de Julien, survenue quelques jours plus tôt. Au fil de son récit, Philomène blêmissait en réalisant la chance inouïe qu'avait eue son neveu. Elle porta une main à son cœur.

— Il aurait pu mourir, émit-elle faiblement.

Elle réalisait qu'elle aurait très bien pu ne jamais revoir son neveu vivant et cette pensée l'attrista à un tel point qu'elle osa demander à Adéline les vraies raisons qui expliquaient l'absence de Julien.

— Il avait besoin de se reposer, mentit Adéline. Il m'accompagnera peut-être la prochaine fois.

— Il m'en veut toujours, n'est-ce pas?

Adéline baissa la tête, hésitant à dire la vérité. Cela l'attristerait pour rien. Julien pouvait tellement être têtu, parfois. Malgré tout, elle se jurait de tout faire pour qu'il change d'avis. Il ne pouvait pas en vouloir à leur tante pour le reste de sa vie, quand même! Surtout pas sans chercher à comprendre les vraies raisons pour lesquelles elle avait dû partir. L'air triste d'Adéline n'échappa pas à Philomène qui s'approcha de sa nièce et s'assit près d'elle, posant une main sur la sienne.

— Tu n'as pas à te sentir responsable de tout ça, Adéline. Julien est assez grand pour décider par lui-même s'il souhaite me rendre visite. Je peux comprendre que mon départ, jadis, lui ait causé beaucoup de chagrin.

Adéline fut soulagée des propos de sa tante qui ne semblait pas se formaliser de l'absence de son frère en ce dimanche après-midi.

— Julien a souvent les idées bien arrêtées. Il ne voulait pas que je travaille à la Dominion. Il a dû se rendre à l'évidence qu'il ne me ferait pas changer d'avis seulement parce qu'il boudait. Ces temps-ci, il se montre un peu plus grognon que de coutume. M. O'Farrell a passé le flambeau à son fils et ça ne fait pas l'affaire de Julien ni des autres employés. Il est à prendre avec des pincettes, ces jours-ci, c'est pourquoi je n'ai pas insisté pour qu'il m'accompagne aujourd'hui.

Philomène ne put s'empêcher de sourire. Le caractère boudeur de Julien lui rappelait celui de sa sœur Marguerite. Ce n'était en effet pas le bon moment pour Julien de renouer avec sa tante s'il était aussi grincheux qu'Adéline le disait. Il devait se trouver dans de meilleures dispositions pour qu'elle puisse envisager une réconciliation. Lucide, Philomène avança :

— Mon départ l'a sûrement beaucoup attristé. Ça me désole énormément, si je l'ai blessé.

— Il n'a pas compris pourquoi tu ne t'occupais plus de nous.

— Est-ce que c'est la même chose de ton côté ?

— Pour être honnête, tu m'as quand même beaucoup manqué. Je me suis dit que tu devais avoir tes raisons et je ne t'ai jamais gardé rancune, avoua Adéline. Peut-être que Julien comprendra ça un jour, je le souhaite, en tout cas.

— Ça n'a pas été facile de vous laisser derrière, ton frère et toi, Adéline. Un jour, peut-être que je t'expliquerai pourquoi il a fallu que je parte.

Philomène serra la main de sa nièce avant de se lever et de lui tourner le dos afin de se ressaisir. Le cœur serré, elle ramassa les tasses de thé vides et se dirigea vers la cuisine. Adéline avait remarqué qu'elle était bouleversée et elle l'aida à apporter le reste du service à thé. Dans la cuisine, sa tante lui tournait toujours le dos. La joie de renouer avec cette femme surpassait le désir de la questionner qui s'emparait de son esprit. Adéline était convaincue que tôt ou tard sa tante se confierait sur les vraies raisons qui l'avaient poussée à s'éloigner d'eux. Hésitante, Adéline s'approcha de Philomène et posa une main sur son épaule pour la réconforter.

— L'important, pour le moment, c'est que nous nous soyons retrouvées toutes les deux. Peu importe ce qui s'est passé autrefois.

5

Le retour du temps doux avait apporté un peu de répit à Julien. Depuis que Dubh avait décidé de l'affecter au coupage des blocs de glace, il avait essayé par tous les moyens de changer de place avec des hommes habitués à cette tâche, en vain. Dubh refusait qu'il le fasse. De toute évidence, il avait voulu l'éloigner de ses deux comparses en le reléguant au découpage. Pourtant, il aurait dû comprendre l'angoisse que Julien ressentait quand il se retrouvait sur le bord de la glace fraîchement coupée. Il revivait l'incident qui avait failli lui coûter la vie. Dubh éprouvait sûrement la même crainte que lui, mais lui avait le luxe de ne pas avoir à remettre les pieds sur la glace et de superviser ses hommes de la terre ferme. Julien avait espéré qu'il se montrerait plus compatissant envers ses employés, mais il n'en était rien. Dubh O'Farrell régnait comme un tyran sur son entreprise et il n'hésitait pas à remettre un ouvrier à sa place ou à le congédier sans préavis à la moindre incartade. Julien voyait Jos Bernier peiner à charger les blocs de glace dans les camions et les voitures tirées par les chevaux. Raoul Dubé avait mentionné à Dubh qu'il devait ménager les hommes plus vieux, que c'était inhumain d'obliger Jos Bernier à travailler au chargement de ces maudits blocs de glace alors qu'il aurait pu occuper d'autres fonctions beaucoup moins exigeantes. Non seulement cette recommandation avait été rejetée, mais Raoul Dubé avait été congédié sur-le-champ. Les autres travailleurs préféraient se taire désormais afin d'éviter de subir le même sort. À présent, tout le monde subissait le despotisme de Dubh sans regimber.

Julien continuait son coupage de blocs de glace tout en essayant de se raisonner. Il n'arrivait pas à comprendre comment l'eau froide et noire réussissait toujours à le terroriser des semaines après le drame, un grand et fort gaillard comme lui. Pourtant, la terreur le gagnait chaque fois qu'il s'emparait de sa scie. S'il avait écouté la peur qui semblait prendre le dessus sur sa raison, il serait rentré chez lui. Il ne pouvait pas abandonner Adéline qui comptait sur lui, il était hors de question qu'il fiche tout en l'air parce qu'il n'arrivait pas à surmonter ses peurs. Son sens des responsabilités se manifestait jour après jour et il reprenait sa scie pour couper les blocs de glace, la peur au ventre. Il avait besoin de ce travail et il devait faire l'effort de se soumettre aux décisions de son nouveau patron.

Avec la chaleur, le fleuve s'était libéré de ses glaces comme les hommes du joug de Dubh. Les surnuméraires engagés pour le ramassage de glace avaient regagné leurs emplois précédents jusqu'au prochain hiver; la dizaine d'autres travaillaient maintenant dans l'entrepôt à charger les deux camions ou les voitures tirées par les chevaux en vue de la livraison. Julien, heureux de retrouver sa place derrière le volant d'un des camions, entrevoyait l'été qu'il passerait loin de Dubh O'Farrell et cette perspective le réjouissait.

Paddy venait de temps à autre prendre des nouvelles de ses hommes qui demeuraient silencieux à propos de la nouvelle marche à suivre de l'entreprise. Si Paddy avait décidé de se retirer et de confier les rênes à Dubh, c'était malgré tout parce qu'il lui faisait confiance. Personne n'avait osé remettre en question son choix et tous s'affairaient à donner le meilleur d'eux-mêmes sans manifester leur mauvaise humeur.

Julien avait donc repris les commandes de son camion, Victor à ses côtés. Les deux hommes avaient toujours eu beaucoup de plaisir à travailler ensemble et les longues semaines où ils avaient été forcés de s'éloigner l'un de l'autre n'étaient pas venues à bout de leur solide amitié. Le bonheur de reprendre les livraisons avait permis à Julien d'oublier l'hiver qu'il venait de passer. Sûrement que l'hiver prochain, le choc serait moins vif et il parviendrait à surmonter ce bouleversement. Son père avait coutume de dire que le temps arrangeait les choses et il espérait que cela serait vrai. Julien avait préféré garder pour lui ses inquiétudes plutôt que de se confier à sa sœur. De toute façon, il la voyait très peu. Ils soupaient ensemble, mais Adéline regagnait rapidement sa chambre sitôt la vaisselle lavée. Son travail à la Dominion l'épuisait.

Seuls ses collègues pouvaient comprendre ce qu'il ressentait. Victor et Germain l'avaient rassuré en lui disant que bientôt tout ceci ne serait que de mauvais souvenirs. En attendant, Julien profitait pleinement de la belle saison qui s'offrait à lui. Les livraisons l'éloignaient de Dubh et il ne pouvait que s'en porter mieux. Si au début il avait décidé de laisser une chance au fils du patron en évitant de se laisser influencer par ses collègues, plus le temps passait, plus il constatait que jamais il ne réussirait à s'entendre avec lui. Dubh ne l'avait même pas remercié de lui être venu en aide quand il était tombé à l'eau, en risquant sa propre vie. Il promenait un regard méprisant sur tous ses employés même si ceux-ci contribuaient au succès de son entreprise. Dubh profitait de chaque situation pour faire mauvais usage de son autorité.

Julien, le coude appuyé sur le rebord de la fenêtre baissée du camion, respirait à pleins poumons cet air de liberté. Coincée entre ses jambes, une bouteille de *ginger ale* attendait de le désaltérer au prochain arrêt. Il avait livré ses blocs de glace à une boucherie sur la rue Sainte-Catherine et il restait une dernière livraison à effectuer avant de retourner à l'entrepôt pour remplir à nouveau le camion de blocs. Seuls les bruits de la rue se faisaient entendre dans le véhicule. Victor savourait lui aussi ce moment de plénitude. Il leva sa bouteille à l'intention de Julien, qui l'imita. Les goulots s'entrechoquèrent avant que les deux hommes avalent une longue goulée du liquide ambré.

— Cibolac! Ça fait oublier ben des tracas, cette liqueur-là! Je peux dire à ce moment-ci que j'aime ma *job*! dit Victor. Quoi de mieux qu'une *ride* en camion pour se changer les idées?

— La prochaine livraison est sur la rue Saint-Denis, il me semble?

— Non! J'ai changé les bons de livraison avec ceux de Jean, question de faire un peu de tourisme!

Julien se redressa et replaça sa bouteille entre ses jambes.

— Tu n'as pas allongé notre trajet, j'espère? Je n'ai pas envie de tourner en rond en ville pour rien.

— Ben non, rassure-toi. On doit se rendre sur la rue Sherbrooke, juste un peu plus à l'ouest.

— Jean a accepté de changer de parcours avec nous?

— Il préfère rester dans Saint-Henri. Tu le connais, il n'a jamais beaucoup aimé s'aventurer plus loin que la rue Saint-Antoine. Alors que nous, la grande ville ne nous fait pas peur!

Victor avala d'un trait le restant de sa boisson et Julien l'imita. Les deux hommes éructèrent en même temps, ce qui déclencha un fou rire.

— Alors? Où va-t-on se perdre pour cette livraison? demanda Julien.

— On va au Ritz! Tu connais?

Julien se renfrogna. Oui, il connaissait bien le Ritz, puisque sa sœur n'arrêtait pas de lui rebattre les oreilles à propos de cet hôtel supposément fabuleux. Depuis qu'Adéline avait renoué avec Philomène, il ne se passait pas une journée sans qu'elle lui dise à quel point leur tante était chanceuse d'avoir réussi à décrocher un emploi dans cet endroit prisé de la bourgeoisie. Comme tout le monde, Julien avait lu avec intérêt des articles de journaux décrivant la construction de l'hôtel. Convaincu que jamais il ne mettrait les pieds dans ce genre d'endroit, il en avait rapidement oublié l'existence jusqu'à ce qu'Adéline lui en parle. Peu lui importait la chance qu'avait leur tante d'être à l'emploi de cet hôtel, il aurait préféré mille fois faire sa livraison ailleurs, sans risquer de croiser Philomène.

Julien se raisonna, si l'hôtel était aussi grand qu'on le disait, il y avait peu de chances d'y rencontrer sa tante. Malgré tout, il avait envie de voir cette construction dont les journalistes avaient vanté les mérites. Le Ritz faisait partie des hôtels les plus chics et les plus luxueux de toute la ville et il aurait la chance de le constater de visu. Julien se tint fermement à son volant pour rester concentré sur la route alors que ses pensées vagabondaient. Adéline n'arrivait pas à comprendre qu'il puisse garder aussi longtemps une rancœur envers leur tante. Le frère et la sœur préféraient éviter ce sujet de discorde, même si Adéline se permettait parfois de glisser un mot ou deux au sujet de leur tante. Julien n'entendait pas la revoir de sitôt et elle devrait se faire à l'idée. Elle était têtue, mais lui aussi! Il songea avec tristesse que cette divergence d'opinions commençait à miner lentement la relation fraternelle qu'ils avaient réussi à bâtir. Adéline ne se confiait presque plus à lui et c'était réciproque. Il avait préféré taire l'angoisse qui l'avait étreint pendant tout l'hiver à découper ces maudits morceaux de glace. Adéline avait assez de ses soucis avec son travail à la Dominion; elle n'avait pas besoin de connaître davantage de tourments.

— Julien Couturier, m'écoutes-tu?

Julien se tourna vers Victor qui brandissait sa feuille de commande.

— Désolé, j'avais l'esprit ailleurs. Qu'y a-t-il?

— Je te disais qu'on doit livrer la cargaison par la porte de service sur le côté rue de la Montagne.

— Rue de la Montagne! C'est noté, patron! plaisanta Julien.

En passant devant le bâtiment rue Sherbrooke, Julien ne put s'empêcher de ralentir pour observer l'impressionnant bâtiment. Il suivit les instructions de Victor et arrêta son véhicule près de la porte indiquée. Comme d'habitude, Julien se chargerait de prévenir le client de leur arrivée et Victor commencerait tranquillement à décharger les morceaux de glace.

Julien retira sa casquette pour se recoiffer, puis la replaça avant d'appuyer sur la sonnette près de la porte de service. Il dut attendre une dizaine de secondes avant d'obtenir une réponse. Un jeune homme vêtu de blanc et portant la moustache lui ouvrit.

— Livraison de glace, annonça joyeusement Julien.

— C'est au fond là-bas !

L'homme disparut dans la direction qu'il venait d'indiquer à Julien, qui retourna auprès de Victor pour l'aider à décharger la glace sur le chariot. Une quantité impressionnante de blocs avait été commandée pour le Ritz et les deux livreurs se mirent à la tâche, effectuant des allers-retours entre la chambre froide et le camion. Quand tout fut déchargé, l'homme à la moustache s'approcha de Julien.

— C'est assez surprenant, n'est-ce pas, que nous ayons besoin de glace malgré les réfrigérateurs que nous possédons ? Or rien n'est plus efficace que la bonne vieille glace pour conserver les viandes.

Julien promena son regard sur la cuisine qui se présentait à lui. Plusieurs employés s'affairaient à apprêter, à couper ou à cuire différents aliments. Les odeurs alléchantes se diffusant dans la pièce lui rappelèrent que son sandwich avalé à la hâte était déjà loin dans son estomac. Tous les équipements étaient modernes et il pouvait apercevoir au fond de la pièce les réfrigérateurs dont l'homme lui avait parlé. C'était la première fois qu'il en voyait et ces armoires réfrigérées l'impressionnèrent. Selon Paddy, les réfrigérateurs étaient encore beaucoup trop rares à Montréal pour menacer le commerce de la glace, mais tout de même. Un jour, la plupart des cuisines seraient équipées de ce genre de nouveautés.

— Où sont passés les livreurs habituels ? questionna l'homme à la moustache.

— Nous avons changé notre itinéraire avec eux. Mon collègue Victor Bellavance et moi-même, Julien Couturier, pour vous servir.

L'homme, à peu près du même âge que Julien, leur tendit la main.

— Marius Lafortune. Je suis commis de cuisine.

— Enchanté, monsieur Lafortune. C'est une bien belle cuisine que vous avez !

— N'est-ce pas ? J'ai travaillé dans quelques restaurants à Montréal, mais j'avoue que cet endroit est le plus impressionnant que j'ai pu voir.

— Commis de cuisine ? C'est vous qui vous chargez de recevoir la glace ? interrogea Victor.

— Entre autres. J'exécute les ordres des chefs des différentes parties de la cuisine. Je m'occupe principalement de la partie garde-manger. Je dois m'assurer que l'inventaire est complet. Ce serait une honte de ne pas réussir à offrir aux clients du restaurant ce qui est offert au menu. Je mets la main à la pâte quand les autres sont occupés. C'est évidemment ce que je préfère dans mon travail de commis.

Tout le monde s'affairait dans un impressionnant ballet synchronisé. Victor et Julien, sans voix, observaient en silence ce spectacle impressionnant.

— Si je me fie à votre étonnement, ce doit être la première fois que vous vous retrouvez dans une cuisine de cette envergure, lança Marius.

Le commis de cuisine s'était arrêté lui aussi pour regarder ses collègues.

— C'est toujours grandiose la première fois qu'on peut assister à pareille scène. Saviez-vous, messieurs, que le Ritz possède une cuisine complète, un peu plus petite que celle-ci cependant, à chaque étage ?

Les bouches de Victor et de Julien s'entrouvrirent au point où Marius éclata de rire.

— J'aurais bien aimé prendre le temps de vous faire visiter, messieurs, mais ce sera pour une prochaine fois. Je dois retourner au boulot.

Julien et Victor, encore émerveillés par ce qu'ils venaient de découvrir, répondirent à la salutation de Marius, qui venait de leur tendre la main, et le suivirent des yeux quelques instants avant de repartir avec leur chariot vide. Une fois dans le camion, Victor s'exclama :

— Cibolac ! J'imagine la face de ma Gloria si elle voyait pareille cuisine. Elle serait tellement impressionnée !

— N'importe qui le serait ! La cuisine fait trois fois la taille de ma maison, rétorqua Julien.

— Juste à penser aux p'tits plats que Gloria me mitonnerait avec de tels équipements, je bave !

— Retiens-toi de le faire dans le camion de Dubh ! Il ne serait pas content !

Victor donna une grande claque sur l'épaule de son collègue et les deux hommes continuèrent de discuter et de s'amuser sur le trajet du retour, profitant de ce moment de calme avant de devoir affronter Dubh O'Farrell.

**

Ida avait offert ses meilleurs vœux aux nouveaux mariés lors de la réception donnée en leur honneur, puis avait repris sa place près de son amie Pauline McMillan. Malgré le profond ennui qu'elle ressentait, Ida ne pouvait s'empêcher d'être impressionnée. Aaron Byrne n'avait pas lésiné sur le luxe pour souligner son mariage avec Olivia Blandford. Le repas qui avait été servi était exquis, le champagne coulait à flots et les musiciens engagés pour animer la soirée faisaient partie des meilleurs des États-Unis. Presque la totalité de l'aristocratie new-yorkaise y était présente. Ida avait aperçu un peu plus tôt Vincent Astor, l'héritier de John Jacob Astor, disparu lors du naufrage du *Titanic* en avril 1912.

Ida chercha des yeux son père, qu'elle trouva en grande discussion avec l'entrepreneur Henry Clay Frick. Contrairement à elle, il affectionnait ce genre de soirée puisqu'il pouvait discuter avec les hommes les plus influents de New York. Ida n'avait jamais aimé les bains de foule. Elle avait l'impression de ne pas être à sa place dans cette société vide de sens. Seule l'exposition de nouvelles toilettes suscitait les discussions chez les femmes présentes à ces soirées. Les conversations étaient puériles et se limitaient à relater les potins entendus dans les salons de thé. Ida aurait aimé discuter des dernières toiles qu'elle avait vues en visitant les musées ou encore des livres qu'elle avait lus. Au lieu de cela, elle restait silencieuse à écouter les commérages de son amie Pauline.

— J'espère qu'Olivia connaît la chance qu'elle a d'avoir épousé un des hommes les plus riches de New York.

Ida avait constaté que la mariée respirait le bonheur et s'abstint de dire à Pauline qu'elle était certainement la femme la plus heureuse ici ce soir. Son amie était maussade et il ne servait à rien d'aviver ce sentiment. Son état ne s'était pas amélioré quand elle avait elle aussi aperçu Vincent Astor un peu plus tôt en compagnie d'une jeune femme qui, selon les rumeurs, s'avérait être sa fiancée. Comme si elle avait lu dans ses pensées, Pauline continua ses récriminations :

— Je me demande bien ce que Vincent trouve à cette Helen Huntington. Les as-tu vus ensemble ?

Ida acquiesça en silence.

— Te rends-tu compte que nous aurions pu être les heureuses élues? poursuivit Pauline. C'est désolant de voir qu'il a choisi cette fille de champion de tennis plutôt que l'une d'entre nous.

— Il doit simplement en être amoureux, répondit candidement Ida.

— Tout de même! Je suis certaine qu'elle sait très bien ce qu'elle fait! Vincent a hérité d'une fortune colossale après la disparition de son père.

Ida s'abstint de commenter, sachant que c'était peine perdue. Pauline trouverait certainement un argument pour la contrarier. Ida aimait beaucoup Pauline malgré son esprit rigide, elle qui voulait presque toujours avoir raison. De son côté, elle s'était réjouie de voir Vincent Astor en compagnie d'Helen Huntington. Le jeune homme méritait de connaître un peu de quiétude après ce qui était arrivé à son père. Loin de se reposer sur l'héritage qu'il avait reçu, Vincent s'avérait un véritable philanthrope. Ida avait appris par son père qu'il avait vendu plusieurs des bâtiments lui appartenant et qu'il s'apprêtait à faire construire des logements pour des familles modestes. Cet homme était l'un des plus riches des États-Unis et probablement l'un des plus généreux.

Pauline continuait de promener son regard sur les personnes présentes, ajoutant de temps à autre un commentaire sur la tenue portée par une dame ou sur l'homme qui l'accompagnait.

— Je ne peux pas croire que Lisbeth fréquente George, après l'affront qu'il lui a fait subir l'hiver dernier.

Ida fit semblant de ne pas avoir entendu la dernière phrase de Pauline, mais celle-ci continua sur sa lancée, certaine que le silence de son amie démontrait son envie d'en savoir plus.

— Il est sorti quelques fois avec Harriet Bellamy avant de revenir vers Lisbeth comme si de rien n'était. En tout cas, moi, je ne pourrais jamais pardonner pareille trahison.

«Je suis certaine que tu lui pardonnerais, avec la fortune qu'il possède», eut envie de répliquer Ida, mais elle se retint. Son amie agissait ainsi sans méchanceté, elle le savait. Pauline trouvait probablement le temps aussi long qu'elle durant ces soirées et avait conclu que le potinage était une bonne façon de la distraire de son ennui. Pauline but un peu de champagne avant de poursuivre sur sa lancée :

— Eliza Byrne, la mère du marié, m'a personnellement invitée à lui rendre visite si je me décide à aller à Londres l'été prochain. Elle a aussi promis de me présenter les meilleurs partis qu'elle connaît. Qui sait, je deviendrai peut-être une *lady* ?

Pauline ferma les yeux quelques secondes, rêvassant à cette éventualité. Elle les rouvrit et fixa Ida.

— Tu devrais m'accompagner, Ida. Songe à tout le plaisir que nous aurions toutes les deux à nous promener à Londres. Tous ces bals qui nous attendent ! Ce serait vraiment formidable et je suis certaine qu'Eliza en serait ravie.

Ida redoutait un tel voyage. Passer ses soirées dans des réceptions comme celle-ci dans une ville qu'elle ne connaissait pas était au-delà de ses forces. Elle secoua la tête de dépit.

— Mon père n'a pas prévu de voyage en Angleterre avant un moment. De toute façon, ses affaires à Montréal l'accaparent beaucoup. Il passe son temps à se déplacer entre New York et Montréal.

— C'est vrai que Montréal, c'est beaucoup mieux que Londres, ironisa Pauline.

— Je préférerais nettement rester à New York plutôt que de devoir suivre mon père.

— Dans ce cas, il faut te trouver un mari qui soit de la place. Comme ça, tu auras une bonne raison pour rester ici! D'ailleurs, il serait temps de nous dépêcher un peu si nous ne voulons pas finir vieilles filles!

— Je ne suis pas pressée de me marier, lâcha Ida.

— Tu préfères te promener entre New York et Montréal, c'est bien connu! Ton père ne devrait pas t'obliger à le suivre comme ça. À moins que tu me caches quelque chose…

Pauline scruta les yeux de son amie, essayant d'y trouver un détail qu'Ida n'aurait pas révélé.

— Peut-être que tu as rencontré la perle rare à Montréal? Tu sais que tu peux tout me dire, Ida Sloane!

— Non, il n'y a personne, affirma-t-elle.

— Tant mieux, alors, parce que je continue de penser que les New-Yorkais valent cent fois les Montréalais.

Ida serra les mâchoires. Que connaissait Pauline à Montréal ? Son amie jugeait la ville sans même y avoir mis les pieds. Elle-même avait montré une certaine réticence au début, quand elle accompagnait son père. Les séjours à Montréal s'étaient multipliés au cours des derniers mois et Ida anticipait avec hâte les prochains. L'accueil chaleureux d'Elspeth Meredith expliquait en majeure partie ce soudain changement d'opinion. La dame l'avait accueillie comme un membre de sa famille et s'efforçait de la divertir en l'amenant avec elle au musée et dans les galeries d'art. Pour la première fois de sa vie, Ida avait l'impression que quelqu'un l'écoutait vraiment et avait des idées plus philosophiques que le choix de tissu pour une robe. Lors de sa dernière visite à Montréal, Elspeth lui avait fait promettre de venir passer quelques semaines à sa maison de campagne, située à Senneville, près du lac des Deux Montagnes. Elle s'y était déjà rendue par le passé et elle conservait un excellent souvenir de ces séjours là-bas. Ida avait presque hâte de s'éloigner des artifices de New York pour se reconnecter avec la nature.

— Es-tu déjà allée à Montréal, Pauline, pour en parler avec autant de snobisme ?

— Non, et je n'en vois pas l'intérêt.

— C'est une ville charmante, argumenta Ida.

Elle sourit en constatant qu'elle défendait les intérêts de Montréal, qu'elle avait elle-même détestée quelques mois auparavant.

— Je ne suis pas certaine qu'on puisse qualifier de charmante une ville où sévit l'hiver pendant plusieurs mois.

— C'est vrai que les hivers sont parfois rudes, là-bas, beaucoup plus qu'ici, mais la neige est d'une telle blancheur. Le fleuve gèle suffisamment par endroits pour que les gens puissent l'utiliser comme pont pour traverser sur la rive opposée. Les Montréalais apprécient chacune des saisons qui s'offrent à eux et ils en profitent pleinement. L'été venu, il ne se passe pas un dimanche sans qu'ils ne fassent de fabuleux pique-niques dans les différents parcs ou même sur le mont Royal.

— Donc, ils ne sont pas bien différents de nous, si je me fie à ce que tu me dis ! Je considère tout de même que Central Park n'a rien à envier à aucun endroit au monde !

Ida sourit face au chauvinisme dont faisait preuve son amie.

— Savais-tu que le parc du mont Royal et Central Park ont été conçus par le même architecte-paysagiste ?

Pauline écarquilla les yeux. Fière de sa révélation, et puisqu'elle avait piqué la curiosité de son amie, Ida continua :

— C'est Frederick Law Olmsted qui a conçu Central Park, le parc du Mont Royal et même le Jackson Park à Chicago.

Devant les vastes connaissances de son amie, Pauline abdiqua en levant les mains.

— D'accord. Je suis prête à faire un effort et à me rendre à Montréal si tu te décides à m'y inviter lors de ton prochain séjour. Tu pourras me présenter à Mme Meredith dont tu ne cesses de me vanter la gentillesse.

— Je le ferai avec plaisir, Pauline !

* * *

Adéline attendait avec impatience ses visites chez sa tante le dimanche après la messe. Cette expectative de passer du temps avec elle lui permettait de traverser ses longues semaines à la Dominion. Tous les jours de la semaine, y compris le samedi, elle se levait tôt, s'habillait, mangeait et partait pour l'usine comme un automate. Elle revenait en fin de journée, préparait le repas, mangeait en silence en écoutant Julien raconter les livraisons qu'il faisait avec son collègue Victor ou les actions qu'il entreprendrait pour retaper la maison aussitôt que le beau temps le permettrait. Elle tombait dans son lit à bout de forces et reprenait cette course effrénée à l'aube.

Julien nourrissait des projets de rénovation et il prévoyait même remplacer quelques vieux meubles défraîchis. Adéline ne pouvait donc pas briser ses aspirations en lui avouant qu'elle songeait de plus en plus à laisser son travail à la Dominion et à rentrer sagement à la maison pour s'occuper de l'ordinaire. En même temps, elle ne se voyait pas retourner derrière son fourneau ni avoir les deux mains trempant à longueur de journée dans la cuve de lavage. Le maigre chèque de paye qui lui était remis lui apportait tout de même une certaine satisfaction. Elle contribuait elle aussi à leur bien-être.

Adéline voyait ses dimanches après-midi comme un moment de libération où elle pouvait oublier la vie de misère qu'elle menait pendant la semaine. Renouer avec sa tante lui mettait du baume au cœur. Philomène lui relatait son enfance passée avec sa mère, lui parlait de ses semaines au Ritz, de ses années où elle avait travaillé pour la famille Allan, autant de sujets qui la divertissaient et lui changeaient les idées.

— Tu sembles perdue dans tes pensées, ma belle fille.

Adéline releva la tête et se heurta au regard inquisiteur de sa tante.

— Je ne faisais qu'imaginer les enfants Allan tels que tu me les décrivais. Ces enfants ont sûrement connu une enfance merveilleuse à tes côtés, ma tante.

— Je me suis efforcée de m'en occuper comme s'il s'agissait des miens, j'étais vraiment attachée au deux plus jeunes, Anna et Gwendolyn, des petites demoiselles tellement adorables! Ces dernières années, j'ai très peu vu Hugh junior puisqu'il est parti étudier en Angleterre dans un collège réputé. Nul doute qu'il va succéder à son père en affaires.

Philomène tendit une assiette contenant des biscuits à Adéline. Elle en prit un et le trempa dans son thé.

— Ta mère aussi mangeait ses biscuits de cette façon. J'imagine que tu sais à quel point tu lui ressembles en vieillissant.

Adéline opina tout en tentant de retenir les émotions qui lui entravaient sa gorge. Remarquant la peine de sa nièce, Philomène vint s'asseoir près d'elle.

— Tu n'as pas l'air dans ton assiette, ma chouette. Que se passe-t-il?

En entendant ce petit mot doux, Adéline éclata. Cette peine qu'elle retenait depuis trop longtemps déjà se déversait sans qu'elle ne puisse l'arrêter. Philomène se retint quelques instants de la prendre dans ses bras puis, devant son désarroi, elle céda et la serra sur son cœur. La tendresse de sa tante ébranla Adéline qui laissa libre cours à sa tristesse et s'abandonna au réconfort que lui apportait celle qu'elle avait presque considérée comme une seconde mère.

La tante et la nièce demeurèrent soudées l'une à l'autre pendant un moment, puis Adéline se ressaisit en s'excusant.

— J'ai les émotions à fleur de peau. Je crois que c'est la fatigue de la semaine qui se fait sentir.

— Ne t'en fais pas, ma chouette, ça nous arrive à toutes, ces débordements d'émotions. Peut-être que tu vas me dire de me mêler de mes affaires, et tu aurais probablement raison...

Philomène s'arrêta un moment, cherchant la meilleure formulation à faire pour éviter de froisser sa nièce. Elle pinça les lèvres avant de poursuivre :

— J'espère que ton frère t'aide un peu avec les tâches domestiques puisque tu travailles à l'extérieur et tout...

— Je n'ai rien à reprocher à Julien, la coupa Adéline.

Philomène recula devant la réponse directe de sa nièce, qui regretta d'avoir été presque brutale et dit doucement :

— Julien m'apporte son aide sans que j'aie à la lui demander. Il fait la vaisselle, s'occupe du ménage aussi et parfois il cuisine. Je ne connais pas beaucoup d'hommes qui en feraient autant, conclut Adéline.

— J'en suis ravie. Ton père était pareil. Il se débrouillait bien en cuisine. J'ai souvenir d'une recette de fricassée qu'il faisait et qui était délicieuse.

— Mon frère a repris la tradition, ajouta Adéline en souriant. C'est ce qu'il cuisine de mieux !

Philomène prit doucement la main de sa nièce dans la sienne.

— Dans ce cas, il faut que tu te reposes un peu, ma chérie. Tu me sembles exténuée. Probablement que l'arrivée de l'été te fera le plus grand bien.

La chaleur va s'installer dans la Dominion et les conditions de travail seront encore plus infernales, songea Adéline avec tristesse. Philomène essayait de l'encourager du mieux qu'elle le pouvait tout en ignorant les raisons profondes de son désarroi. Pour la première fois depuis des mois, Adéline se trouvait face à un mur infranchissable et ne voyait aucune issue. Le cœur lourd, elle ne pouvait plus continuer à faire semblant que son travail lui apportait le contentement désiré quand elle avait décidé d'aider son frère financièrement. Philomène était là, lui tendant les bras et prête à l'écouter. Adéline inspira profondément et succomba. Tant pis si sa tante la jugeait, au moins elle aurait le cœur moins lourd.

— Je ne sais plus quoi faire, ma tante, pour me sortir de cette impasse.

— De quoi parles-tu, ma chouette ?

— Je n'en peux plus de travailler à la Dominion. Les conditions de travail sont terribles. Je pensais que je réussirais à m'habituer, mais j'en suis incapable. Je ne sais plus quoi faire, Julien compte sur moi, maintenant.

— Je suis certaine que si tu lui expliquais, il comprendrait que ce travail n'est pas fait pour toi.

— C'est ma faute, c'est moi qui ai voulu être indépendante et ne pas suivre ses conseils. À présent, je ne sais pas comment me sortir de ce cul-de-sac.

Philomène observa sa nièce en silence. Celle-ci attendait qu'elle se prononce. Comme elle comprenait son désarroi !

— Savais-tu que j'ai travaillé quelques mois dans une *shop* de couture avant de trouver un emploi comme préceptrice chez les Allan ?

Adéline écarquilla les yeux.

— Non, je l'ignorais.

— Eh oui ! Et pour être honnête, j'ai détesté ce travail, c'était tellement routinier comme emploi. J'avais besoin de me réaliser et ce n'est pas en assemblant des chemises d'homme que je pouvais le faire. Pour gagner un peu plus, certaines d'entre nous apportaient des chemises chez elle pour coudre à la maison, même après les heures d'ouvrage à la manufacture. Nous étions presque enchaînées derrière nos machines à coudre. C'était infernal !

Les propos de Philomène touchaient profondément Adéline qui éprouvait les mêmes impressions. Elle se sentait comme une prisonnière qui devait effectuer sa sentence jour après jour dès qu'elle franchissait les lourdes portes de la Dominion. Prise dans cette usine, elle ne savait plus comment en sortir. Julien comptait sur son salaire maintenant et en aucun cas elle ne voulait le décevoir. Même si le fait de se confier à sa tante ne changeait rien à son destin, au moins elle se sentait soulagée. Adéline comprenait que tout comme Philomène elle détestait son emploi. Elle ne pouvait se complaire dans un travail aussi ennuyeux et répétitif.

— Tu devrais en parler à Julien, réitéra Philomène.

— Pour qu'il me dise qu'il avait raison ? Jamais de la vie.

Philomène sourit en prenant conscience de l'orgueil qui habitait sa nièce. Comme elle se reconnaissait en elle ! Adéline était tellement malheureuse et Philomène réfléchissait à la meilleure façon de lui venir en aide. Ses économies suffisaient tout juste à payer son loyer. De toute façon, elle doutait que Julien accepte toute aide financière de sa part si Adéline quittait son emploi à la Dominion. Sa rédemption auprès de Julien était loin d'être gagnée. Adéline s'essuya les yeux et se moucha. La lumière du jour faiblissait derrière le rideau de dentelle de la fenêtre du salon. Adéline se leva à regret.

— Je vais devoir rentrer, Julien va m'attendre pour souper.

— Peut-être qu'un bon dimanche, il acceptera de t'accompagner, émit Philomène, remplie d'espoir. Je pourrais alors vous inviter à souper tous les deux.

— J'aimerais beaucoup qu'il vienne avec moi, mais nous devons faire preuve de patience. Julien peut se montrer très buté, parfois.

— Je suis certaine qu'il ne le sera pas si tu lui parles de ce que tu ressens en te rendant tous les jours à la Dominion. Les choses ne peuvent pas rester comme ça, ma chouette. Tu mérites d'être heureuse. Tu ne dois pas te laisser ensevelir par cet emploi qui gruge tout ton entrain.

— Je vais réfléchir sérieusement à la question, ma tante. Merci d'avoir pris la peine de m'écouter. Je pars le cœur plus léger.

— Tu le sais que je serai toujours là pour toi, ma belle Adéline.

La jeune femme acquiesça et embrassa sa tante sur la joue. Philomène éprouva une énorme bouffée d'amour pour sa nièce. Tout comme elle, Adéline ne pouvait simplement se complaire dans l'attente d'un mariage. Sa nièce était comme elle l'avait été plus jeune, elle aspirait à un avenir où elle serait l'unique initiatrice de son bonheur. Philomène la raccompagna jusqu'à l'entrée où elle récupéra sa veste. Adéline allait sortir lorsque Philomène la retint par le bras.

— Pourquoi ne viendrais-tu pas travailler au Ritz avec moi ?

Adéline ouvrit la bouche et fixa sa tante pendant un moment, se demandant si elle était sérieuse.

— Je ne connais rien au métier de femme de chambre.

— Ce n'est pas tellement sorcier, ma belle fille, je serai là pour t'apprendre.

Adéline sentit l'espoir la gagner. Elle avait envie de tenter sa chance. Sa tante avait foi en elle et cette profonde certitude lui donnait des ailes. Elle avait appris rapidement à la Dominion, il ne pouvait en être autrement si elle devenait femme de chambre. Une Adéline requinquée quitta le logement de Philomène. Ce changement d'humeur enchanta la tante qui avait remarqué que l'espoir et l'allégresse semblaient avoir repris vie dans le cœur de sa nièce. Si elle avait été forcée de prendre ses distances auprès de son neveu et de sa nièce par le passé, elle avait aujourd'hui la chance de se rattraper auprès d'Adéline.

6

Ida avait revêtu une robe en cotonnade et portait un chapeau de paille. Penchée sur une talle d'échinacées, elle observait une abeille butiner la fleur. Jamais elle n'avait pris le temps d'observer les fleurs et encore moins les insectes. C'est Elspeth et Charles Meredith qui l'avaient initiée aux plaisirs du jardinage. Si Pauline la voyait ainsi penchée sur les fleurs ! Son amie n'en reviendrait pas ! Elle la traiterait de paysanne, mais elle se montrerait probablement intriguée par le nouveau penchant de son amie. Ida s'empara d'un sécateur et coupa quelques tiges qu'elle déposa dans un panier tout près. Elspeth s'adonnait à la même tâche. Ensemble, les deux femmes pourraient composer un magnifique bouquet qui serait déposé sur le guéridon du hall d'entrée.

Ida se trouvait depuis quelques jours déjà chez les Meredith, dans leur maison de campagne de Senneville. En se relevant, elle chercha des yeux sa bienfaitrice, qui s'était éclipsée sans qu'elle s'en rende compte, et l'aperçut assise sur le banc près du lac. Elle la rejoignit allégrement. Elspeth lui fit signe de s'asseoir près d'elle.

— J'avais oublié comment cet endroit était magnifique, s'exclama Ida.

— De l'autre côté du lac, on voit très bien les collines d'Oka. Tu devrais revenir à l'automne pour admirer les magnifiques couleurs des arbres. On dirait d'immenses bouquets de fleurs.

Ida essaya d'imaginer les beautés que décrivait Elspeth. En pleine nature, Elspeth semblait rejeter la formalité qu'elle maintenait lors des activités mondaines, ce qui n'était pas sans faire chaud au cœur d'Ida. Elle se rapprochait encore plus de cette dame qui l'inspirait et qu'elle considérait presque comme une préceptrice. Ida éprouvait un élan d'affection pour celle qui avait si bien connu sa mère. Elle avait l'impression que sa mère vivait un peu à travers le récit d'Elspeth.

— Je n'avais jamais porté attention à toute cette nature qui nous entoure, avoua Ida.

— Évidemment que c'est plus difficile en ville. Je ne suis pas la même personne quand je me trouve à Montréal.

Ida ne pouvait qu'approuver ces dires, elle-même avait l'impression d'être une autre personne loin des mondanités.

— Le jardin qui entoure votre demeure à Montréal est tout de même magnifique, fit Ida.

— Ce n'est pas pareil. Ici l'air que l'on respire n'a pas d'égal.

Elspeth inspira profondément comme pour valider ses dires.

— J'ai passé mon enfance ici. Mon père a une résidence secondaire tout près. Charles m'a tellement fait plaisir en construisant celle-ci.

— Mon père a toujours préféré passer ses étés à New York. De temps à autre, nous allons à Southampton chez ses amis, mais j'aimerais avoir un endroit qui soit bien à nous.

— Bruce doit venir nous voir plus tard à la fin du mois. Peut-être que de se trouver ici le convaincra d'acheter lui aussi une résidence secondaire ? Je te le souhaite puisque tu sembles prendre plaisir à profiter des bienfaits de la terre.

Elspeth reporta son attention sur la tenue décontractée d'Ida. La jeune femme retira ses gants de jardinage et brossa de l'index quelques particules de terre qui s'étaient accrochées à la dentelle de sa robe de coton. Si son père l'avait vue se pencher dans les plates-bandes de la sorte, il aurait été en état de choc, lui, un véritable citadin. Elspeth sourit devant sa mine absorbée.

— Ta mère est venue elle aussi passer quelques étés ici. Les premières fois, elle ne comprenait pas mon besoin de me planter les deux mains dans la terre puis à un certain moment, elle s'y est intéressée. Elle aimait les fleurs, mais ce qu'elle adorait par-dessus tout était la culture de légumes du potager. Pour l'occasion, mon père a fait défricher un petit lopin derrière la maison pour que ta mère puisse s'y mettre. Cette année-là, nous nous sommes régalés de tomates et différents légumes qu'Eleonor avait cultivés. Te dire la fierté qu'elle ressentait quand elle rentrait son panier rempli de légumes au bras !

Le regard d'Elspeth plongea pendant un moment dans les eaux scintillantes du lac des Deux Montagnes.

— Une fois qu'elle a été mariée avec ton père, elle m'a souvent écrit que bien qu'elle se soit moquée de mon jardinage, l'odeur et la sensation de la terre humide sur ses mains lui manquaient depuis son installation à New York. Elle aimait passer du temps à Central Park, cela l'apaisait beaucoup de l'effervescence de la ville.

— C'est peut-être pour ça que mon père a acheté notre maison sur la Cinquième Avenue, face au parc, elle devait s'y rendre souvent.

— J'y suis allée à quelques occasions lorsque Charles et moi rendions visite à Bruce.

— Il faudrait bien que vous reveniez nous visiter, tous les deux. J'aimerais vous rendre votre hospitalité.

— Si tu savais à quel point ça me fait plaisir que tu sois parmi nous cet été, ma chère Ida ! J'espère aussi que ton amie Pauline viendra nous rejoindre un peu plus tard cet été, comme tu me l'as mentionné. Ce sera un grand bonheur de la recevoir ici. J'adore la vivacité d'esprit des jeunes femmes de votre âge.

— Pauline devrait en effet se joindre à nous bientôt. J'ai réussi à la convaincre de troquer un voyage à Londres pour un à Montréal pour qu'elle puisse passer un peu de temps avec moi. Je crois que j'ai piqué sa curiosité avec les descriptions de mes séjours ici.

— Je suis vraiment heureuse que tu commences à trouver ton compte dans notre belle ville.

— Je dois avouer qu'au début, je n'avais pas envie de suivre mon père, mais plus le temps passe, plus j'aime la vie montréalaise.

— Tu as réussi à transmettre cette curiosité à ton amie new-yorkaise, ce n'est pas rien !

— Je doute en revanche que Pauline soit attirée par les joies du jardinage.

— Si j'ai réussi à convertir ta mère, qui sait ce que je parviendrai à faire avec cette jeune femme !

Ida porta à son tour son regard vers le lac qui miroitait. Le bruissement du vent dans les feuilles, les rayons du soleil caressant sa peau, Ida était sereine. Ce moment de félicité lui permettait de se sentir à sa place pour une fois. Tout ça grâce à Elspeth qui veillait à ce qu'elle passe de bons moments alors que son père menait ses affaires loin de cette quiétude.

— Je me sens tellement bien ici !

— Alors dans ce cas, il faut que tu reviennes le plus souvent possible.

Bien qu'Ida n'eût jamais manqué d'attention de la part de son père ni de Violette, sa femme de chambre, l'affection que lui témoignait Elspeth la touchait profondément. Ida comprenait sa mère de s'être liée d'amitié avec la bienveillante Elspeth.

— Mon père m'a souvent parlé de ma mère, mais avec vous j'ai l'impression de connaître une autre facette de sa personnalité. J'ai très peu de souvenirs d'elle malheureusement.

Je n'avais que six ans quand elle nous a quittés. Je me souviens cependant qu'elle aimait se faire belle pour les différentes soirées où elle accompagnait mon père. J'ai gardé pendant longtemps le flacon de parfum qu'elle utilisait pour le respirer afin de ne pas l'oublier. J'avais l'impression qu'elle se trouvait près de moi.

— Eleonor était la plus coquette de nous deux. Elle réussissait à mettre en valeur n'importe quelle robe grâce à sa beauté.

— C'est ce que mon père m'a déjà dit. Il a tenu à me donner tous ses bijoux. Je les porte avec honneur.

— Eleonor aurait été si fière de la jeune femme que tu deviens !

— Elle me manque tellement…

Ida inspira profondément pour s'empêcher de pleurer. Elle ne voulait pas gâcher ce moment de pur bonheur en compagnie d'Elspeth. La dame posa délicatement une main sur la sienne.

— J'ai tout récemment perdu ma mère, qui est décédée à l'âge vénérable de soixante-dix-neuf ans. Sa présence me manque, mais j'ai tout de même eu la chance de l'avoir près de moi lors des moments les plus importants de ma vie. Je peux difficilement imaginer l'avoir perdue à un tout jeune âge comme ce fut le cas pour toi, Ida.

— On apprend à vivre sans la présence de notre mère, Elspeth, parce que des gens bienveillants tels que vous perpétuent la mémoire des êtres chers qui sont partis trop tôt. Le chagrin est ainsi moins douloureux.

— Tant mieux alors si je peux t'apporter ce réconfort. J'en suis heureuse.

— Merci de cette invitation à venir séjourner chez vous.

— Merci à toi, chère Ida, de me permettre d'apprendre à te connaître un peu mieux et de me gratifier de ta présence. Ça me permet de me rappeler à quel point Eleonor, ta chère mère, occupe encore une place importante dans mon cœur.

Ida sourit à Elspeth qu'elle affectionnait de plus en plus, en espérant que son amitié avec Pauline s'avérerait aussi solide que celle qu'avait partagée sa mère et son hôtesse.

***

Adéline observait son reflet dans le miroir du vestiaire du Ritz. Sa coiffe blanche déposée sur sa tête lui donnait une telle prestance que les battements de son cœur s'accélérèrent. Sa tante lui avait offert une occasion en or et elle ne croyait pas encore à la chance qu'elle avait de commencer à travailler comme femme de chambre au Ritz. Julien n'avait rien dit lorsqu'elle lui avait annoncé qu'elle quittait la Dominion. C'est quand elle lui avait dit qu'elle travaillerait au Ritz qu'il s'était emporté. Il n'était pas question qu'elle mette les pieds là-bas comme femme de chambre, il ne le permettrait pas, lui avait-il dit pour la mettre en garde. Adéline connaissait suffisamment son frère pour comprendre que la rancœur qu'il portait toujours à leur tante était à l'origine de sa réaction. Julien était loin d'être contrôlant et son comportement ne paraissait pas crédible. Encore une fois, il ne comprenait pas son attachement pour cette femme sans cœur qui les avait abandonnés. Bien qu'Adéline eût tout fait pour le ramener à de meilleurs sentiments, son point de vue demeurait le même.

Pendant un moment, Adéline s'était vue de nouveau confinée à la maison, veillant aux tâches quotidiennes. Puis l'accablement avait cédé la place à la révolte. Elle refusait de se faire dire quoi faire par son frère. Elle était majeure et si elle désirait travailler au Ritz, Julien ne pouvait l'en empêcher.

Adéline avait haussé le ton en lui disant que peu importe ce qu'il ressentait face à leur tante, elle entendait bien poursuivre sa relation avec elle et accepter le poste formidable qu'elle lui proposait. Julien avait dû se rendre à l'évidence, Adéline ne changerait pas d'idée et il ne pouvait exercer aucun contrôle sur sa vie. Le frère et la sœur s'adressaient désormais à peine la parole, chacun vaquant à ses occupations.

Adéline, toujours debout devant le miroir, replaça sa coiffe et afficha un sourire malgré son envie de pleurer en songeant à son frère qui, encore une fois, ne comprenait pas sa quête d'indépendance. Elle se consola en se disant que Julien ne pourrait pas lui en tenir rigueur très longtemps. Il finirait par réaliser que sa sœur tenait à être autonome, peu importe les moyens qu'elle prenait et le jugement qu'il portait sur ses démarches. Elle lissa les plis de sa robe de serge noire et redressa les épaules. Sa tante lui faisait confiance en lui offrant cet emploi, elle se devait de répondre à ses attentes.

Adéline ajusta de nouveau son tablier blanc avant de placer ses vêtements dans l'armoire prévue à cet effet. Au moment où elle refermait la porte, Philomène entra dans le vestiaire. Sa bouche s'arrondit en apercevant sa nièce ainsi vêtue.

— Elle te va bien, cette robe !

Philomène contourna sa nièce et refit le nœud de son tablier. Elle posa les mains sur ses épaules et admira pendant quelques secondes son reflet dans le miroir.

— Marguerite et Benjamin seraient si fiers de toi s'ils te voyaient !

Adéline sourit timidement à sa tante. Si ses parents étaient encore vivants, les choses seraient probablement différentes puisqu'elle n'aurait peut-être pas besoin de travailler pour contribuer financièrement. La jeune femme devait avouer qu'elle avait tout de même fière allure avec cet uniforme.

— Comment Julien a-t-il réagi quand tu lui as annoncé que tu quittais la Dominion ?

— Disons qu'encore une fois il n'était pas d'accord avec mon choix, mais il doit l'accepter, se contenta de répondre Adéline en s'éloignant du miroir.

— Je dois sûrement être la cause de ce désaccord…

— Peu importe, je suis assez vieille pour décider de ce que je fais et avec qui j'ai envie de passer du temps, la coupa Adéline. Il ne peut rien faire contre ça, même s'il se montre hostile à cette idée. Julien n'est pas méchant, mais il s'est renfrogné depuis que je lui ai annoncé la nouvelle.

Philomène rendit son sourire à sa nièce. Sa détermination l'impressionnait. Contre vents et marées, Adéline s'accrochait à son indépendance.

— Je le connais. Pendant quelque temps encore, il apparaî-tra bourru et il m'adressera à peine la parole, mais bientôt il reviendra à de meilleurs sentiments à mon endroit.

— Espérons qu'il cessera de faire du boudin rapidement, dans ce cas, ajouta Philomène avec légèreté.

On frappa discrètement à la porte du vestiaire et une jeune femme blonde entra.

— Je te présente Blanche Lafortune, c'est avec elle que tu passeras les prochains jours, question d'apprendre les rudiments du métier.

Adéline sourit timidement à la nouvelle venue qui devait avoir à peu près le même âge qu'elle et celle-ci lui rendit poliment son sourire. Philomène s'empara de sa montre de poche et s'excusa auprès des deux jeunes femmes.

— Je vous laisse, mesdemoiselles. S'il y a quoi que ce soit, mademoiselle Lafortune, n'hésitez pas à venir me voir dans mon bureau.

Dans le froissement de sa jupe noire, Philomène disparut, laissant les deux collègues seules. Nerveuse, Adéline replaça sa coiffe, pourtant bien en place.

— Mlle Cartier m'a dit le plus grand bien de vous, mademoi-selle Couturier.

— Vous pouvez m'appeler Adéline, dit celle-ci d'une petite voix.

— Dans ce cas, appelez-moi Blanche.

La femme de chambre à l'air jovial lui tendit la main.

— Si vous voulez bien me suivre, Adéline. Nous avons plusieurs chambres à nettoyer et dont il faut refaire la mise en place.

Adéline suivit Blanche dans un couloir tout en essayant de ne pas avoir l'air d'une enfant laissée libre dans un magasin de jouets. La richesse du décor l'impressionnait. Blanche frappa à une première porte de chambre, attendit quelques instants avant d'introduire le passe-partout dans la serrure. La pièce était plongée dans la pénombre en raison des lourds rideaux de velours obstruant la fenêtre. Blanche s'empressa de les écarter pour faire de la lumière dans la pièce. Adéline demeura quelques secondes estomaquée sur le seuil de la porte tant le cachet grandiose de la chambre à coucher l'éblouissait. Les rayons du soleil qui pénétraient dans la chambre apportaient un éclat nouveau au décor et Adéline entra doucement. Elle avait l'impression de violer l'intimité des clients qui s'y trouvaient quelques heures auparavant.

— Les usagers de la chambre quarante-deux ont pris congé de l'hôtel un peu plus tôt. Comme ils ne reviennent pas, nous devons complètement changer les draps et les serviettes puis faire le ménage. Cette chambre doit être impeccable pour l'arrivée des prochains clients. Je te laisse défaire le lit pendant que je vais récupérer les draps sur le chariot à l'extérieur. Je vais ensuite te montrer de quelle façon on procède. Mlle Cartier est très pointilleuse sur la façon de placer les draps, l'édredon et les traversins.

Adéline demeura immobile un instant, le temps de se ressaisir, puis elle entreprit de défaire le lit comme le lui avait demandé Blanche. Le lit se trouvait au centre de la chambre de bonne dimension. En chêne massif, la tête de lit était ornée de sculptures qu'Adéline effleura du bout des doigts. Le tissu vert mousse du baldaquin était identique à l'édredon en jacquard. Adéline n'avait jamais vu un si beau tissu chatoyant. Délicatement, elle plia l'édredon pour le poser sur un fauteuil et elle retira les draps. Elle libéra Blanche qui revenait les bras chargés de la literie propre.

— Ce n'est pas tellement difficile de faire un lit, ce qui est plus complexe, c'est d'éliminer tous les plis indésirables. La literie a été lavée et repassée en buanderie exprès pour nous faciliter la tâche.

— Je n'ai jamais touché à des draps qui soient aussi doux, s'exclama Adéline.

— Tu n'as probablement jamais dormi sur un matelas aussi moelleux non plus. Ils ont même droit à des matelas avec des ressorts ensachés pour plus de confort, tu imagines ? À ce qu'il paraît, ce sont les mêmes qui se trouvaient dans ce fabuleux paquebot, tu sais, le *Titanic*. Rien de trop beau pour la bourgeoisie, exprima Blanche.

Adéline avait peine à imaginer dormir dans un tel lit.

— Cette chambre est vraiment magnifique !

— Oui, elle l'est ! Elles le sont toutes, en fait. Les clients doivent se sentir comme s'ils étaient chez eux. Après en avoir terminé avec cette chambre, nous irons nettoyer une des suites.

— Une suite ?

— Les suites sont encore plus impressionnantes et luxueuses. Elles comportent deux chambres bien distinctes ainsi qu'un petit salon avec des meubles tout aussi confortables.

— Qui peut avoir besoin d'autant de luxe ? demanda naïvement Adéline.

— Les clients les plus fortunés sont heureux d'avoir de l'espace, cela leur donne l'impression d'être dans leur propre résidence. Certains clients louent la même suite chaque fois qu'ils descendent à l'hôtel. C'est le cas des Sloane, qui passent souvent quelques jours à Montréal.

— Cette suite leur est toujours réservée ? s'étonna Adéline.

— Quand ils sont à Montréal, oui. M. Sloane est un ami personnel de l'un des propriétaires du Ritz, M. Meredith. Il est accompagné de sa fille presque toutes les fois qu'il vient ici. *Miss* Sloane est une jeune femme très distinguée et elle adore les bouquets de fleurs. Quand ils occupent la chambre, on doit s'assurer qu'elles soient fraîches et qu'elles ne manquent pas d'eau.

Adéline devrait faire un effort pour se souvenir de ce détail, au cas où elle serait responsable de cette suite. Blanche aplatit le drap du plat de la main et Adéline l'imita de son côté du lit. À deux, elles remirent l'édredon, Blanche remua les oreillers pour replacer les plumes à l'intérieur et pour bien les gonfler avant de les déposer sur le lit. Les traversins reprirent également leur place. Adéline jugea de l'effet et nota dans son esprit ce à quoi devait ressembler la chambre, une fois le lit fait.

Adéline utilisa le balai mécanique pour nettoyer la moquette tandis que Blanche s'occupait de la salle de bains. Quand les deux jeunes femmes quittèrent la chambre quarante-deux, la pièce était en ordre, prête à accueillir son prochain client. L'assurance de s'être rendue utile accompagna Adéline tout au long de la journée. Son premier jour de travail avait été éreintant, mais ô combien gratifiant. C'est avec le sentiment du devoir accompli qu'Adéline attrapa son tramway et rentra chez elle une fois son quart de travail terminé.

* * *

Les convives profitaient des derniers rayons du soleil avant de se rendre au salon qui faisait face au lac des Deux Montagnes. Pour souligner le solstice d'été, et la Saint-Jean-Baptiste pour les quelques amis de souche francophone, Elspeth Meredith avait invité plusieurs de ses connaissances pour profiter de cette journée où les heures d'ensoleillement dépassaient celles de la nuit. Les plus jeunes convives profitaient à l'extérieur de l'immense feu de joie qui avait été préparé et où plusieurs personnes se tenaient près dans le but de se réchauffer. Ida était ravie de la présence de son amie Pauline parmi les invités d'Elspeth. La New-Yorkaise était arrivée par le train quelques jours plus tôt et avait eu le temps de faire connaissance avec la bienfaitrice dont Ida ne cessait de lui parler. Ida avait aussi aperçu Fergus un peu plus tôt pendant le pique-nique donné dans les jardins de la résidence Meredith. Elle l'avait salué de la tête sans aller lui parler. Ida agissait afin d'éviter que son père ne s'imagine quoi que ce soit à son sujet et qu'il continue de la harceler. La soirée agréable qu'elle avait passée en sa compagnie lors de l'inauguration du Ritz restait toutefois dans ses pensées. Fergus était quelqu'un d'agréable à côtoyer même si, pour le moment, l'idée de se trouver un mari était loin dans son esprit. À maintes reprises depuis le début de la soirée, Bruce Sloane avait mentionné à quel point il trouvait ce jeune homme prometteur. Par esprit de contradiction, Ida n'avait aucune envie de lui donner raison et préférait fuir sa présence.

Pour une fois, Bruce avait délaissé ses affaires pour participer au rassemblement initié par les Meredith. La présence de son associé, Richard Angus, le père d'Elspeth, avait probablement pesé dans la balance. À la lueur des derniers rayons de soleil, Ida pouvait voir les silhouettes des hommes présents dans le pavillon de jardin. Ils étaient confortablement installés et fumaient le cigare en discutant probablement de leurs différents placements. Ida pouvait distinguer parmi eux Hubert Connelly, en compagnie de son fils Fergus.

Elle avait réussi à l'éviter une bonne partie de la journée et elle espérait qu'il en demeurerait ainsi. Or elle craignait de se contredire dans ses sentiments, car elle brûlait de curiosité de mieux le connaître. Fergus Connelly l'intimidait par ses yeux perçants. Les quelques fois où elle l'avait vu, elle avait l'impression qu'il pouvait lire dans son esprit tant le regard insistant qu'il posait sur elle la gênait. En même temps, il semblait différent des autres jeunes hommes qu'elle côtoyait lors des diverses réceptions auxquelles elle assistait. Son cynisme l'avait séduite, surtout quand elle avait réalisé qu'il subissait lui aussi la même pression qu'elle de la part de ses parents. Qu'ils aient ce point en commun les rapprochait sans qu'Ida le veuille vraiment.

Son père lui répétait sans cesse qu'elle aurait bientôt vingt-deux ans et il considérait qu'elle ne pouvait demeurer célibataire très longtemps encore. Ida se sentait prise dans le carcan imposé aux femmes. Seule l'entrée en religion était une raison qui justifiait le célibat. Ida avait rêvé pendant longtemps de poursuivre ses études. Mais les femmes trop éduquées étaient mal vues dans la société telle qu'on la connaissait. Elle s'était toujours demandé pour quelles raisons les femmes devaient abandonner l'école sitôt le collège terminé et pourquoi l'université était presque uniquement constituée d'hommes. Ses parents l'avaient nommée Ida en l'honneur d'une princesse d'un opéra-comique d'Arthur Sullivan, un compositeur britannique. Cet opéra racontait l'histoire d'une princesse qui fondait une université destinée aux femmes. *Quelle ironie*, pensait-elle fréquemment quand son père lui rappelait que les femmes trop savantes faisaient trop souvent peur aux hommes de leur entourage. Bruce Sloane voulait à tout prix qu'Ida se trouve un « bon parti », comme il disait, et il n'en démordait pas. Selon lui, les études supérieures lui nuiraient en ce sens.

Ida fixait le feu qui dansait joyeusement devant ses yeux. Plusieurs personnes s'en étaient approchées et profitaient autant de sa chaleur que de la lumière qu'il dégageait. Près du feu, les insectes piqueurs se tenaient à l'écart, ce qui était apprécié de tous. Pauline semblait elle aussi baigner dans ce moment de calme. Elle était assise près d'elle sur une chaise de jardin et Ida pouvait voir ses yeux brillants et ses joues rosies par la chaleur du feu. Se sentant observée, Pauline se tourna vers elle.

— Quand tu m'as parlé de venir passer quelques jours chez ton amie Elspeth, j'étais loin de me douter que ce serait si plaisant.

— Elle fait vraiment tout ce qu'il faut pour rendre mon séjour ici agréable. Je ne m'ennuie pas du tout des soirées mondaines new-yorkaises.

— Je dois avouer que c'est quand même tranquille et que l'effervescence de la ville me manque un peu, mais pour quelques jours, j'adorerai profiter de ce calme.

Plus Ida passait du temps loin de New York, moins ce mode de vie lui manquait. Contrairement à elle, Pauline en ressentirait probablement de l'ennui. Ida adorait les longues promenades au grand air, le temps qu'elle passait au jardin avec Elspeth qui lui montrait les rudiments de l'horticulture. Elle passait ses temps libres à lire, à contempler la nature et à s'imaginer à quel point sa vie serait simple si elle pouvait fuir toutes les mondanités que son père lui imposait.

Une silhouette se détacha du pavillon de jardin et marcha dans leur direction. Reconnaissant Fergus Connelly, Ida se leva d'un bond, mais il était trop tard pour fuir sa présence. Le jeune homme l'avait aperçue et un large sourire illuminait son visage.

— Quelle belle surprise de vous voir ici, Ida! Je vous ai vue tout à l'heure, je croyais que vous viendriez me parler. On dirait presque que vous m'évitez…

Ida se sentit rougir, elle ne savait que lui répondre. Il était hors de question qu'elle lui dise la vérité. Pauline choisit ce moment pour venir en aide sans le savoir à son amie.

— Nous n'avons pas eu la chance d'être présentés, monsieur… ?

— Fergus Connelly pour vous servir, mademoiselle.

Pauline s'empara de la main tendue de Fergus et se présenta à son tour. Ida se promit de remercier son amie d'avoir réussi à la tirer d'embarras. Fergus se tourna de nouveau vers Ida qui releva le menton, prête à entendre ce qu'il avait à dire.

— Je croyais que vous étiez restée à New York pour l'été. Je suis heureux de vous revoir dans ce cadre enchanteur!

Ida, gênée, sourit timidement à Fergus qui lui rendit la pareille.

— Est-ce que je peux me joindre à vous, mesdemoiselles? Votre compagnie sera probablement plus agréable que celle de ces vieux grincheux qui ne cessent de parler de placements. Ils ne prennent jamais de pause. Heureusement qu'il y avait du whisky et des cigares.

Fergus n'attendit pas de réponse et s'empara d'une chaise tout près qu'il déposa à côté de celle d'Ida qui, embarrassée, reprit sa place.

— Je n'ai pas osé interroger votre père à votre sujet, question d'éviter qu'il ne s'emballe comme le ferait ma mère.

Fergus lui fit un clin d'œil, ce qui la fit sourire.

— J'ai su à travers les branches que vous passiez l'été ici, continua-t-il. C'est une merveilleuse nouvelle !

— C'est Mme Meredith qui m'a invitée.

Fergus fixait Ida de ses yeux bleu gris et Pauline se sentit de trop. Son amie ne lui avait jamais parlé de ce jeune homme. Peut-être souhaitait-elle garder secrète cette relation naissante ? Ida savait se montrer très discrète, parfois. Pauline décida d'intervenir :

— Mme Meredith est d'une grande générosité puisqu'elle m'a invitée à me joindre à Ida pour quelques jours. C'est la première fois que je mets les pieds dans ce coin de pays, expliqua-t-elle.

— Et comment le trouvez-vous, ce coin de pays ? demanda Fergus en reprenant les paroles de Pauline.

— C'est très calme et reposant. Très différent de New York où je passe la majeure partie de mon temps. Mes parents possèdent une résidence secondaire dans les Hamptons, mais je n'y vais pas souvent. Je préfère de loin l'agitation de la ville.

Fergus écoutait Pauline tout en observant Ida. Pauline était absorbée par ses propos, et heureusement, car elle ne remarqua pas le manque d'intérêt flagrant de Fergus pour son récit.

— Êtes-vous déjà allé à New York, monsieur Connelly ? continua Pauline.

— Oh ! Appelez-moi Fergus, monsieur Connelly est réservé à mon père, habituellement.

Pauline rougit et acquiesça.

— J'y suis allé à quelques occasions, New York est une belle ville.

Comme si elle attendait cette approbation, Pauline continua sur sa lancée. Fergus hochait la tête, non sans retenir un fou rire devant son éloquence. Pendant un moment, les regards de Fergus et d'Ida se croisèrent et la jeune femme eut peine à ne pas sourire devant le bavardage incessant de son amie, qui énumérait tous les points positifs de la vie à New York.

— Ainsi donc, la coupa Fergus, je constate que vous êtes une vraie de vraie New-Yorkaise, Pauline.

Réalisant qu'elle s'était emballée, Pauline rougit et s'excusa de son emportement.

— Il est vrai que j'adore ma ville, Fergus, je ne saurais le cacher. Ida m'a promis cependant de me faire découvrir Montréal avant mon retour à la maison.

Fergus se tourna vers Ida.

— Quelle bonne idée d'arpenter la ville avec votre amie, Ida ! Je connais Montréal comme le fond de ma poche, c'est avec plaisir que je pourrais vous faire visiter. Prévenez-moi quand vous reviendrez de Senneville, toutes les deux.

— Nous serons de passage à Montréal pour quelques heures seulement, juste le temps que je puisse conduire Pauline à la gare pour son retour à New York. Cela nous laissera peu de temps malheureusement, le coupa Ida.

— Quel dommage, nous nous reprendrons lors de votre prochaine visite alors !

Pauline parut déçue de la réponse d'Ida, mais elle se contenta de hocher la tête en souriant. Fergus s'adressa de nouveau à Ida :

— Je maintiens ma proposition de vous servir de guide, Ida. Je vous l'offre de gaieté de cœur, sans arrière-pensée et, bien entendu, sans que ma mère me l'ait demandé !

Fergus lui fit un clin d'œil avant de conclure :

— Vous serez ainsi en mesure de mieux connaître Montréal et de faire découvrir la ville à votre amie lors de son prochain passage ici.

Ida opina. Pauline ignorait si Ida accepterait l'offre, mais elle entendait bien lui faire réaliser la chance qu'elle avait d'avoir attiré l'attention d'un homme comme ce M. Connelly. Pauline dévisagea tour à tour son amie et leur interlocuteur. Elle commençait à comprendre pourquoi Ida venait aussi souvent à Montréal. Elle lui avait dit à maintes reprises qu'elle le faisait dans le but d'accompagner son père et parce qu'elle aimait la compagnie de Mme Meredith, mais jamais elle n'avait fait mention de Fergus Connelly. Pourtant, elle aurait dû ! Il était charmant. Pauline se disait que si elle avait été à la place d'Ida, elle aussi aurait enchaîné les visites à Montréal.

— La prochaine fois que vous viendrez à Montréal, Pauline, insistez auprès d'Ida pour qu'elle me prévienne. Je m'occuperai personnellement de vous divertir toutes les deux. Ma mère sera heureuse de participer, elle qui aime donner des réceptions.

— Oh oui! Quelle bonne idée, n'est-ce pas, Ida?

L'interpellée hocha la tête tout en se promettant de mettre les choses au clair avec Pauline qui se mettrait de la partie pour la harceler et la pousser à contacter Fergus le plus rapidement possible lors de son prochain séjour à Montréal. Déjà que son père lui parlait de lui continuellement, elle ne souhaitait pas que son amie fasse la même chose. Fergus étira ses jambes et plaça ses mains derrière la tête. Pendant un moment, il profita de la chaleur du feu sous le regard admiratif de Pauline. Ida avait bien vu que le jeune homme avait charmé son amie, dont les joues avaient pris une jolie teinte rosée, et cette idée lui déplaisait quelque peu. Cet élan de jalousie la troubla plus qu'elle ne l'aurait voulu. Fergus reprit sa position avant de s'emparer d'une branche et de remuer les tisons du feu.

— À quoi occupez-vous vos journées, mesdemoiselles, ici, en campagne?

— Ida essaye de me faire aimer sa nouvelle passion pour le jardinage. Je dois dire que je suis plus du genre à contempler que de me mettre les mains dans la terre pour m'occuper des plantes.

— Les Meredith sont connus pour leur grande compétence en horticulture, avança Fergus à l'intention de Pauline.

J'imagine que Mme Meredith a su initier votre amie Ida et qu'elle parviendra peut-être à vous convaincre du bien-fondé du travail de la terre.

— J'en doute, monsieur, je tiens beaucoup trop à ma manucure pour vouloir plonger mes mains dans le terreau humide.

Pauline et Fergus s'amusaient beaucoup trop au goût d'Ida qui commençait étrangement à se demander ce qu'elle faisait là assise près d'eux. Le malaise persistant, elle se concentra sur le feu qui dansait devant eux. Fergus l'observa du coin de l'œil et son air faussement désintéressé lui donna espoir. Ainsi donc, Ida Sloane se montrait jalouse de l'intérêt qu'il portait à son amie. Il décida de continuer le jeu, s'amusant de la réaction d'Ida.

— Si vous n'appréciez pas le jardinage, Pauline, quel passe-temps affectionnez-vous ?

— Je préfère nettement la peinture. Plusieurs personnes me disent que j'ai un talent indéniable. Sans vouloir me vanter, j'ai même exposé quelques-unes de mes toiles dans une grande galerie d'art de New York.

Fergus porta son attention sur Pauline pendant quelques secondes, ce qui déplut une fois de plus à Ida qui détestait que la discussion tourne autour de son amie. Pauline, les joues rouges, ne détachait pas son regard du feu. Ida aurait pu attribuer à la chaleur des flammes le soudain embrasement des joues de son amie, mais elle savait que les questions de Fergus avaient touché sa corde sensible.

Conscient du trouble qu'il venait de provoquer chez Ida, Fergus décida qu'il s'était assez amusé à ses dépens. Il était cependant heureux d'avoir su capter sa crainte qu'il porte attention à quelqu'un d'autre. Il laissa tomber dans le feu le bâton avec lequel il remuait le brasier depuis un moment.

— À vrai dire, je ne suis pas un grand amateur d'art, s'exclama Fergus. J'ai peine à comprendre comment les gens peuvent rester pendant des heures devant des toiles à essayer de déchiffrer leur signification.

Pauline parut déçue de ce revirement de situation et elle baissa les yeux.

— L'art n'est pas matière à faire l'unanimité, malheureusement, dit-elle en cachant mal sa tristesse.

Pauline, réagissant mal aux commentaires négatifs de Fergus, braqua les yeux sur les flammes qui dansaient en s'élevant vers le ciel. Devant l'accablement qui voilait les yeux de son amie, Ida crut bon d'intervenir :

— Vous n'aimez tout simplement pas l'art abstrait, Fergus. Pauline peint des tableaux plus réalistes. Elle a suivi des cours avec les plus grands maîtres et s'est rendue souvent en Europe pour s'inspirer. Moi-même j'adore passer des heures au musée pour admirer les magnifiques œuvres qu'on y expose.

Fergus n'avait pas prévu qu'Ida réagirait à ce commentaire. De la voir ainsi prendre position et s'en formaliser l'amusa. Il continua :

— Très peu pour moi, les gribouillis sur une toile. Ma mère est fascinée elle aussi par cet art que je juge superficiel.

En revanche, je dois dire que j'ai toujours été fasciné par la culture des jardins, même si je n'ai jamais pratiqué ce passe-temps moi-même. C'est beaucoup plus concret de faire pousser un arbre ou une plante quelconque dans la nature que de le peindre sur une toile, aussi précise et magnifique que soit cette expression.

Fergus reporta son attention sur Ida, déconcertée par les propos du jeune homme. À quel jeu jouait-il? Elle l'avait trouvé charmant les quelques fois où elle l'avait rencontré; maintenant, elle se rendait compte de l'être redoutable qu'il était alors qu'il jouait allégrement avec les sentiments des jeunes femmes qu'il côtoyait. Si elle était heureuse qu'il lui porte de nouveau attention, elle lui en voulait d'avoir agi ainsi envers Pauline. Affligée pour son amie, elle se préparait à répliquer, mais Fergus ne lui en laissa pas le temps. Il s'était déjà levé et il saisit tour à tour la main des deux jeunes femmes pour y poser délicatement ses lèvres.

— Je dois partir, mesdemoiselles, mon père ne veut pas rentrer trop tard, et comme c'est moi qui conduis la voiture…

Hubert Connelly s'était approché du petit groupe. En pointant sa montre, il avait signifié à son fils qu'il désirait rentrer. Fergus hocha la tête en direction de son père et il termina en disant:

— Promettez-moi toutes les deux de venir me rendre visite à Montréal quand vous reviendrez, Pauline. Je doute qu'Ida vienne de son propre chef, mais si vous insistez, elle se pliera certainement à mon invitation. Ma mère sera heureuse de recevoir chez elle deux parfaites New-Yorkaises et vous pourrez discuter avec elle des toiles que vous peignez.

— C'est noté, monsieur Connelly, répondit froidement Pauline.

— Dans ce cas, c'est un rendez-vous !

Fergus s'éclipsa, laissant les deux amies seules près du feu.

— Petite cachottière, va ! Je n'ai pas souvenir que tu m'aies parlé de lui, Ida.

— Je ne t'ai pas parlé de lui pour la simple et bonne raison qu'il n'y a rien à dire à son sujet.

— La prestance de M. Fergus Connelly explique peut-être pourquoi tu veux tellement venir à Montréal. Tu voulais conserver ce secret pour toi seule, loin des oreilles de ta meilleure amie ! Tu aurais pu me dire que tu venais à Montréal pour passer du temps avec lui.

— Tu te trompes, Pauline. Je n'ai croisé Fergus Connelly qu'en de rares occasions.

— En tout cas, il a été clair, les arts ne l'intéressent pas !

Comme elle ne voulait pas perdre la face, Pauline ajouta :

— Je le trouvais intéressant au début, mais j'ai vite déchanté. De toute façon, il n'avait d'yeux que pour toi.

— Peine perdue pour lui, il ne m'intéresse pas.

— Tu vas terminer tes jours vieille fille si tu lèves le nez sur des hommes tels que Fergus Connelly. Personne à New York n'est assez bien pour la belle Ida Sloane et j'en conclus qu'à Montréal non plus…

— Pour le moment, je ne ressens pas le besoin de me marier, Pauline.

— Dans ce cas, promets-moi que tu contacteras quand même Fergus Connelly quand je reviendrai. Je pourrais tout de même tenter de le conquérir si tu n'as pas d'intérêt envers lui. Il est si beau et il dégage un tel charisme !

Ida acquiesça pour que la conversation prenne fin. Pauline crut bon d'ajouter :

— Qui sait s'il ne pourrait pas changer d'idée à mon égard ? En nous rendant chez lui, je pourrais faire la connaissance de sa mère et puis j'aurais ainsi l'occasion de mieux le connaître, même s'il n'aime pas les gribouillis sur une toile.

Ida opina tout en se disant qu'elle ferait tout pour que cela ne se produise pas. Le feu était moins vif et Pauline se frotta les bras pour se réchauffer avant d'annoncer qu'elle désirait rentrer dans la maison. Ida demeura encore quelques minutes à fixer le feu qui se mourait, encore étonnée du sentiment de possession qui s'était emparé d'elle quand elle avait vu Fergus flirter délibérément avec Pauline. Elle secoua la tête de dépit et trouva elle aussi refuge dans la maison. Le charisme de Fergus Connelly commençait à avoir une emprise sur elle et elle essayait de repousser le plus loin possible de son esprit cette constatation qui la bouleversait.

7

Les livraisons de blocs de glace au Ritz faisaient désormais partie de l'itinéraire de Julien. Chaque fois qu'il s'y rendait avec Victor, il ne pouvait s'empêcher de songer à sa sœur qui y travaillait maintenant comme femme de chambre. Adéline n'avait jamais semblé aussi heureuse. Malgré leur divergence d'opinions, Julien ne pouvait pas s'empêcher de se réjouir pour elle, qui semblait enfin avoir trouvé sa voie, même si c'était en côtoyant leur tante Philomène. Le poste de femme de chambre s'avérait moins exigeant que celui d'ouvrière à la Dominion et rapportait un peu plus. Adéline paraissait moins épuisée quand elle rentrait en fin de journée.

Lors des livraisons au Ritz, Julien croisait chaque fois Marius Lafortune qu'il apprenait à connaître malgré la brièveté de leurs rencontres. Victor et lui planifiaient même leur livraison en fonction de sa pause. Le commis aux cuisines partageait souvent avec eux une portion des pâtisseries de la veille qu'il prenait soin de préparer avant leur arrivée. Les trois hommes se retrouvaient à l'extérieur, près de la porte des livraisons, à déguster de petites douceurs qui, de toute façon, auraient fini dans la poubelle puisque les cuisines du Ritz ne servaient que des aliments frais du jour. Victor, le plus gourmand des deux, attendait avec impatience ce moment où il pouvait prendre une pause en se délectant de ces desserts prisés.

Marius venait de franchir le seuil de la porte que, déjà, Victor s'enquérait de ce qui trouverait sa place au fond de son estomac.

— On a droit à quoi aujourd'hui, Marius ? demanda-t-il, curieux.

— Des petits choux à la crème que nous avons cuisinés hier. Ils sont un peu moins frais, mais tout aussi délicieux.

Victor se servit à même la boîte que lui tendait Marius et engouffra la pâtisserie. Ses yeux s'arrondirent devant le délice, ce qui fit rire les deux autres.

— Cibolac ! Je n'ai jamais rien goûté d'aussi bon ! J'imagine que de manger un nuage doit ressembler à ça ! répliqua-t-il en prenant une autre pâtisserie.

— Ta femme doit cuisiner un peu, j'imagine, fit Marius.

— Oh oui ! Sa tarte à la ferlouche n'est pas piquée des vers, mais les desserts se font rares, en semaine. Les enfants accaparent son temps, ils sont encore jeunes et ils ont besoin d'elle. Ma Gloria cuisine le nécessaire, de la viande et des patates.

Victor hésita quelques secondes et engouffra un troisième chou à la crème sous le regard amusé de Julien et de Marius.

— Est-ce que ta femme cuisine elle aussi ? demanda Marius à Julien.

— Je ne suis pas encore marié.

— Julien habite toujours avec sa sœur. Notre beau grand jeune homme ici n'a pas encore trouvé chaussure à son pied! intervint Victor.

— Qu'y a-t-il de mal à habiter avec sa sœur? J'habite moi-même avec ma mère et ma sœur, précisa Marius.

— Ah ben! C'est ben pour dire! Je suis entouré de vieux garçons!

— Nous avons encore le temps de trouver la femme parfaite, Victor, je ne cesse de te le répéter, mentionna Julien.

— En tout cas, à cuisiner de même, Marius a encore plus de chances de trouver que toi, Julien!

Victor s'essuya la bouche du revers de la main.

— Je ne regrette pas de m'être marié jeune. Ma Gloria et mes deux petits gars me comblent de bonheur, même si les nuits sont parfois écourtées, et pas pour les raisons que vous pouvez penser.

Les trois hommes éclatèrent de rire en même temps.

— Pour l'instant, mon emploi de commis de cuisine me comble parfaitement. Ma mère est malade, et ma sœur et moi devons nous en occuper. Je ne réussirais pas à trouver du temps pour avoir une famille.

— Je te l'ai dit mille fois, Victor. Un jour, je finirai par dénicher la bonne. En attendant, je travaille et j'économise comme je peux.

Marius tendit la boîte de choux aux deux hommes. Julien refusa poliment en secouant la tête. Victor se laissa tenter pour un dernier, ce qui fit sourire son collègue.

— On peut voir ici que Victor ne fait pas tellement attention à sa ligne.

— Il n'a pas besoin puisqu'il a déjà trouvé celle qui fait battre son cœur, continua Marius.

Le commis aux cuisines referma la boîte qui contenait trois autres pâtisseries et la tendit à Victor en lui disant :

— Essaye d'en garder pour ta chère épouse et tes deux garçons. Ils aimeront probablement se délecter eux aussi de ces petites merveilles sucrées.

— Je vais veiller à ce que notre ami ne se goinfre pas avant de retourner à la maison, ajouta Julien.

— Je n'ai plus faim, de toute façon !

— Et avec raison, ajoutèrent en chœur Julien et Marius.

Marius jeta un œil à sa montre.

— Je vais devoir vous laisser, messieurs, ma pause est terminée. Nous devons préparer un banquet pour l'arrivée au Canada du nouveau consul général de Belgique. Ce sera le branle-bas de combat d'ici une heure, alors je ferais mieux d'y aller si je ne veux pas que mon *boss* vienne me chercher par la peau du cou, plaisanta-t-il en donnant une poignée de main aux deux livreurs.

— Notre *boss* aussi va venir nous chercher par la peau du cou si nous ne nous remettons pas au travail, articula Julien. On se voit dans quelques jours !

— À bientôt, messieurs !

Marius tourna les talons et ouvrit la porte destinée aux livraisons. Juste avant qu'elle ne se referme, Victor lui cria :

— Attends-nous avec d'autres délicieuses pâtisseries pour la prochaine fois.

L'homme s'installa du côté passager en se léchant les babines à la pensée des prochaines douceurs qu'il engloutirait. Julien secoua la tête en souriant. Jamais il n'avait vu pareil gourmand, et surtout dont le tour de taille ne correspondait nullement à l'appétit qu'il pouvait avoir. En effet, Victor était maigre comme un clou. Julien aurait la lourde tâche de surveiller Victor tout au long de la journée afin de s'assurer que Gloria et leurs enfants puissent déguster leur chou à la crème.

***

Les femmes de chambre étaient toutes alignées, la tête droite, regardant devant elle et écoutant le petit discours de leur gouvernante. Philomène, les bras croisés derrière le dos, parcourait la rangée de « ses filles », comme elle se plaisait à les appeler. Généralement, les femmes de chambre travaillaient avec minutie, mais Philomène avait reçu des instructions de la haute direction et elle devait faire respecter à la lettre les différentes directives. Au fil de son passage devant la rangée, quelques-unes des jeunes femmes se redressaient et replaçaient leur coiffe ou leur tablier afin d'éviter les remontrances. Adéline se tenait parmi elles, se mordant les joues afin de garder un air sérieux, elle qui n'avait pas encore eu la chance d'assister à ce genre de démonstration.

— La haute direction m'a rappelé que ce banquet est d'une grande importance pour l'hôtel. Si tout se passe bien, le Ritz-Carlton sera considéré comme l'un des meilleurs hôtels en Amérique du Nord pour assurer ce genre d'événement. Il est donc impératif que tout soit impeccable pour les invités.

Un murmure emplit la pièce. Toutes avaient entendu les rumeurs au sujet des personnalités importantes qui seraient présentes. Philomène fit taire ce tumulte d'un geste de la main.

— Assurez-vous, mesdemoiselles, que toutes les chambres soient en parfait état, prononça Philomène d'un ton autoritaire. Des gens d'influence se présenteront ce soir et bon nombre d'entre eux resteront dormir pour la nuit.

Adéline suivait des yeux sa tante, impressionnée de la voir aussi motivée et énergique. Toutes ses compagnes se pliaient sans rien dire à son autorité, souhaitant offrir le meilleur d'elles-mêmes à leur patronne. Philomène se montrait directe, mais toujours juste avec ses employées, et Adéline était fascinée par cet aspect de son caractère qu'elle ne connaissait pas. Selon ses souvenirs, sa tante s'était toujours montrée douce et chaleureuse envers Julien et elle. Philomène la gouvernante se montrait ferme, mais efficace. Cela fit penser à Adéline que Philomène n'avait pas eu d'autre choix que de se montrer rigoureuse dans sa vie professionnelle. Elle était parvenue à gagner sa vie en s'occupant des enfants d'une famille bourgeoise puis à décrocher un poste de gouvernante au Ritz par ses seules compétences. Un élan d'admiration submergea Adéline. Sa tante se distinguait de toutes les femmes qu'elle connaissait. Son dynamisme était inspirant et Adéline se sentit soudainement fière d'être sa nièce. Depuis son embauche, il ne se passait pas une journée sans qu'Adéline la remercie en silence de lui avoir offert cette chance.

— Comme la journée va être chargée, mesdemoiselles, j'ai pensé que vous pourriez travailler en équipe de deux. Je me suis rendu compte que vous êtes plus efficaces ainsi. Tandis que l'une s'occupera des salles de bains, l'autre verra à ce que les lits et le ménage soient faits.

Un chuchotement s'éleva de nouveau dans le petit groupe quand les jeunes femmes se mirent à former les équipes de travail. Adéline sentit le regard de Blanche se poser sur elle et le sourire qu'elle lui destinait lui fit comprendre qu'elle souhaitait travailler avec elle. Adéline s'était découvert de nombreuses affinités avec celle qui avait assuré sa formation et, chaque jour, les deux femmes prenaient leur pause ensemble, faisant plus ample connaissance. Comme elle, Blanche habitait encore la maison familiale en compagnie de sa mère et d'un frère aîné. Sa collègue tenait à son indépendance et à contribuer financièrement. Elle lui avait mentionné que son frère travaillait lui aussi au Ritz, dans les cuisines, mais Adéline n'avait pas encore eu la chance de le rencontrer. La voix de Philomène ramena Adéline à la réalité et elle s'empêcha de rire en voyant sa tante agiter un petit drapeau comportant trois bandes horizontales de couleurs noire, jaune et rouge.

— Le troisième étage a été réservé aux dignitaires canadiens et belges qui séjourneront ici pour le banquet organisé en l'honneur du nouveau consul général de Belgique. Celles qui s'occuperont de préparer les chambres pour cet étage devront s'assurer de laisser des drapeaux comme ceux-ci sur la console près de la porte d'entrée. C'est un infime détail que les convives apprécieront.

Philomène prit connaissance des équipes formées puis assigna Adéline et Blanche, ainsi que deux autres consœurs, au troisième étage.

— Maintenant, au travail, mesdemoiselles !

Ainsi se concluait le petit discours de Philomène qui regagna tranquillement son bureau en demandant aux quatre jeunes femmes assignées au troisième étage de la suivre. Elle leur remit des drapeaux supplémentaires et les invita à aller récupérer leur chariot de produits ménagers.

Adéline, sur les talons de Blanche, portait la boîte contenant les drapeaux.

— C'est gentil de m'avoir choisie comme coéquipière, émit Adéline.

— Nous faisons une bonne équipe, toi et moi. D'ailleurs, je ne me voyais pas travailler avec quelqu'un d'autre.

Elles entamèrent le ménage de la première chambre. Blanche fredonnait en époussetant les meubles de la pièce à l'aide de son plumeau tandis qu'Adéline s'occupait de récurer la salle de bains. Le fredonnement de sa collègue se transforma en chanson qu'Adéline ne connaissait pas. Elle sortit quelques minutes de la salle de bains pour entendre le petit récital inconscient que lui proposait Blanche. Se sentant observée, celle-ci s'arrêta :

— Désolée de mon emportement. Je ne voulais pas te casser les oreilles.

— Pas du tout, tu as une très belle voix.

— Tu trouves ? Eh bien, merci. Je pense me joindre à la chorale de ma paroisse, si je trouve le temps d'aller m'y inscrire, bien évidemment.

— Tu devrais, tu as beaucoup de talent.

Devant le compliment, le teint pâle de Blanche prit une belle teinte rosée et elle s'activa sur son plumeau pour cacher sa gêne.

— Mon frère ne comprend pas comment je trouve du plaisir à faire le ménage comme ça. C'est pareil à la maison, je ne peux m'empêcher de fredonner en faisant mon ouvrage, s'excusa Blanche.

— Ça ne me dérange pas du tout, ça apporte un peu de gaieté à la journée. À l'usine, le bruit était tellement assourdissant que c'était impossible de chantonner en travaillant.

— Il paraît que les conditions sont terribles, s'informa Blanche tout en poursuivant sa tâche.

Adéline acquiesça avant de retourner à son occupation.

— Certaines réussissent à s'y faire, mais ce n'était pas mon cas. Ça m'a tout de même permis de rapporter un salaire à la maison pendant quelque temps. Je n'en reviens pas de la chance que j'ai eue de me faire engager ici.

— Ce n'est pas de la chance, les liens de parenté, la taquina Blanche.

— J'imagine que si je ne faisais pas l'affaire, ma tante ne me garderait pas, se justifia Adéline.

— C'est bien certain, Mlle Cartier est exigeante et elle renverrait une fille qui ne convient pas, nièce ou pas.

— Tu penses que ça peut me porter préjudice que je sois sa nièce ?

Adéline avait blêmi, mais fut vite rassurée par Blanche.

— Je ne pense pas. Certaines filles l'ont su et ont souligné le lien de parenté qui vous unissait, la gouvernante et toi, mais ça ne fait pas de différence en ce qui me concerne. Tu dois faire tes preuves et travailler avec rigueur, de toute façon.

— Est-ce qu'elle a déjà dû congédier quelqu'un ?

— Pas directement, elle est intervenue quelques fois auprès des filles qui arrivaient en retard et qui oubliaient certains détails, mais elle n'a licencié personne, à ma connaissance.

Blanche s'arrêta quelques instants pour réfléchir puis hocha la tête.

— Il n'y a que Julia Brown qui est partie depuis que l'hôtel a ouvert ses portes. Elle arrivait en retard presque tous les matins et elle oubliait plusieurs éléments fondamentaux de notre travail. À ce qu'il paraît, son mari était malade et, quand il a pris du mieux et est retourné au boulot, elle a quitté son poste pour retourner s'occuper de la maisonnée.

C'est donc probablement à Julia Brown que je dois cette place ici, songea Adéline avec bonheur. Philomène lui avait proposé cet emploi parce qu'il lui manquait quelqu'un et non pas uniquement parce qu'elle était sa nièce. Cette idée apaisa son sentiment d'imposture, elle avait sa place ici comme ses consœurs. Elle devait œuvrer au Ritz avec autant de ferveur que les autres et leur prouver qu'elle méritait ce poste, malgré ses liens de parenté avec leur patronne. Rapidement et avec enthousiasme, elle se remit à l'ouvrage, car si elle était une employée à part entière, elle pouvait aussi être relevée de ses fonctions si elle ne répondait pas aux attentes.

* * *

Dubh leva la tête des dossiers qui traînaient sur son bureau au moment où Julien s'y engouffra sans être invité et sans même avoir frappé à la porte close. Le livreur sursauta en l'apercevant.

— Tu ne frappes pas aux portes avant d'entrer, Couturier ? Il me semble que ce serait la moindre des politesses.

— Désolé, Dubh, je ne savais pas que vous vous trouviez encore à votre bureau. À cette heure, vous êtes habituellement déjà rentré chez vous, s'excusa Julien.

— C'est monsieur O'Farrell, Couturier. Il me semble que j'ai été clair quand j'ai pris le contrôle de la *business* de mon père.

Réalisant sa bévue, Julien s'excusa de nouveau. Comme tous les employés, il n'arrivait pas à s'habituer à l'appeler monsieur.

— Et puis, peux-tu m'expliquer ce que tu venais faire dans mon bureau ?

— Je rapportais les clés du camion, comme je le fais tous les vendredis, monsieur O'Farrell.

Julien s'avança, mal à l'aise, et déposa le trousseau sur le crochet destiné à cet effet. Comme il ne souhaitait pas poursuivre la discussion avec Dubh, il tourna les talons, mais Dubh l'interpella :

— J'ai appris que vous aviez changé d'itinéraire, Bellavance et toi.

— Jean Laplante préfère effectuer ses livraisons du côté de Saint-Henri, ça ne me dérange pas de conduire un peu partout en ville.

— On dirait que tu te prends pour le patron, ici, Couturier. C'est moi qui prépare les itinéraires de livraisons, et personne d'autre.

Julien, un peu décontenancé de faire l'objet de telles remontrances, tenta de se justifier :

— Je suis désolé, monsieur O'Farrell, j'ai agi ainsi pour l'accommoder, tout simplement, et aussi pour que nos livraisons soient effectuées avec le plus d'efficacité possible.

Dubh parut réfléchir aux propos de Julien, qui espérait sincèrement que son patron le laisserait continuer à faire ce nouveau trajet. Julien devait avouer qu'il attendait avec impatience sa livraison hebdomadaire au Ritz où il pouvait bavarder avec Marius, qu'il aimait bien. Travailler en compagnie de Victor était aussi très agréable. Il se voyait mal faire les livraisons avec quelqu'un d'autre.

— Je ne te paye pas pour accommoder les autres livreurs, Couturier, mais pour livrer de la glace. On va laisser ça comme ça pour le moment, mais à la moindre incartade, sois certain que tu vas reprendre ton ancien trajet. Et puis, si ça ne te plaît pas…

Dubh laissa sa phrase en suspens pour attirer l'attention de Julien qui l'observa avec réserve pendant un moment, s'attendant au pire. Fier de la crainte qu'il inspirait, Dubh continua :

— Je peux d'un claquement de doigts te changer de poste si tu te montres trop récalcitrant.

Julien serra les mâchoires, essayant de dissimuler la rage qui s'emparait de lui. Dubh, heureux de l'autorité qu'il avait sur son employé, tira une bouffée de sa cigarette. Julien allait quitter la pièce, mais Dubh lui fit signe d'attendre.

— J'ai eu vent que vous rapportiez de la marchandise de vos livraisons. Il est strictement interdit de faire des achats pendant vos heures de travail, dois-je te le rappeler ? Mes camions servent à la livraison de glace et non pas pour transporter d'autres marchandises et pour faire vos commissions.

— Des achats ? demanda Julien, confus.

Julien fixa O'Farrell pendant quelques secondes, essayant de comprendre à quoi il pouvait bien faire allusion. Puis son visage s'éclaira.

— Vous devez parler de la boîte qu'a rapportée Victor ? C'est un ami cuisinier qui nous en a fait cadeau, monsieur O'Farrell. C'était pour la femme et les enfants de Victor.

— Un ami cuisinier, voyez-vous ça ! Et où l'avez-vous rencontré, cet ami cuisinier ?

Julien était sur le point de répondre, mais Dubh ne lui en laissa pas le temps :

— Je ne vous paye pas pour que vous fraternisiez avec les clients. Vous livrez la glace, un point c'est tout. Je me suis fait bien comprendre ?

Julien opina en silence. Dubh pointa du menton les clés qui pendaient du crochet près de son bureau.

— Je connais plusieurs gars qui pourraient te remplacer comme conducteur du camion de livraison. Bellavance et toi pourriez très bien passer vos journées ici à charger des blocs de glace au lieu d'aller copiner avec les clients. Tiens-le-toi pour dit, Couturier, le *boss*, ici, c'est moi, ne l'oublie pas !

En plus des mâchoires, Julien serra les poings avant de quitter le bureau. Comme il aurait eu envie de frapper ce maudit despote qui cherchait des problèmes où il n'y en avait pas ! Comment un patron aussi sympathique que Paddy O'Farrell avait-il pu laisser sa place à un autre qui se montrait tyrannique et qui abusait du pouvoir que son titre lui conférait ? Le temps de la franche camaraderie était définitivement révolu. Il songea un moment qu'il n'aurait pas dû tenter de sauver Dubh, mais plutôt le laisser couler quand la glace s'était brisée sous son poids, puis la charité chrétienne et les remords chassèrent cette sombre pensée. Il l'avait sauvé, un point c'est tout, et il ne devait pas regretter ce geste altruiste. Malgré la dette morale qu'il avait envers lui, Dubh le traitait comme tous les autres employés, comme un subalterne qu'il avait le pouvoir de faire chanter à sa guise. Julien avait toujours eu l'impression qu'il avait une certaine valeur dans l'entreprise, mais Dubh lui ramenait en plein visage qu'il n'était rien d'autre qu'un simple livreur. Jamais Julien ne s'était considéré comme tel. Il était le fils d'un ancien employé de l'entrepôt de glace et il donnait le meilleur de lui-même à cette entreprise. Avec Dubh aux commandes, celle-ci avait perdu sa valeur familiale et ne représentait qu'une *business* comme une autre. Julien avait laissé une chance à Dubh de faire ses preuves et de se révéler comme un bon patron, mais jamais il ne parviendrait à le comprendre. Il était pourtant dans son intérêt de se faire aimer de ses employés comme son père avant lui. Malgré tout, Dubh profitait de son pouvoir pour régner en seigneur et maître, ce qui déplaisait à tout le monde.

C'est avec un sentiment d'amertume qu'il revint chez lui. Dubh venait de lui signifier qu'il le gardait à l'œil et qu'à tout moment, il pourrait lui retirer ses privilèges. Julien devrait désormais se tenir sur ses gardes comme lui avaient souvent mentionné ses coéquipiers.

* * *

La voiture des Meredith s'arrêta devant une résidence sur l'avenue Metcalfe. Ida tripotait le sac posé sur ses genoux. Elle était nerveuse et regrettait d'avoir accepté l'invitation. Elspeth posa une main rassurante sur celle de sa protégée.

— Je ne t'ai jamais vue si tendue, Ida. Ce n'est qu'une tasse de thé que nous allons prendre, tu n'as pas à t'inquiéter !

Ida sourit timidement à Elspeth. Pauline était rentrée à New York et Ida avait poursuivi son séjour à Senneville pendant une bonne partie de l'été. À plusieurs occasions, Fergus Connelly était venu lui rendre visite. Au début, Ida y avait pris plaisir, apprenant à connaître un peu mieux Fergus, qui ne se montrait pas trop admiratif et démonstratif à son endroit. Il parlait avec humilité des affaires de son père qu'il entendait bien reprendre dès qu'il serait à la retraite, ce qui ne saurait tarder, selon ses dires. En tant que fils unique, Fergus Connelly se préparait à diriger l'aciérie fondée par son grand-père, compagnie qui faisait la fierté de leur famille et qui en avait assuré la fortune. Ida avait écouté le récit à propos de l'aciérie Connelly sans broncher, convaincue que Fergus cherchait tout de même à l'impressionner. C'était plutôt à son père qu'il aurait fait bonne impression. Bruce Sloane n'avait jamais pu rester stoïque devant le succès de ses pairs. Elle ne voulait pas mentionner ces visites lorsqu'elle retrouverait son père qui, s'il venait à apprendre qu'elle avait revu Fergus à de nombreuses reprises pendant son séjour à Senneville, ne pourrait que se réjouir du lien qui se tissait lentement entre eux, même si Ida restait sur ses gardes devant ce beau parleur.

Quelques jours avant de rentrer à New York, Elspeth et elle étaient revenues de Senneville et avaient reçu l'invitation à prendre le thé de Martha Connelly. Elspeth n'avait pu refuser cette demande à sa grande amie, malgré les réticences de sa protégée. Ida avait dissimulé les vraies raisons de son trouble à sa bienfaitrice. Fergus Connelly la laissait de moins en moins indifférente et elle avait décidé de ne pas donner raison à son père en s'entichant de lui. Elle s'était contentée de dire à Elspeth que Fergus Connelly ne l'intéressait pas et de ne rien entreprendre en ce sens. Elspeth lui avait confirmé que jamais elle ne se mêlerait de sa vie sentimentale, tout en mentionnant que son père le faisait déjà suffisamment sans qu'elle ait à s'en mêler.

La voiture était arrêtée depuis quelques minutes déjà et Ida ne semblait pas prête à descendre. Elspeth lui dit d'une voix douce :

— Je doute que Fergus soit présent. Seules les femmes ont le temps de prendre le thé en après-midi, les hommes doivent vaquer à des affaires beaucoup plus importantes. S'il s'agissait de whisky, ce serait fort différent, ironisa Elspeth.

Ida afficha pour la première fois un sourire détendu et s'excusa :

— Ça paraît tant que ça que je n'ai pas envie de croiser Fergus, n'est-ce pas ?

— Seulement un tout petit peu ! s'amusa Elspeth. Je suis contre les mariages de raison, ma chère, et je vais m'assurer que ton père le comprenne. Après tout, j'étais la meilleure amie de la très chère Eleonor et je me fais un devoir de veiller à tes intérêts.

Bien qu'elle connût la détermination farouche de son père, Ida fut soulagée par les propos d'Elspeth. Elle resterait discrète sur ses sentiments et surtout elle ne se mettrait pas de la partie si jamais Martha Connelly lui vantait les mérites de son fils.

Le chauffeur venait d'ouvrir la portière et Ida prit la main qu'il lui tendait pour s'extirper du véhicule. Aux côtés d'Elspeth, elle gravit les quelques marches menant à la large porte d'entrée en chêne. Un majordome leur ouvrit et les conduisit dans un vaste solarium où se trouvaient quelques dames qu'Ida avait croisées lors de l'inauguration de l'hôtel, ainsi que d'autres qu'elle n'avait jamais vues. Elspeth se ferait une joie de les lui présenter. Parmi les invitées, une jeune femme d'à peu près son âge se distinguait. Celle-ci releva un sourcil en l'apercevant, surprise elle aussi de trouver quelqu'un de son âge à cette réunion mondaine. Une dame qu'Ida identifia tout de suite comme Martha Connelly vint à leur rencontre.

— Ma chère Elspeth, comme je suis heureuse que vous ayez accepté mon invitation ! Et que dire de votre présence chez moi, mademoiselle Sloane ! Je vous souhaite la bienvenue !

Ida avait déjà rencontré Martha Connelly lors de la soirée d'inauguration du Ritz, mais c'était la première fois qu'elle pouvait détailler la mère de Fergus d'aussi près. Martha tendit une main invitante à Ida qui la serra, ne pouvant s'empêcher de lui trouver des ressemblances avec Fergus. Ils avaient les mêmes yeux bleus et les mêmes cheveux châtain clair. Pour le reste, Martha Connelly était menue, contrairement à son fils et à son mari.

— Je suis heureuse de pouvoir enfin converser avec vous, mademoiselle Sloane. J'ai tellement entendu parler de vous au cours des dernières semaines !

— Vous pouvez m'appeler Ida. J'espère que c'est en bien, madame Connelly.

— Venant de mon cher Fergus, vous n'avez pas lieu de vous inquiéter, ma chère. Mon fils ne tarit pas d'éloges à votre égard.

Ida se sentit rougir. Mme Connelly la détailla des pieds à la tête pendant quelques secondes avant de revenir rapidement à Elspeth.

— Venez donc faire les présentations, ma chère, tandis que je vais m'assurer que ma domestique apporte le thé. Toutes mes convives sont arrivées.

Martha Connelly s'éclipsa tandis qu'Elspeth prenait délicatement le coude d'Ida pour l'entraîner vers les quelques dames qui bavardaient ensemble. Le silence se fit à l'arrivée des nouvelles venues. Elspeth s'empressa de faire les présentations en bonne et due forme.

— *Miss* Ida Sloane est la fille de Bruce Sloane, un associé de mon père. Vous l'avez sûrement rencontrée lors de l'inauguration du Ritz. *Miss* Sloane partage son temps entre Montréal et New York.

La plupart des dames affichèrent un sourire amical à son endroit. La jeune femme rousse qui avait remarqué l'arrivée d'Ida s'approcha et salua Elspeth avant de reporter son attention sur celle qui l'accompagnait.

— Ma chère Ida, je te présente Madison Morgan, la fille de Madeline, que vous venez tout juste de rencontrer. Profites-en pour faire connaissance !

Elspeth la laissa seule aux bons soins de Madison, qui l'invita à prendre place près d'elle sur une causeuse en velours.

— J'ai entendu dire que vous veniez de New York, *miss* Sloane.

— Vous pouvez m'appeler Ida, et effectivement, je suis new-yorkaise. J'y retourne d'ailleurs dès demain, à la première heure. Il me tarde de retrouver mon cercle d'amis que je n'ai pas vu de tout l'été.

— Ils doivent effectivement vous manquer, si vous avez passé l'été à Senneville. C'est un endroit fort reposant, mais l'effervescence de la ville n'est en rien comparable. Mes parents ont une résidence secondaire dans le bas du fleuve et je n'ai jamais réussi à y passer plus de deux semaines d'affilée. C'est beaucoup trop tranquille pour moi !

— J'ai adoré mon séjour à Senneville avec Mme Meredith, mais j'ai des obligations qui exigent mon retour à New York.

— Des obligations ?

— Chaque automne, nous organisons un bal de charité afin d'amasser de l'argent pour un orphelinat.

— Ma mère aussi s'implique dans toutes sortes de bonnes œuvres, vous devriez bien vous entendre avec elle, dans ce cas ! Je dois dire pour ma part que je commence à peine à me joindre à elle. Qui sait, je pourrais devenir philanthrope moi aussi. Les quelques fois où j'ai participé à des œuvres caritatives, j'ai trouvé que c'était tout de même plutôt gratifiant.

— Nous avons la chance d'être nées dans des familles bien nanties alors il est important de redonner à ceux qui n'ont pas eu la même.

Madison acquiesça. Ida n'aurait su dire si elle approuvait entièrement ses dires. La rousse décida de changer de sujet, ce qui confirma que ce n'était pas tout à fait le cas.

— Vous en avez de la chance, Ida, New York est une si belle ville ! J'y suis déjà allée à quelques reprises avec ma mère afin d'assister à des pièces sur Broadway. Vous possédez de fabuleux musées.

— Votre ville n'a rien à envier à la mienne, *miss* Morgan.

— Si vous tenez à ce que je vous appelle Ida, je tiens de mon côté à ce que vous utilisiez mon prénom.

Ida acquiesça. Martha venait de revenir, une domestique portant un plateau sur les talons. Celle-ci déposa le service à thé sur une table basse et commença à remplir les tasses. Madison n'en fit pas de cas et poursuivit sa discussion :

— Qui sait, maintenant que nous avons été présentées, je pourrais vous rendre visite !

— C'est avec grand plaisir que je vous ferai visiter ma ville si l'occasion se présente. Faites-moi penser tout à l'heure de vous transmettre mes coordonnées.

— Je n'y manquerai pas, soyez certaine !

La domestique leur apporta le service à thé et Madison entreprit de verser un nuage de lait dans sa boisson, qu'elle remuait du bout de sa petite cuillère en argent. Ida se contenta d'une tranche de citron qu'elle submergea à l'aide de son ustensile.

— Ma mère m'a fortement sollicitée pour que je vienne prendre le thé en sa compagnie. Je n'ai pas vraiment eu le choix. Vous savez, on ne résiste pas à l'autorité d'une mère. Si j'avais su que j'y ferais une aussi agréable rencontre, je me serais laissé convaincre beaucoup plus rapidement !

Madison sourit chaleureusement à Ida qui lui rendit la marque de sympathie. Elle non plus ne s'attendait pas à trouver une jeune femme de son âge en venant ici.

— Ainsi donc, vous rentrez demain ? Vous devriez être en train de faire vos bagages plutôt que d'être ici à siroter le thé. En tout cas, moi, j'en aurais profité pour faire les boutiques avant mon départ !

— Elspeth avait envie de prendre le thé avec ses amies et j'ai décidé de l'accompagner.

— C'est tout à votre honneur de lui faire plaisir ainsi.

Madison se pencha vers Ida et lui dit sur le ton de la confidence :

— Ma mère m'a obligée à venir prendre le thé, mais en réalité, j'y suis venue pour une tout autre raison.

Ida releva les sourcils, essayant de comprendre le sous-entendu de Madison, qui expliqua :

— L'espoir de croiser le séduisant Fergus Connelly doit vous habiter vous aussi, Ida, pour que vous vous soyez prêtée à ce jeu ridicule de prendre le thé et de potiner avec ces femmes d'âge mûr.

Ida ne savait pas trop quoi répondre aux suppositions de Madison. Elle y était bel et bien dans le seul but de faire plaisir à Elspeth. Si elle croisait Fergus, elle considérerait cette rencontre comme un bonus. Machinalement, elle porta un regard sur la pièce, espérant peut-être le voir franchir le seuil de la porte du solarium.

— Les dames ici présentes aiment venir pavoiser sur les réussites de leurs époux. Ma mère n'y échappe pas. La seule ici qui n'agit pas de cette façon est la pauvre Nora Hughes.

Madison pointa du menton une femme aux cheveux sombres, enfoncée dans un des fauteuils, à l'écart des autres. Le teint pâle, elle paraissait avoir la santé fragile.

— Plusieurs racontent que Nora Hughes est en constante dépression. C'est surprenant qu'elle soit venue ici aujourd'hui.

— Ça lui fera peut-être le plus grand bien de prendre le thé avec des amies, souligna Ida.

— Peut-être, mais en même temps, je doute que de voir toutes ces dames pétillantes, qui participent à plein de projets, ne l'aide à se sortir de son état.

Ida l'observa avec tristesse. Constatant qu'elle venait de piquer sa curiosité, Madison poursuivit :

— Son mari possède plusieurs usines de confection de chemises et il n'est pas très présent à la maison. C'est certain qu'avec une femme aussi déprimée, n'importe quel homme aurait envie de rester loin de chez lui.

Ida se mordit les joues. Cette conversation commençait à prendre une tournure désagréable. Elle n'avait jamais aimé que quelqu'un s'amuse à casser du sucre sur le dos d'une tierce personne. Elle connaissait à peine Madison. Elle avait apprécié sa discussion légère jusqu'à maintenant, mais la jeune femme se révélait semblable à plusieurs de ses connaissances qui s'alimentaient de potins de toutes sortes. Elle aurait eu envie de lui signifier que Mme Hughes avait bien des raisons d'être démoralisée si elle était constamment seule à la maison. Elle préféra s'abstenir de tout commentaire, ne souhaitant pas entrer dans le jeu de Madison. Celle-ci, voyant qu'elle avait toute l'attention de son interlocutrice, poursuivit son commérage :

— Pourtant, Nora a tout ce dont une femme peut rêver. Malcolm lui a fait construire une maison digne des plus beaux manoirs que j'ai d'ailleurs eu la chance de visiter. La résidence surplombe la ville et elle est tout simplement magnifique.

Les belles maisons n'achètent pas le bonheur, songea Ida avec tristesse. Combien de fois s'était-elle sentie seule, même entourée de luxe, dans l'appartement de son père situé sur la Cinquième Avenue, et ce, malgré la présence bienveillante de Violette, sa femme de chambre ? Le décor environnant n'avait rien à voir avec l'état d'esprit des gens qui y vivaient ou qui le contemplaient.

— C'est la première fois que je la rencontre, se contenta de dire Ida.

— Nora était absente lors de l'inauguration du Ritz, elle était souffrante, selon ce qu'en a dit son mari. Je me souviens de t'y avoir vue, tu portais une superbe robe et tu as dansé à quelques reprises avec Fergus.

— Mon père tenait à ce que j'y sois et M. Connelly s'est sûrement rendu compte que je ne connaissais personne. Il m'a invitée à danser pour me sortir de mon ennui.

— Quelle galanterie ! Fergus est comme ça, toujours prêt à rendre service. Je dois t'avouer que tu m'as presque rendue jalouse ce soir-là ! Je connais Fergus depuis si longtemps, j'ai dû attendre plus tard en soirée pour qu'il daigne m'accorder une danse. C'est sans doute l'attrait de la nouveauté qui a mené Fergus à se tourner vers toi.

Ida s'abstint de lui dire qu'il lui avait rendu visite de nombreuses fois à Senneville pendant l'été. Malgré ses sentiments mitigés pour Fergus, elle pouvait être flattée que l'attrait de la nouveauté, comme le disait Madison, fût malgré tout passé et qu'il lui ait accordé un peu d'attention. Si Madison Morgan lui avait paru sympathique au début, elle le devenait de moins en moins au fil de la discussion.

Elspeth venait de s'approcher de Nora et s'installa dans un fauteuil près du sien.

— Ta bienfaitrice pourra sans doute te donner des nouvelles fraîches d'elle quand vous allez rentrer tout à l'heure. Je n'ai jamais compris cet état d'esprit qui pousse certaines femmes à s'isoler des autres comme Nora Hughes le fait. Ce ne doit pas toujours être évident pour son fils de la voir ainsi.

— Elle a un fils ? demanda Ida en dissimulant mal la tristesse qui l'habitait.

— Oui, Ian, il doit être âgé de près de quinze ans, maintenant. Un beau jeune homme qui va forcément briser des cœurs plus tard. Il a grandi en voyant sa mère presque toujours abattue de la sorte. Ce ne doit pas être facile…

Ida reporta son attention quelques minutes sur la femme frêle qui était devenue le sujet de conversation de Madison. Malgré sa tristesse évidente, Nora Hughes était présente à ce thé et tentait de faire bonne figure. Les propos de Madison attristaient d'autant plus Ida, qui avait toujours fui ces potinages hypocrites lors des différentes réunions auxquelles elle avait assisté. Elle aurait cru que le milieu plus restreint de Montréal serait exempt de ce genre de ragots, mais elle se trompait. Parce qu'elle avait le même âge qu'elle, Madison Morgan croyait qu'Ida avait aussi le même penchant pour le commérage. Incapable d'endurer la situation plus longtemps, Ida se leva, salua brièvement Madison en lui disant qu'elle avait passé un bon moment, puis se dirigea vers Elspeth et Nora Hughes, qui conversaient toujours. Madison la suivit des yeux, surprise par son comportement impétueux. Ida préférait nettement forger sa propre opinion plutôt que de se laisser influencer par les qu'en-dira-t-on. La voyant s'approcher, Elspeth lui fit signe.

— Ma chère Ida, viens que je te présente mon amie Nora.

Ida serra chaleureusement la main glacée de Nora Hughes.

— Je suis si heureuse de faire votre connaissance, Ida! J'ai très bien connu votre mère, j'en garde un excellent souvenir. Elle a toujours su faire preuve d'une grande gentillesse à mon endroit.

— Je suis moi aussi heureuse de faire votre connaissance, madame Hughes.

— Elspeth me disait que vous retourniez à New York dès demain. C'est désolant que nous ne puissions pas faire connaissance plus longtemps.

— Je compte bien revenir dans quelques semaines. Elspeth m'a tellement parlé des magnifiques couleurs de l'automne que je ne voudrais pas manquer cela pour tout l'or au monde. De toute façon, mon père doit revenir ici bientôt. Je me ferai un plaisir de l'accompagner.

— Alors, promettez-moi de venir me rendre visite à votre retour, ma chère. Obligez Elspeth à vous accompagner. Malcolm serait sûrement heureux de revoir votre père. Il fut un temps où Charles et lui passaient de bons moments, quand nous étions jeunes mariées, Elspeth et moi. Vous vous souvenez, ma chère?

— Bien entendu, Nora, c'était avant le décès de notre chère Eleonor. Je me fais le devoir d'organiser un dîner quand Ida et son père seront de retour à Montréal.

Nora jeta un regard de connivence à son amie et ses yeux s'emplirent d'une lueur pétillante.

— Oh oui! Quelle bonne idée! Il y a si longtemps que je n'ai pas participé à ce genre de soirée!

— Dans ce cas, ce sera un rendez-vous, conclut Elspeth.

— Je tiens à vous recevoir toutes les deux pour prendre le thé quand Ida sera de retour. Qui aurait dit que je rencontrerais un jour la fille de notre chère Eleonor? émit Nora d'un air nostalgique. J'adorais votre mère, Ida, elle me manque beaucoup.

— Eleonor était une femme exceptionnelle à bien des égards, ajouta Elspeth.

Malgré la nostalgie qui planait, Ida se sentait bien avec ces deux femmes qui avaient bien connu sa mère. Elle avait passé de longues années à supporter son absence, mais en cet après-midi du mois d'août 1913, elle avait l'impression que sa mère vivait encore grâce aux deux amies qui parlaient d'elle avec autant de considération. Pour la première fois, Ida se demandait ce qui la poussait à retourner à New York alors qu'elle se sentait si bien dans la métropole canadienne.

8

Adéline brassait son ragoût en humant l'arôme délicieux qui lui mettait l'eau à la bouche. Elle profitait de cette journée de congé pleinement méritée. Il lui semblait que ça faisait si longtemps qu'elle n'avait pas été seule à la maison. Julien était parti un peu plus tôt pour aller chez son ami Victor. Adéline aurait eu envie d'inviter sa tante à rendre visite, mais elle n'avait pas poussé l'audace jusqu'à le faire, par crainte que Julien rentre plus tôt et les surprenne. Il était trop tôt pour forcer une réconciliation, Adéline le savait. L'automne s'installait lentement sur la ville. Peut-être qu'en faisant preuve de patience, elle réussirait à inviter Philomène à célébrer Noël chez eux, cette année? Sans trop s'emballer, elle caressait l'espoir que Julien fasse preuve de bonne volonté et oublie cette rancœur qui l'habitait depuis trop longtemps déjà.

Adéline fredonnait en jetant un dernier regard à son ragoût puis elle remit le couvercle pour le laisser mijoter doucement. Elle pensa à Blanche qui aimait bien elle aussi chantonner quand elle nettoyait les chambres. Sa nouvelle amie affichait quotidiennement une bonne humeur qui se transmettait rapidement à toutes celles qui la côtoyaient.

Adéline s'apprêtait à peler carottes et pommes de terre lorsqu'on frappa à la porte. Elle délaissa avec regret sa quiétude, essuya ses mains sur son tablier et ouvrit. Josette se tenait sur le seuil, tout sourire.

— Il me semblait bien que cette bonne odeur de ragoût venait de chez vous.

— Je suis en congé et j'avais envie de cuisiner un peu, avoua Adéline.

Sans être vraiment invitée, Josette franchit le seuil et s'avança dans l'entrée. Adéline la libéra de sa veste et, en guise de remerciement, Josette plaqua deux baisers sonores sur ses joues.

— On ne te voit presque plus, Adéline! Tu travailles tout le temps!

— Les horaires sont moins réguliers qu'à la Dominion.

— Au moins, quand tu travaillais à la Dominion, nous pouvions passer un peu de temps ensemble, lui reprocha gentiment Josette. As-tu passé un bel été, au moins? C'est à peine si je t'ai vue à l'église!

— L'hôtel est ouvert tous les jours sans exception, il doit toujours y avoir des femmes de chambre en service, tenta de se justifier Adéline.

Josette, les mains sur les hanches, attendait vraisemblablement que son amie l'invite à s'asseoir. Adéline baissa les bras, elle ne pourrait rien contre la curiosité de Josette, qui ne partirait pas sans avoir pris de ses nouvelles.

— J'allais faire du thé, tu veux te joindre à moi?

— Bien entendu!

La jeune femme la suivit d'un pas décidé vers la cuisine. En silence, Adéline s'assura que le ragoût ne collait pas au chaudron puis prépara la théière et deux tasses. Une petite pause ne serait pas de refus, même si elle n'avait pas spécialement envie de potiner avec son amie.

— Ça sent vraiment bon, ma chère. Ton frère en a de la chance de se régaler de la sorte.

— Ça fait très longtemps que je n'ai pas pris le temps de préparer un ragoût comme celui-ci.

— Parce que tu travailles beaucoup trop au Ritz, la coupa Josette.

— Je suis occupée et Julien semble prendre plaisir à me remplacer aux fourneaux, parfois, ce que je ne peux négliger.

— Je l'ai toujours dit, ton frère est bon à marier! Ce ne sont pas mes frères qui aideraient à la cuisine ni au ménage. Ils adorent se faire servir.

Adéline évita d'expliquer que Julien n'avait pas eu le choix de se mettre à la cuisine, car le trajet en tramway l'empêchait bien souvent de rentrer avant lui, qui travaillait à quelques rues de leur résidence. Elle versa le thé qui infusait dans les deux tasses et se permit de s'asseoir à la table avec son amie en repoussant de la main les carottes et les pommes de terre qu'elle apprêterait plus tard.

— Alors?

Adéline releva un sourcil en guise de questionnement.

— Ton travail au Ritz ? Aimes-tu ça, au moins ?

— C'est un travail exigeant, mais je m'y plais de plus en plus.

— Même si tu n'as pas d'horaire fixe comme à la Dominion ?

Adéline acquiesça en prenant une gorgée de thé.

— Je dois avouer que tu m'impressionnes. J'étais presque certaine que tu abandonnerais. Faire du ménage à longueur de journée doit être tellement ennuyant, en plus du voyagement que tu dois faire matin et soir.

— C'est plus loin que la Dominion, c'est bien certain, mais je m'accommode de mes promenades en tramway.

— Comme ça, il n'y a aucune chance que tu reviennes à la Dominion ? émit Josette d'un air dépité.

Adéline se contenta de secouer la tête. Malgré les quelques inconvénients que Josette venait de soulever, jamais elle ne reviendrait en arrière et ne retournerait à l'usine. Au Ritz, elle avait l'impression de respirer librement. Le climat de travail s'avérait fort différent de celui qu'elle avait connu à la Dominion. Elle travaillait dur, mais elle n'en avait pas l'impression. Pour le reste, elle prenait plaisir à donner le meilleur d'elle-même et à se lever tôt pour prendre le premier tramway la conduisant sur la rue Sherbrooke. Josette se racla la gorge et dit :

— Nous voulions sortir demain après-midi, si tu as envie de venir avec nous. Nous voulions aller au théâtre Orpheum.

— Je ne peux pas, Josette, je travaille.

— Tu ne peux pas te faire remplacer, pour une fois? Cette sortie est exceptionnelle, Adéline, tu ne peux pas manquer ça.

Adéline fit non de la tête. Josette décida d'y aller d'un ultime argument qui piquerait la curiosité de son amie et qui la ferait forcément changer d'idée :

— Tu dois venir, Adéline! Ce spectacle est unique; le numéro principal est celui d'un chien qui parle!

— Un chien qui parle?

Josette acquiesça. N'importe quoi pour essayer de la convaincre de sortir avec ses anciennes collègues de la Dominion!

— Je suis très sérieuse! Le chien, qui s'appelle Don, vient tout juste de débarquer de New York et il est en tournée depuis un moment déjà en compagnie de sa maîtresse, une Allemande. Il paraît qu'il est si intelligent que c'en est impressionnant. Il répond à tous les commandements. Et puis ce serait l'occasion de revoir tout le monde de la Dominion.

Justement, songea Adéline. Les quelques mois qu'elle avait passés à l'usine l'avaient tellement démoralisée qu'elle avait décidé de mettre cette période de sa vie derrière elle. Elle avait bien envie de passer du temps avec Josette, qui lui manquait beaucoup, mais elle ne voulait pas renouer avec ses anciennes collègues.

— Jean-Pierre Catudal m'a demandé des nouvelles de toi il y a quelques jours.

— Qui?

Lentement, le souvenir de l'ouvrier lui revint en mémoire. Raison de plus pour refuser l'invitation si elle en était venue à oublier l'existence de ce garçon qui ne l'avait pas particulièrement marquée.

— Jean-Pierre, qui travaillait à la maintenance. Ne me dis pas que tu l'as oublié ?

— Pour tout te dire, Josette, je n'ai pas envie d'aller voir un spectacle de chien savant. Je travaille et je ne peux pas me faire remplacer à la dernière minute comme ça.

Josette se leva d'un bond en renversant presque sa tasse de thé à peine entamée.

— Maintenant que madame travaille dans le plus grand hôtel de Montréal, elle ne peut plus faire de sortie entre amis. Je me demande bien qui tu veux impressionner avec tes grands airs, Adéline Couturier !

— Je ne comprends pas.

— Tu sais très bien de quoi je parle. Ça fait des mois que je ne te vois plus.

— J'ai beaucoup travaillé durant les dernières semaines.

— C'est comme si je ne comptais plus dans ta vie, Adéline, ajouta-t-elle tristement.

— Ça n'a rien à voir, Josette.

— Cette sortie au théâtre n'était qu'un prétexte pour passer du temps avec toi. Je n'en ai rien à faire du chien qui parle !

— Je suis désolée, Josette, ce n'est pas que je ne veux pas, c'est que je ne peux pas.

Son amie se radoucit un peu en réalisant qu'elle s'était emportée et elle reprit sa place à table. Adéline lui sourit et dit avec chaleur :

— Tu m'as aidée à trouver ce premier emploi, Josette, et je ne l'oublierai pas.

— J'avais tellement de plaisir à travailler avec toi, je n'ai pas compris quand tu as remis ta démission et j'avoue que je t'en ai voulu de me l'avoir annoncé à la dernière minute.

— Je n'avais pas le choix, ma tante avait besoin d'une femme de ménage rapidement.

— Quand même…

— Moi aussi j'ai aimé travailler avec toi. En fait, les seuls moments agréables que j'ai vécus quand j'étais à la Dominion se résumaient à mon retour le soir en ta compagnie. Pour être honnête, Josette, j'ai vraiment détesté cet emploi.

Adéline haussa les épaules devant le regard incrédule de Josette.

— Ça ne paraissait pas, Adéline. Tu cachais bien ton jeu…

— Je me sentais si mal de ne pas tirer profit de la chance que tu m'avais offerte en me recommandant à la contremaî-tresse ! Je ne voulais pas te décevoir en te faisant connaître mes états d'âme.

— Tu es mon amie, Adéline, tu aurais dû m'en parler.

— Je m'en excuse. En plus, je ne comprenais pas pourquoi je ne pouvais pas me faire à cet emploi, alors que toi tu semblais réussir sans problème.

— Je trouve ça parfois difficile…

Josette ravala les larmes qui montaient en elle. Adéline posa une main sur celle de son amie pour lui témoigner son affection. Josette se racla la gorge et redressa les épaules.

— C'est sûr que le travail est exigeant, mais je fais cela en attendant de me marier, et puis mon salaire est le bienvenu chez nous, se justifia-t-elle.

— Nous avons des façons différentes de percevoir les choses. Je ne me voyais pas rester si longtemps là-bas en attendant de me marier. Et puis, je ne sais même pas si je me marierai un jour !

— Tu auras bien le temps de changer d'idée si tu croises la perle rare crois-moi !

Josette retrouvait peu à peu sa bonne humeur, ce qui ravit Adéline qui ne voulait pas rester en froid avec son amie de longue date malgré leur divergence d'opinions.

— Vas-y à ce spectacle de chien savant et profites-en pour faire plus ample connaissance avec Jean-Pierre, si tu le désires.

— Il n'avait d'yeux que pour toi, Adéline. Je doute de réussir à le faire changer d'idée.

— Tu n'as qu'à lui dire que je suis devenue tellement snob depuis que je travaille au Ritz que tu ne me reconnais plus et que je te déçois amèrement !

Josette dévisagea son amie pendant quelques secondes avant de comprendre qu'elle s'amusait à ses dépens.

— Je me suis ennuyée de toi, moi aussi, Josette, malgré ce que tu peux en penser.

— Promets-moi alors que tu ne m'oublieras pas si ton prochain congé tombe en même temps que le mien. Nous pourrions voir un film ou prendre un café ensemble.

— C'est promis !

Elles entrechoquèrent leurs tasses pour sceller cette promesse. L'amitié de Josette lui avait manqué depuis qu'elle avait quitté la Dominion. Bien qu'elle eût créé des liens avec Blanche Lafortune et quelques autres collègues, elle réalisait que son amitié pour Josette était précieuse et qu'elle devait l'entretenir malgré le manque de temps. Les deux amies terminèrent leur thé en papotant comme elle l'avait toujours fait, avant de retourner à leurs responsabilités respectives.

***

Julien et Victor appréciaient les pauses qu'ils prenaient au Ritz quand ils devaient s'y rendre. Chaque fois, Marius se joignait à eux pour fumer une cigarette et bavarder quelques minutes. Le sourire jovial de Marius et sa bonne humeur leur faisaient oublier au moins un peu l'atmosphère tendue qui régnait à l'entrepôt. Dubh O'Farrell avait mis quelques hommes à pied. La réserve de glace qui n'avait pu être entièrement renouvelée à cause de l'hiver doux commençait sérieusement à s'épuiser. Le retour de la saison froide aiderait peut-être à conserver les aliments de la population.

Les employés de l'entrepôt espéraient un hiver hâtif cette année afin que le fleuve puisse geler rapidement et que la récolte de glace puisse débuter plus tôt que prévu.

Tous retenaient leur souffle, mais Dubh avait finalement tranché. Avec détachement, il avait congédié cinq employés sans leur offrir de compensation. Il avait même évité de leur promettre qu'ils seraient embauchés de nouveau dès que le ramassage de glace reprendrait. Les prochaines semaines s'annonçaient difficiles et les hommes restants anticipaient eux aussi de futures mises à pied.

Dubh O'Farrell n'avait jamais été aimé des employés et son manque flagrant d'empathie prouvait hors de tout doute qu'il se souciait peu de leur sort, eux qui perdaient le seul revenu pour subvenir aux besoins de leur famille. Paddy s'était présenté à l'entrepôt afin d'apaiser l'état de crise et pour se montrer rassurant, mais personne n'avait cru que les choses s'amélioreraient si vite et le mal était fait.

Les discussions animées et joyeuses avec Marius tombaient à point pour les deux livreurs qui avaient la plupart du temps le moral à plat. Les pâtisseries qu'il leur distribuait mettaient un peu de baume sur leurs inquiétudes et leur amertume. Victor, plus gourmand que Julien, en profitait pour se remplir la panse.

— Si tu n'arrêtes pas de nous fournir en sucreries de toutes sortes, Victor ne pourra plus monter dans le camion bientôt. Son ventre s'arrondit à vue d'œil !

— Cibolac, tu exagères, Julien. Je ne suis pas si dodu que tu le dis !

Marius et Julien dévisagèrent en même temps Victor qui reporta son attention sur son abdomen. Il inspira pour retenir son souffle et aplatir son ventre qu'il toucha pour tenter de convaincre ses deux amis. Dès qu'il relâcha ses muscles, Julien et Marius éclatèrent de rire en même temps.

— Tu ne peux pas dissimuler ta gourmandise aussi facilement, ricana Marius.

— Avant de commencer à livrer ici, Victor était svelte comme un athlète. Maintenant, sa forme commence sérieusement à s'arrondir.

— C'est ça, cibolac, mettez-vous tous les deux sur mon cas. Ce ne sont pas seulement les desserts de Marius qui sont responsables de ma soi-disant prise de poids. Ma Gloria me prépare de bons plats, vous saurez.

L'harmonie qui régnait entre les trois hommes était palpable. Rapidement, Julien et Victor s'étaient liés d'amitié avec Marius. Dès qu'ils en auraient l'occasion, ils se promettaient d'aller prendre une bière ensemble afin de pouvoir renforcer ce nouveau lien d'amitié qui avait mis peu de temps à s'installer.

— Au-delà de cette nourriture que tu nous fournis, Marius, Victor et moi pouvons dire que ça nous fait un bien fou de venir livrer de la glace ici. Ça nous permet de fuir l'ambiance malsaine à l'entrepôt.

— Votre *boss* continue à faire des siennes?

— Oui, il a mis plusieurs hommes à pied. Bon, disons que c'est compréhensible étant donné la réserve qui baisse dangereusement, mais ce que les employés ont de la difficulté à accepter, c'est la condescendance dont il fait preuve quand il s'adresse à nous. Je comprends que les choses vont mal, mais tout de même, ce n'est pas une raison pour traiter les employés comme s'ils étaient des bons à rien.

— Ce maudit Dubh joue au *boss* des bécosses depuis que son père lui a transmis tous les pouvoirs de son entreprise. Nous avions bon espoir que Paddy reprendrait les commandes en voyant que les choses n'allaient pas si bien depuis son départ, mais il semble qu'il apprécie sa retraite, expliqua Victor.

Les deux hommes secouèrent en même temps la tête en signe de déception. Même si Marius devait souvent travailler sous tension extrême dans la cuisine, il appréciait l'humanité de ses patrons. Le chef dirigeait la cuisine de main de maître. Il faisait bien preuve de mauvaise humeur, parfois, mais il s'avérait toujours équitable lorsqu'il prenait des décisions. Marius avait toujours eu l'impression de faire partie d'une équipe et que tout le monde était traité sur un pied d'égalité malgré les différents postes qu'ils occupaient. Ses pauvres amis semblaient souffrir énormément du manque de considération de leur patron. Il aurait voulu leur dire des paroles encourageantes, mais il n'y parvenait pas. Ce Dubh O'Farrell lui paraissait tellement antipathique. Si au moins les petites douceurs qu'il leur offrait pouvaient les consoler un tant soit peu, il en était bien heureux. Il tira une bouffée de sa cigarette avant de dire :

— C'est quand les choses vont mal qu'on voit le caractère des gens, s'ils sont droits et justes.

— Eh bien, Dubh O'Farrell est croche en cibolac! Il n'est pas de la même trempe que son père, lança Victor.

Les trois hommes demeurèrent silencieux quelques minutes, profitant de la pause qui s'offrait à eux, chacun perdu dans ses propres pensées. Marius songeait à tout le travail qui l'attendait en cuisine. La préparation des repas offerts au restaurant de l'hôtel le tenait passablement occupé. L'établissement était pratiquement plein à chaque service, sans compter toute l'organisation qu'il devait faire à l'avance. Les deux livreurs, quant à eux, s'apprêtaient à retourner à l'entrepôt afin de charger le camion pour les dernières livraisons de la journée et anticipaient de croiser Dubh O'Farrell, la raison de leurs tourments, sur le quai de chargement. *Si au moins il se tenait dans son bureau sans qu'on ait affaire à lui,* songea Julien en écrasant sa cigarette sous le talon de ses bottes de travail. Lui qui avait toujours évité de fumer par le passé, il le faisait maintenant dans le but de se détendre avant de retourner affronter Dubh.

— Il va falloir y aller, lança-t-il à Victor qui venait de reprendre un gâteau sec.

— Déjà?

— Tu mangeras ton gâteau en route.

— Ne t'avise pas d'en échapper des miettes dans le camion, sinon vous devrez rendre des comptes à votre *boss*, se moqua Marius.

Le commis de cuisine écrasa sa cigarette à son tour et récupéra le plateau contenant les gâteaux qu'il avait apportés aux deux hommes.

— On se voit sans faute dans quelques jours, messieurs ?

— Oui, si Dubh le veut !

Les trois hommes s'amusèrent de cette boutade. Marius salua ses amis avant de retourner à l'intérieur. La mort dans l'âme, les deux livreurs s'engouffrèrent dans leur véhicule, conscients que ce moment de rigolade serait le dernier de la journée.

***

Violette rangea la malle dans le placard et ajouta quelques bûches dans l'âtre afin de conserver une température confortable dans la pièce. Elle entreprit ensuite de vider la mallette de produits cosmétiques de sa patronne et s'assura que les femmes de chambre avaient laissé tout le nécessaire de toilette dont Mlle Ida aurait besoin quand elle reviendrait dans la suite. Un bouquet de roses avait été déposé sur la table à café, dans la pièce commune. À première vue, tout semblait conforme, mais rapidement, elle remarqua qu'il manquait des serviettes dans la salle de bains. Ce n'était pas catastrophique pour le moment, mais Violette devrait s'assurer que cet oubli serait rapidement corrigé. Pour le moment, elle était seule dans la chambre, mais Mlle Ida rentrerait bientôt de la Cour des Palmiers où elle prenait le thé et M. Sloane reviendrait de ses réunions d'affaires en fin de journée.

Violette promena rapidement son regard sur la pièce principale de la suite où des causeuses confortables faisaient face
à un foyer de marbre où crépitait un feu qui rendait la pièce
accueillante. Cette suite que réservait M. Sloane chaque fois
qu'il venait à Montréal leur servait désormais de résidence
secondaire. Violette occupait la plus petite pièce de la suite.
Un lit à une place, une commode et un fauteuil meublaient
principalement cet espace, mais malgré tout, Violette s'y
sentait bien. Le lit était confortable et une lampe sur la table
de chevet lui permettait de lire quelques pages des bouquins
qu'elle traînait avec elle lors des séjours dans la métropole
canadienne, ce qui la détendait après sa journée de travail.
Non pas que Mlle Ida se montrât exigeante envers elle, mais la
dame de compagnie tenait à ce que sa patronne ne manque
de rien. Mlle Ida avait perdu sa mère si jeune que, dès les
premières journées après avoir été engagée, Violette l'avait
rapidement prise sous son aile. Elle se rappelait encore à
quel point la fillette peinait à s'endormir le soir parce qu'elle
réclamait sa mère.

De l'eau avait coulé sous les ponts depuis qu'elle avait vu
pour la première fois la petite frimousse d'Ida, qui s'était
timidement tenue derrière son père quand il l'avait présentée
à la nouvelle domestique. Elle était parvenue à l'apprivoiser
en lui lisant des contes et en lui chantant des berceuses. Ida
devenait une magnifique jeune femme et Violette ne pouvait
s'empêcher d'éprouver de la fierté, comme si elle avait été sa
propre fille.

Violette se préparait à sortir la tenue que sa maîtresse
porterait pour le souper. Dès son retour à la chambre, Ida se

glisserait avec bonheur dans la baignoire avant de se préparer pour la soirée, ce qui ramena à son esprit les serviettes manquantes de la salle de bains.

Pendant quelques secondes, la dame de compagnie dévisagea l'appareil de communication qui reposait sur un guéridon dans l'entrée. Elle n'avait jamais été adepte de ces technologies dont le monde ne cessait de parler. M. Sloane avait tenu à lui en expliquer le fonctionnement, mais à ce jour, elle n'avait pas eu besoin de s'en servir. M. Jones, le majordome au service de la famille, répondait systématiquement à tous les appels faits à la résidence de la Cinquième Avenue. D'une main incertaine, Violette s'empara du combiné et posa l'écouteur sur son oreille. Ses mâchoires se crispèrent au contact de cette espèce de cornet froid. Elle ne comprenait pas comment les gens pouvaient en apprécier l'usage. Une standardiste lui demanda quel numéro elle voulait joindre et d'une voix tremblotante, elle demanda le service aux chambres. Une voix féminine à l'accent prononcé lui répondit :

— *Hello, I am miss Cartier, head housekeeper of the Ritz-Carlton. How may I help you ?*

Violette fut surprise par la force de la voix. Elle indiqua à l'interlocutrice ce dont elle avait besoin. Elle baissa le ton en la remerciant, convaincue qu'elle avait probablement parlé beaucoup trop fort dans l'appareil. La gouvernante l'assura que les serviettes seraient livrées à la chambre rapidement. Quand la dame de compagnie raccrocha, un large sourire éclaira son visage ; elle avait réussi ce qu'elle qualifiait presque d'un exploit.

En attendant, elle sortit la robe ainsi que les chaussures assorties à cette nouvelle toilette que sa maîtresse avait commandée directement de la maison Poiret. Violette ne comprenait rien à la mode, mais elle savait reconnaître une excellente confection quand elle en voyait une. La robe d'un bleu égyptien mettrait en valeur les yeux de la jeune femme. Violette était convaincue qu'elle serait ravissante pour le souper. Son rôle de dame de compagnie l'enchantait. C'était elle qui prévoyait les tenues qu'Ida porterait, s'occupait de ses coiffures, lui préparait du thé et passait du temps avec elle lorsqu'elle s'ennuyait. Elle la couvait ainsi comme une mère l'aurait fait avec sa fille. Ida réclamait sa présence partout où elle allait, ce qui n'était pas sans lui plaire. Elle avait pu séjourner à Senneville dans la résidence secondaire des Meredith et profiter elle aussi du bel endroit au bord du lac des Deux Montagnes. Les séjours à Montréal se multipliaient, ce qui la changeait de ses journées à New York. Quand Ida n'avait pas besoin de ses services, elle pouvait déambuler dans les rues de la ville qu'elle prenait plaisir à découvrir. Comme à New York, elle disposait d'un parc tout près pour se promener. Le parc du Mont-Royal abondait en sentiers et, à certains endroits, la vue de la ville était impressionnante. Les moments où elle était laissée seule pour s'adonner à ce genre de loisir se produisaient de plus en plus fréquemment, puisque Mme Meredith avait pris comme responsabilité de distraire celle qu'elle considérait désormais comme sa protégée, ce qui laissait du temps à Violette pour se perdre dans les histoires de ses livres ou encore pour faire des promenades.

Mlle Ida semblait prendre énormément de plaisir à ses séjours de plus en plus fréquents à Montréal. Les premières fois, sa patronne ne comprenait pas l'engouement de son père de faire des affaires dans cette ville où sévissait alors un froid qu'elle qualifiait de polaire et qui l'éloignait des cercles mondains new-yorkais. Le retour du printemps ainsi que les rencontres que mademoiselle faisait semblaient l'avoir réconciliée avec l'idée que son père devait passer plus de temps dans la métropole. Si Violette ne l'avait pas connue autant, elle aurait pu être persuadée qu'un jeune homme occupait les pensées de sa maîtresse. Ce n'était pas le cas puisque Ida se serait confiée à elle même si elle n'était que son employée. Le lien qui les unissait allait bien au-delà de leur relation professionnelle. Il y avait ce M. Connelly qui lui avait rendu visite de nombreuses fois lorsqu'elle séjournait chez les Meredith, mais rien de sérieux ne se tramait de ce côté. Ida lui avait parlé de ce sujet et elle n'envisageait pas de le fréquenter pour le moment, même si elle prenait plaisir à le découvrir, lui qui s'avérait fort charmant, selon ses dires. Chaque fois que sa patronne se confiait à elle, Violette était touchée profondément. Elle était prête à tout donner pour que sa protégée, qu'elle chérissait tant, soit heureuse.

On frappa discrètement à la porte et Violette ouvrit sur une femme de chambre à la chevelure rousse portant des serviettes d'un blanc immaculé. Elle la laissa entrer dans la pièce. L'employée y pénétra avec timidité et se rendit dans la salle de bains pour les y déposer. La jeune femme rousse devait avoir à peu près le même âge que sa patronne, mais elle était forcée de travailler pour gagner sa vie, ce qui attendrit le cœur de Violette. Elle se rappelait tous les sacrifices qu'elle-même avait dû faire pour avoir une bonne situation.

Elle avait renoncé à se marier et à avoir sa propre famille. Peut-être que la jeune femme se trouvait dans la même situation qu'elle l'avait été?

— *Thank you very much!* lui dit Violette quand elle revint dans le petit salon.

Celle-ci se contenta de baisser la tête et de faire une légère révérence. Violette réalisa qu'elle devait parler français puisque la majorité du personnel était des Canadiens français. La dame de compagnie décida donc de la remercier dans sa langue.

— Vous parlez français? s'étonna l'employée de l'hôtel.

— Je suis née à New York, mais ma mère était canadienne-française et elle a tellement insisté pour que j'apprenne sa langue maternelle! Je n'ai pas la chance de parler français souvent, dit Violette en s'exprimant avec un accent.

— Mlle Cartier s'excuse encore de tous les inconvénients causés par cette erreur, expliqua la jeune femme.

— Il n'y a pas eu mort d'homme! Des erreurs de ce genre peuvent subvenir, même dans les plus grands hôtels du monde.

La robe qui reposait sur le lit attira l'attention de la jeune femme qui s'exclama:

— Je n'ai jamais rien vu d'aussi beau!

— C'est vrai qu'elle est somptueuse!

— Je ne sais pas qui portera un vêtement aussi délicat, mais elle sera magnifique dans cette tenue.

— Il s'agit de ma patronne, Mlle Ida Sloane. Elle a à peu près votre âge, si je ne m'abuse.

— Elle en a de la chance, souffla la femme de chambre, toujours plantée debout devant la robe.

Elle en regardait avec attention chaque détail, les broderies, les perles incrustées. Violette s'avança près d'elle en silence. Réalisant qu'elle aurait dû être repartie depuis quelques minutes déjà, la femme de chambre eut un mouvement de recul.

— Est-ce que je peux faire autre chose pour vous, madame ?

— Vous pouvez m'appeler Violette, mademoiselle. Je n'ai jamais été très attirée par toutes ces politesses.

Violette tendit la main à l'intention de la jeune femme qui hésita quelques secondes avant de la prendre avec retenue.

— Encore une fois, nous sommes vraiment désolés pour l'oubli des serviettes. Ma patronne, Mlle Cartier m'a demandé de m'assurer qu'il ne vous manquait rien d'autre.

— Ce ne sont que des serviettes, et puis c'est la première fois que je suis témoin d'un tel oubli. Je vous le répète, il n'y a pas lieu d'en faire tout un plat.

— Tout de même, cet oubli est inexcusable. Mlle Cartier fera en sorte que ça ne se reproduise plus.

— Comme je le disais, nous avons occupé cette suite à quelques occasions et c'est la première fois que cela se produit. Mes patrons n'en savent rien et ils n'ont pas besoin d'être informés puisque vous avez apporté les serviettes.

La femme de chambre se détendit un peu devant le ton apaisant de Violette.

— Rassurez-vous, il m'arrive moi aussi d'oublier, parfois !

— Je ne travaille pas au onzième étage habituellement. J'allais rentrer chez moi lorsque Mlle Cartier m'a demandé de venir vous porter ces serviettes. La responsable de l'étage avait déjà quitté l'hôtel, expliqua la jeune femme.

— Vous travaillez ici depuis longtemps, mademoiselle… ?

— Adéline Couturier. Depuis quelques mois seulement.

— Ravie de vous rencontrer, Adéline.

Adéline aperçut l'horloge sur le manteau de la cheminée et réalisa qu'elle était demeurée beaucoup trop longtemps dans la chambre. Sa tante attendait probablement dans son bureau qu'elle vienne l'informer du fait qu'elle avait bien réglé le problème. Adéline aurait pu passer encore de nombreuses minutes auprès de cette femme qui lui paraissait bienveillante. Sa patronne avait de la chance d'être aussi bien entourée ! Elle reporta son regard une dernière fois vers la magnifique robe qu'elle avait eu la chance d'admirer en songeant que jamais elle ne pourrait seulement effleurer de la main un tissu aussi sublime. Machinalement, elle replaça sa coiffe et lissa les plis de sa robe de serge noire. La dame de compagnie était sobrement vêtue et elle n'avait certainement jamais porté, elle non plus, un tel vêtement.

— Bonne fin de journée, madame, n'hésitez pas à utiliser le service aux chambres de nouveau s'il y a quoi que ce soit.

— Merci, Adéline, lui répondit Violette en souriant.

Violette la raccompagna jusqu'à la porte en la remerciant encore une fois. Adéline esquissa une dernière révérence avant de s'éclipser de la suite. Violette la suivit des yeux jusqu'à ce qu'elle se faufile dans l'ascenseur. Cette jeune femme avait le même âge que sa patronne, et pourtant, elle devait travailler dur pour gagner sa vie. Violette se laissa porter par ses pensées pendant un moment, fixant toujours les portes de l'ascenseur qui venaient de se refermer. Le travail de femme de chambre était exigeant, mais probablement moins que celui dans une usine. Elle-même était comblée par le poste qu'elle occupait, les emplois pour les femmes n'étaient pas des mieux rémunérés et souvent ils étaient difficiles physiquement. Elle espérait que l'employée était reconnaissante de la chance qu'elle avait de travailler dans un endroit comme le Ritz. Mlle Ida avait eu la chance de naître dans une famille aisée, ce qui n'était pas le lot de toutes. Violette referma avec douceur la porte de la suite et retourna vaquer à ses occupations en attendant le retour de sa patronne, remplie de gratitude à la pensée d'être à son emploi.

**

Adéline se pressa en sortant de l'ascenseur. Elle avait averti sa tante que tout était en ordre pour la suite du onzième étage. Avec un peu de chance, elle arriverait à temps au coin de la rue pour attraper le prochain tramway et rentrer directement chez elle. C'était la première fois qu'elle se rendait dans une chambre occupée par des clients et elle venait de réaliser que ceux-ci évoluaient dans un monde qu'elle n'avait jamais osé imaginer. La demoiselle qui porterait la splendide robe qu'elle avait vue ne réalisait probablement pas la chance qu'elle avait de pouvoir prendre le thé tranquillement tandis que des personnes œuvraient dans son sillage pour lui rendre la vie plus facile. Sa dame de compagnie l'attendait pour l'aider à s'habiller afin qu'elle puisse assister au souper qui serait donné plus tard. Sans amertume, elle venait de prendre conscience que certaines personnes étaient beaucoup plus privilégiées que d'autres. Elle-même était un peu comme Josette, qui mourait à petit feu à la Dominion. Le sort de son amie était quand même moins reluisant. C'est en réalisant sa bonne fortune qu'elle sortit de l'ascenseur d'un pas allègre avant d'aller récupérer ses effets personnels.

Perdue dans ses pensées, en tournant le coin du couloir qui menait au vestiaire, elle fonça droit dans un chariot poussé par un commis de cuisine. Adéline recula, projetée contre le mur tandis que plusieurs assiettes pleines de nourriture tombèrent du chariot dans un fracas épouvantable. Quelques assiettes atterrirent sur la veste de cuisine du commis, qui recula lui aussi sous la force de l'impact.

— Crisse ! s'exclama-t-il entre ses dents.

Sonnée, Adéline tenta de se disculper :

— Je suis vraiment désolée, monsieur, s'excusa-t-elle.

— Vous couriez dans le couloir comme une poule pas de tête ! Qu'est-ce qui vous prend ?

— Puisque je vous dis que je m'excuse…, réitéra-t-elle d'un ton plus ferme.

— Ce n'est pas tout de s'excuser, il faut réfléchir avant d'agir.

L'homme se pencha et commença à ramasser les dégâts causés par Adéline, qui serra les mâchoires pour cacher la colère qui s'emparait d'elle. Elle renifla pour éviter de fondre en larmes. Elle n'allait surtout pas pleurnicher devant ce malotru. Elle avait envie de se replier vers le vestiaire, mais elle devait réparer son erreur. Il était vrai qu'elle n'avait pas fait attention en se précipitant comme elle l'avait fait, pressée d'attraper le prochain tramway. Elle s'agenouilla aux côtés du commis pour l'aider à ramasser la vaisselle brisée. Son coude, qui était endolori, lui tira une grimace qui n'échappa pas à l'homme.

— On ne vous a jamais dit de circuler lentement dans les couloirs de l'hôtel ? On ne sait jamais qui se trouve derrière les portes quand elles s'ouvrent. Vous auriez très bien pu foncer tout droit dans un client. Quelle étourdie vous êtes !

— Je suis désolée, répéta-t-elle en serrant les mâchoires.

— Je vais informer votre supérieure de votre bêtise, on verra bien ce qu'elle en pensera…

J'imagine que tante Philomène ne va pas me congédier pour si peu. Et puis, pour qui me prend-il ? Une écervelée qui court comme une folle dans les couloirs de l'hôtel ? pensa-t-elle en pestant intérieurement. Elle s'était excusée, c'était un accident, pourtant cet homme ne semblait pas comprendre qu'elle n'avait pas fait exprès de le bousculer. Jetant rapidement un coup d'œil à sa montre, elle la rangea avec colère dans la poche dissimulée dans le pli de sa jupe. Elle venait probablement de manquer son tramway et devrait attendre au coin de la rue une quarantaine de minutes pour le prochain. Elle ne pouvait s'en prendre qu'à elle-même, mais en même temps, elle essayait de réparer sa bévue en aidant l'homme à ramasser. Au moins, s'il avait accepté ses excuses, elle se serait sentie un peu moins coupable. Au lieu de cela, il continuait ses reproches en lui parlant avec sévérité. Il se pencha et aperçut les éclaboussures de sauce sur sa veste de cuisine.

— Crisse! Je viens tout juste de commencer mon *shift* et je vais devoir passer la soirée avec une veste tachée.

Du plat de la main, il frotta sans succès afin de déloger les taches de sauce brune. Adéline murmura :

— Un bon produit nettoyant devrait régler le tout, avança-t-elle.

L'homme la fusilla du regard.

— J'imagine que vous devez être spécialisée dans le nettoyage! En revanche, je doute que vous ayez déjà cuisiné pour des personnes importantes qui devront attendre avant de recevoir les plats qu'ils ont commandés.

Adéline se mordit la lèvre pour s'empêcher de répliquer. La condescendance dont il faisait preuve à son endroit lui était à peine tolérable. Que savait-il d'elle? Afin d'accélérer le nettoyage du gâchis qu'elle avait fait, Adéline ramassa avec brusquerie les tessons de vaisselle éparpillés. Plus vite elle terminerait, plus vite elle pourrait s'éloigner de cet homme peu reconnaissant de l'aide qu'elle lui fournissait. Elle se coupa le bout du doigt et grimaça de nouveau. Son coude était endolori et maintenant elle saignait. La fatigue de la journée lui pesait sur les épaules, elle était au bord des larmes.

Marius observait du coin de l'œil celle qu'il considérait comme une écervelée et quand il remarqua sa coupure, sa colère s'apaisa un peu. Il ramassa une serviette de table parmi les débris et la lui tendit.

— Placez cette serviette sur votre coupure pour éviter de tacher votre tablier, fit-il.

Adéline, qui avait porté son doigt à sa bouche, s'empara de la serviette avec rudesse. Elle enroula le bout de tissu autour de son doigt et continua le ramassage. Elle ne témoignerait pas la moindre reconnaissance à ce grossier personnage. La coupure n'aurait pas raison de sa détermination à réparer son erreur.

Marius, toujours accroupi, achevait de ramasser les derniers morceaux de vaisselle sur le tapis. Il regrettait de s'être emporté de la sorte. Son quart de travail avait mal commencé. Le cuisinier lui avait demandé de monter à l'étage pour aller porter cette commande que le serveur n'avait pas pris le temps de livrer. Ce n'était pas dans sa définition de tâches de circuler ainsi entre les étages de l'hôtel. Chaque étage possédait sa cuisine, mais celle de cet étage-là n'était pas en fonction en raison d'un manque de personnel. Marius avait reçu l'ordre d'aller porter le chariot avant de revenir en courant à la cuisine du rez-de-chaussée afin d'aider ses collègues pour la période de pointe. Cette heure était la plus folle de la journée puisque la salle à manger était remplie à craquer. Marius n'avait pas de temps à perdre à ramasser de la vaisselle cassée par une femme de ménage sans jugement qui courait dans les couloirs.

Marius jeta un regard en biais en direction de la jeune femme rousse qui venait de déposer le dernier ustensile sur la pile de vaisselle cassée. Il avait été dur avec elle et il le regrettait. Dans le but de faire amende honorable, il voulut la remercier de son aide, mais elle venait de tourner les talons sans rien ajouter, le laissant planté debout au milieu du couloir, devant son chariot qui contenait les restes du repas. Alors il revint sur ses pas et regagna la cuisine du rez-de-chaussée afin de passer une nouvelle commande pour la chambre 303.

***

Dubh O'Farrell surveillait ses employés tel un empereur régnant sur son royaume. D'un œil attentif, il supervisait le chargement des camions et celui des charrettes de livraison. En fin de journée, les hommes chargeaient plus lentement qu'en matinée et cette situation irritait profondément Dubh qui mettait cela sur le compte de la paresse plutôt que de la fatigue. Son père lui avait confié la direction complète de l'entrepôt et la pression de bien faire les choses l'oppressait de plus en plus. La réserve de glace de l'entrepôt diminuait radicalement et la situation n'était pas sans l'inquiéter. Il avait l'impression que son père avait délibérément abandonné le navire qui sombrait.

Que ses employés détestent sa façon de gérer la situation lui importait peu. En aucun cas il ne voulait perdre un sou. Tant pis pour les mises à pied qu'il devait faire, la *business*, c'était la *business*.

Le camion conduit par Couturier arriva au quai de chargement. Julien et Victor en descendirent en rigolant. La bonne humeur des deux hommes l'horripilait. *Toujours là à s'amuser comme si de rien n'était*, pensa Dubh en se retenant de leur crier de travailler avec plus de sérieux. Il ne pouvait malheureusement rien dire, les deux livreurs étaient malgré tout compétents, il n'avait rien à leur reprocher.

Dubh détourna le regard des deux clowns qui essayaient d'amuser les autres employés avec leurs blagues inappropriées. L'arrivée des joyeux lurons avait causé un ralentissement dans le dernier chargement de la journée. Le vieux Jos Bernier peinait à récupérer un bloc à l'aide de la pince. Dubh s'avança rapidement pour décharger sa colère et sa frustration sur lui.

— Qu'est-ce que tu attends, Bernier, pour le charger, ce *goddamned* bloc de glace ? Les livraisons doivent être effectuées et tu ralentis tout le processus en raison de ton incapacité. Je me demande bien pourquoi je m'entête à garder des incompétents de ton espèce !

Jos Bernier redoubla d'ardeur, mais les forces lui manquaient. M. O'Farrell avait sûrement raison, il se faisait beaucoup trop vieux pour ce travail. Sa vue se brouilla et à l'aide de la manche de sa chemise, il fit semblant de s'essuyer le front même si c'étaient ses yeux qui avaient besoin d'être séchés. Les injures proférées à l'endroit du vieil homme n'échappèrent pas à Julien qui délaissa son chargement pour s'approcher de Dubh qui, mains sur les hanches, continuait d'invectiver son employé. Julien se posta près de Bernier.

— Lâchez-le un peu, il se fait tard et nous sommes tous fatigués. Je termine le chargement de mon camion et je vais venir l'aider, déclara Julien.

Dubh se tourna vers lui, en colère.

— Ce n'est pas toi qui vas décider, Couturier. Si je lui demande de travailler plus vite, c'est à moi qu'il doit obéir. Si ce maudit fainéant veut que je continue de lui verser une paye, il n'a qu'à faire ce qu'on attend de lui.

Julien serra les mâchoires et prit doucement la pince des mains de Jos Bernier. Il entreprit de récupérer le bloc de glace que le vieil homme s'échinait à déposer dans la charrette de livraison.

— De quel droit te permets-tu de remettre en question mon autorité, Couturier?

Julien l'ignora et continua son chargement, ce qui provoqua la fureur de son patron. Il se planta devant son employé pour lui barrer le chemin. Julien le contourna, mais Dubh le retint par la manche de sa chemise, le forçant à déposer son bloc de glace.

— Je t'ai dit de ne pas te mêler de ça, Couturier, tu es sourd ou quoi?

— Je ne fais qu'aider un collègue.

— C'est Bernier qui s'occupe du chargement, un point c'est tout. Retourne à ton camion et mêle-toi de tes affaires.

Julien serra les poings et s'apprêtait à se soumettre à la demande de Dubh, mais il se ravisa. La plupart des hommes étaient maintenant rassemblés autour d'eux. Julien ne savait pas où tout cela allait le mener, mais l'envie de se faire le porte-parole de ses collègues s'imposa sans qu'il le décide vraiment. Ils enduraient les frasques de Dubh O'Farrell depuis beaucoup trop longtemps maintenant, les choses ne pouvaient plus durer ainsi. La colère l'emporta bien vite sur la politesse.

— Tes affaires se porteraient peut-être mieux si tu respectais un tant soit peu tes employés, Dubh.

— Je ne te permets pas de me tutoyer ainsi, Couturier. Je suis ton patron et tu me dois le respect!

— Le respect, c'est quelque chose qui se gagne et visiblement tu ne réussiras à rallier personne à ta cause en nous traitant comme des moins que rien.

— De quel droit te permets-tu de t'adresser à moi de la sorte?

Dubh serra le poing, se préparant à frapper Julien, mais celui-ci se montra plus rapide et lui décocha une solide droite à la mâchoire. Dubh pivota sur lui-même avant de tomber à genoux. Julien, surpris par sa réaction et la force avec laquelle il avait frappé son patron, s'excusa aussitôt en lui tendant la main pour l'aider à se relever. Dubh l'ignora et se mit lui-même debout, encore plus furieux qu'il ne l'était quelques secondes auparavant.

— Tu viens de signer ton arrêt de mort, Couturier. Prends tes cliques et tes claques et fous le camp d'ici tout de suite. Je n'ai plus besoin de tes services!

Julien se tourna vers ses compagnons, attendant que quelqu'un s'interpose, mais personne n'osa le faire, ce qui ne le surprit pas. Il avait agi sous le coup de l'émotion et il devait être le seul à en assumer les conséquences. La tête haute, il déambula devant ses collègues qui le saluèrent discrètement. S'arrêtant devant Victor, il lui tendit les clés du camion avant de sortir définitivement de l'entrepôt.

9

Adéline venait d'essuyer la dernière assiette de la pile alors que Julien tordait le chiffon et essuyait le pourtour de l'évier, l'esprit ailleurs. Il avait mangé en silence, chipotant dans son assiette comme il le faisait à tous les repas maintenant. La jeune femme réfléchissait depuis plusieurs jours déjà à la meilleure façon de s'adresser à son frère. Elle commençait sérieusement à s'inquiéter de le voir si abattu. Sans fournir d'explications valables, Julien était revenu de travailler un soir en annonçant qu'il avait été mis à pied par son patron. Adéline avait tenté de le rassurer du mieux qu'elle le pouvait, sa paye suffirait à maintenir la maisonnée à flot pendant quelque temps. Elle n'avait pas poussé plus loin la curiosité de savoir ce qui s'était vraiment passé à l'entrepôt de glace, étant presque certaine que Julien finirait par se confier à ce sujet.

Plusieurs semaines s'étaient écoulées déjà depuis sa mise à pied et c'est Victor Bellavance qui l'avait mise au courant de ce qui était réellement survenu ce jour-là quand il était venu un peu plus tôt prendre des nouvelles de Julien. Adéline avait dû lui faire croire qu'il était indisposé. Son frère refusait de parler à son meilleur ami et s'isolait de plus en plus. Les propos de Victor lui avaient trotté dans la tête longtemps après son départ. Julien ne lui avait pas tout dit au sujet de son congédiement et Adéline devait tirer tout cela au clair le plus rapidement possible. Que Julien lui cache certaines choses sans importance, elle pouvait l'accepter, mais qu'il omette de lui dire la vérité l'ennuyait terriblement. Que lui cachait-il d'autre, dans ce cas ?

Julien s'était toujours montré fier de sa personne et cette barbe qui lui mangeait le visage prouvait son laisser-aller. Il n'accordait plus d'importance à ses soins corporels et ne se confiait plus à sa sœur à propos de ce qu'il ressentait. Pour ce qu'Adéline en savait, il ne sortait pas durant la journée, mais il s'arrangeait toujours pour préparer les repas lors de son retour du Ritz. Elle n'avait rien à redire à ce sujet, mais il se contentait de répondre par monosyllabes quand elle le questionnait sur la journée qu'il avait passée. Elle avait espéré qu'il prendrait quelques jours de congé après avoir été désarçonné de la sorte et qu'il remonterait rapidement en selle en cherchant activement un emploi dans les usines autour. Il n'en était rien, Julien semblait décidé à passer ses journées dans sa chaise berçante à fixer la fenêtre et à laisser le temps s'égrainer.

Adéline mit de l'eau à bouillir pour faire du thé. Il lui semblait que de siroter cette boisson chaude lui permettrait de faire le point sur une situation ambiguë. Il était temps d'avoir une conversation sérieuse avec son frère.

— Je pense que je vais aller dormir, annonça Julien en déposant son torchon.

Adéline prépara le thé et sortit deux tasses dans l'espoir qu'il comprendrait qu'elle voulait s'entretenir avec lui.

Heureusement, il saisit le message et se tira une chaise. Il croisa les mains sur la table, attendant que sa sœur lui fasse part de ses récriminations. Adéline vida le thé dans les tasses, s'installa à son tour à table et remua sa boisson à l'aide d'une cuillère, cherchant à gagner du temps. Julien la regarda directement dans les yeux et lui dit :

— Si tu arrêtais de tourner autour du pot et que tu me disais ce pour quoi tu as sorti le service à thé ? Je te connais, Adéline, quand tu as quelque chose à me dire, tu prends cet air sérieux et tu prépares du thé même si tu n'as pas envie d'en boire, de toute évidence.

Adéline arrêta le mouvement circulaire de sa cuillère et, pour contredire son frère, elle tenta de prendre une gorgée de la boisson, mais elle était beaucoup trop chaude, ce qui la fit grimacer. Elle déposa sa tasse et croisa les mains.

— Ça fait longtemps que nous n'avons pas eu une bonne discussion tous les deux.

Julien soupira et leva les yeux au plafond.

— Tu continues de tourner encore autour du pot, Adéline. Qu'est-ce que tu veux me dire à tout prix ?

— Qu'est-ce qui te fait dire que j'ai quelque chose de précis à te dire ?

— Ton petit cérémonial de thé ne trompe personne ! Je sais quand quelque chose te chicote, plaisanta-t-il.

Adéline sourit à son frère qui lui retourna la pareille. Julien avait été mal disposé durant les dernières semaines. De le voir s'amuser un peu à ses dépens apporta un baume au cœur de la jeune femme qui avait enfin l'impression de retrouver ce frère porté disparu depuis son congédiement. Adéline repoussa sa tasse de thé. Julien avait raison, elle n'avait pas envie d'en boire.

— Je me rends compte à quel point les dernières semaines n'ont pas été faciles pour toi.

— Elles n'ont pas été plus faciles de ton côté, tu dois travailler d'arrache-pied depuis mon congédiement. Je te promets que je vais trouver un autre travail très bientôt.

Adéline décida que la meilleure stratégie à utiliser pour que son frère parle était de faire comme si elle n'était au courant de rien.

— Tu ne m'as jamais dit pourquoi tu avais perdu ton emploi à l'entrepôt de glace, dit-elle innocemment.

— L'entrepôt de glace est vide. Il n'y avait donc plus de travail pour moi.

— Il s'agit donc d'une mise à pied temporaire, dans ce cas. M. O'Farrell va sûrement avoir besoin de toi quand le fleuve sera gelé.

Julien ferma les yeux quelques secondes. La seule pensée de ne plus avoir à remettre les pieds sur cette banquise et de tourner la page sur la mésaventure qui avait failli lui coûter la vie lui faisait oublier qu'il avait mal agi en s'emportant de la sorte et en frappant son patron.

— Je ne pense pas que Dubh aura besoin de moi de nouveau. De toute façon, j'ai envie de travailler ailleurs.

— Justement, que comptes-tu faire?

Julien s'adossa à sa chaise en croisant les bras. Il ne savait pas ce qu'il devait faire, mais il était certain qu'il n'avait pas envie d'entendre les conseils de sa sœur. Adéline continua sur sa lancée:

— Pour le moment, mon salaire suffit, mais s'il nous arrivait un quelconque problème avec la maison ou quoi que ce soit d'autre, je ne sais pas comment nous ferions pour joindre les deux bouts.

— Ce qui devait être réparé sur la maison avant l'arrivée imminente de l'hiver a été fait. Pour le reste, nous devrions être en mesure de repousser les autres travaux de quelques mois. Le toit ne coule plus, nous avons de la nourriture pour nous sustenter et du bois pour nous chauffer, nous n'avons pas besoin de plus.

Julien semblait prendre la situation beaucoup trop à la légère et elle ne savait plus de quelle façon elle pourrait lui relater ce qu'elle avait appris lors de la visite de Victor Bellavance. Elle gagnait un peu d'argent, mais son salaire de femme de chambre était loin de celui que rapportait son frère. Julien avait raison, elle avait beaucoup trop tourné autour du pot.

— Je ne comprends pas pourquoi tu ne voulais pas recevoir Victor quand il t'a rendu visite. Je croyais qu'il était ton meilleur ami.

— Il l'est toujours. Je n'ai pas envie de lui faire part de mes états d'âme, c'est tout. Je sais que je ne suis pas d'agréable compagnie, ces temps-ci.

— Les amis sont faits pour nous remonter le moral, tu devrais le savoir, et je suis certaine que cette visite t'aurait fait le plus grand bien.

— Peut-être la prochaine fois qu'il viendra.

— Victor semblait désolé que tu ne puisses pas le recevoir. Je tiens à te prévenir, c'est la dernière fois que je mens pour toi. Nous savons tous les deux que tu n'étais pas indisposé comme tu voulais le lui faire croire. J'ai toujours détesté le mensonge. La prochaine fois, ce sera toi qui lui diras que sa visite t'importune et que tu ne souhaites pas sa présence. Il y en a dans la famille qui ont une certaine facilité à tromper les autres…

Julien dévisagea sa sœur quelques instants, essayant de déchiffrer ce qu'elle tentait de lui dire. Adéline en avait assez et décida que le moment était venu de cracher le morceau :

— Avant qu'il ne reparte, Victor m'a dit à quel point tous tes anciens collègues t'admirent d'avoir réussi à remettre à sa place Dubh O'Farrell.

Julien ouvrit la bouche pour riposter, mais il demeura silencieux.

— Tu as frappé ton patron et c'est pour ça que tu as perdu ta *job*! le sermonna-t-elle.

Julien, pris en faute, baissa la tête. La scène avait quelque chose d'attendrissant, son frère avait pris ses airs de petit garçon fautif qu'il avait quand leur père les semonçait. Il vivait des moments difficiles, mais Adéline refusa de se laisser submerger par cet élan d'affection.

— Tu m'as fait croire que tu avais été congédié parce que l'entrepôt était vide, Julien, termina-t-elle tristement.

— Il l'est presque, tu sauras. Le fleuve a gelé beaucoup trop tard l'hiver passé et nous n'avons pas eu le temps de tout ramasser avant le dégel.

— N'essaye pas d'esquiver la question. Pourquoi est-ce que tu ne m'as pas expliqué les vraies raisons de ton congédiement?

Julien avait envie de riposter, de lui dire qu'il était assez vieux pour savoir ce qu'il avait à faire, mais il n'en pouvait plus de dissimuler ce secret. Maintenant qu'Adéline savait qu'il avait flanqué un coup de poing à Dubh O'Farrell, aussi bien tout lui raconter. Julien inspira profondément pour trouver le courage de le faire et entama le récit de ses dernières semaines de travail avant d'en arriver au moment qui avait conduit à son congédiement.

— Quand il s'en est pris à Jos Bernier, j'ai complètement vu rouge. Il a à peu près l'âge que notre père avait, tu comprends. Il travaille plus lentement que les autres, mais il demeure efficace et je n'accepte que Dubh O'Farrell, même s'il est mon patron, manque de respect à un honnête travailleur. Mon poing est parti tout seul.

Julien n'avait jamais été violent et avait toujours favorisé la discussion pour régler les conflits. Ce Dubh O'Farrell l'avait vraiment fait sortir de ses gonds pour qu'il réagisse ainsi. Elle reconnaissait bien là son sens de la justice et l'altruisme dont il faisait preuve. Elle ne pouvait qu'être fière qu'il possède ces valeurs.

— Si ça peut te consoler, Victor m'a dit que Jos a gardé son emploi. C'est même lui qui fait les livraisons avec lui, maintenant.

Pour la première fois, Julien songea aux livraisons qu'il aimait tant faire au Ritz, où il prenait un peu de temps pour discuter avec Marius, le commis de cuisine. Ce trajet allait lui manquer. Rien n'empêchait qu'il se rende de temps à autre là-bas pour le saluer. Il pensa avec ironie qu'il avait maintenant tout son temps pour aller voir son nouvel ami.

— Tant mieux si O'Farrell n'a pas aussi remercié Jos Bernier, le sacrifice que j'ai fait aura eu ça de bon! Les livraisons sont moins exigeantes que le travail de chargement, et puis il passera du temps avec Victor.

— Depuis que je travaille au Ritz, nous avons perdu notre belle complicité d'autrefois et ça m'attriste. Avant, tu ne m'aurais pas caché les raisons de ton licenciement, émit Adéline.

— Je ne voulais pas te causer de souci inutilement. Tu rentres épuisée de tes journées. Je me voyais mal te dire que je venais de me faire sacrer à la porte parce que j'avais frappé mon patron alors que tu travailles si fort pour m'épauler.

— Tu m'as toujours dit que tu étais là pour que je puisse me confier à toi, peu importe ce qui se passait dans ma vie. Je veux que tu saches que c'est réciproque, tu peux faire la même chose.

— Laisse-moi le temps de retomber sur mes pattes, Adéline, et je vais me trouver un autre emploi. C'est promis.

Adéline acquiesça en espérant que Julien disait vrai et qu'il s'empresserait de se mettre à l'œuvre. Son frère n'avait rien d'un paresseux et elle souhaitait qu'il reprenne la belle confiance qu'il avait toujours eue. La fatigue reprenait ses droits et Adéline ne put retenir un bâillement. Elle prit sa tasse de thé encore pleine et la versa dans l'évier avant de souhaiter une bonne nuit à son frère et de s'éclipser dans sa chambre. Julien la suivit des yeux puis reporta son attention sur le reste du contenu de sa tasse. Le poids qui lui pesait sur le cœur semblait se dissiper quelque peu. De savoir qu'Adéline connaissait la véritable raison de son congédiement allégeait le lourd fardeau qu'il supportait depuis des semaines. Cette libération lui donnait confiance en l'avenir et bientôt il serait prêt à chercher un nouvel employeur.

***

La voiture s'arrêta devant la colossale résidence des Hughes. Pressée de découvrir la fabuleuse maison, Elspeth n'attendit pas que le chauffeur lui ouvre la portière et se chargea elle-même de s'extirper du véhicule, suivie de près par Ida.

— Malcolm a fait construire cette maison l'année dernière. Plusieurs personnes m'ont rapporté à quel point elle était magnifique, mais c'est la première fois que j'y viens et je dois dire que je suis impressionnée, émit Elspeth en contemplant la majestueuse résidence.

— Votre amie Nora habite dans un endroit de rêve.

— Si seulement cette maison pouvait l'aider à se sentir mieux…, soupira Elspeth en gravissant l'escalier menant à la porte principale.

Celle-ci s'ouvrit sur un majordome qui les laissa entrer avant d'annoncer leur visite. Le portique dans lequel les deux femmes attendaient était richement décoré et annonciateur de la beauté des autres pièces de la maison. Le domestique revint et les invita à le suivre dans le grand salon. À leur arrivée, Nora déposa le livre qu'elle tenait et se leva pour les accueillir avec enthousiasme.

— Je suis si heureuse de vous recevoir chez moi toutes les deux ! J'espère que vous avez fait un bon voyage, Ida !

— Je suis arrivée hier par le premier train. C'est toujours agréable de séjourner dans cette ville. Mon père et moi avons la chance d'occuper une des plus belles suites du Ritz grâce à Charles Meredith, alors nous ne sommes pas à plaindre.

— Tant mieux, dans ce cas !

— J'avais peine à imaginer à quel point cette maison était splendide, Nora. J'ai croisé Frances Davis la semaine dernière en allant prendre le thé et je croyais qu'elle exagérait, exprima Elspeth en admirant les boiseries de la pièce.

— Malcolm a commandé les meilleurs matériaux pour la construction. Voulez-vous visiter ?

Ida et Elspeth opinèrent et suivirent la maîtresse des lieux. Elle les conduisit dans le couloir en expliquant quelques détails architecturaux. Partout, les riches boiseries décoraient les pièces. Ida s'arrêta quelques instants devant une des fenêtres qui donnaient sur la ville et admira le paysage. Nora s'approcha d'elle.

— N'est-ce pas que c'est beau ? La ville paraît si petite à nos pieds, vous ne trouvez pas ?

Ida acquiesça puis elles continuèrent la visite. Nora s'arrêta devant une porte fermée à laquelle elle frappa discrètement avant de la pousser doucement. Deux jeunes hommes étaient penchés sur un jeu d'échecs. L'un d'eux leva la tête à l'arrivée des trois femmes. De toute évidence, il devait s'agir du fils de Nora parce qu'Ida reconnut les mêmes iris sombres et les mêmes cheveux foncés. Il se leva et vint saluer les visiteuses en prenant soin d'embrasser sa mère sur la joue. Cette image avait quelque chose de touchant aux yeux d'Ida. Il devait avoir une quinzaine d'années et, malgré l'insouciance de ses jeunes années, il couvait sa mère du regard comme s'il voulait la protéger de ce qui pouvait causer son malheur.

— Vous vous souvenez de mon fils Ian et de son partenaire d'échecs, Alex Davis ?

Ian tendit la main en souriant à Elspeth et braqua son regard sur Ida.

255

— Je te présente Mlle Ida Sloane, mon chéri. Elle est la fille d'une amie chère à Elspeth et moi.

Le jeune Ian tendit la main à Ida. Il était encore jeune, mais nul doute que son charisme indéniable lui servirait tout au long de sa vie. Son partenaire d'échecs salua à son tour les deux visiteuses, un sourire timide sur les lèvres.

— Je suis encore en train de battre Alex à plate couture ! expliqua Ian. Il ne comprendra jamais que je gagnerai toujours contre lui aux échecs !

— Ce n'est même pas vrai, Ian Hughes. Allez ! C'est à ton tour de jouer !

Ian sourit de toutes ses dents avant de retourner à sa partie.

— Ils passent leur temps à s'obstiner, tous les deux, mais ils demeurent les meilleurs amis du monde, expliqua Nora. Vous avez reconnu le fils de Frances Davis ?

— Jamais je ne les aurais reconnus si je les avais croisés dans la rue. La vie passe si vite ! Votre fils vieillit en beauté, s'exclama Elspeth.

Nora referma la porte et les ramena dans le grand salon où un service à thé en porcelaine les attendait ainsi qu'une assiette contenant des scones.

— Ian vient tout juste d'avoir quatorze ans. Malcolm et moi sommes si fiers du magnifique jeune homme qu'il devient ! Il est d'une grande sensibilité et vivacité d'esprit. Je ne suis pas inquiète, il saura tracer sa voie.

— Il vous ressemble énormément, prononça Ida en exprimant son admiration.

Nora sourit tristement à Ida avant de verser du thé dans les trois tasses devant elle.

— Espérons que Ian ne fera que me ressembler physiquement et qu'il conservera la bonne humeur qui l'habite.

— Vous semblez en forme, pourtant, Nora, émit Elspeth.

— J'essaye, mais ce n'est pas facile. Malcolm fait tout pour me rendre heureuse, je n'ai rien à dire à ce sujet. J'ai toujours été comme ça. Vous vous souvenez, Elspeth, quand nous étions plus jeunes ? J'ai toujours été rongée par la mélancolie.

— Il ne faut pas vous laisser submerger par la tristesse, chère Nora. Le bonheur est à votre portée, il ne suffit que de le saisir.

— Eleonor pensait la même chose. Votre mère était un véritable rayon de soleil, Ida.

— Ida a hérité de cet état d'esprit, souligna Elspeth. C'est une des raisons qui me donnent envie d'être près d'elle !

Nora ajouta un peu de lait dans son thé comme pour diluer l'affliction qui occupait constamment son esprit. Elle invita ses deux convives à prendre un scone.

— Ils sont délicieux, Mme Larose est une cuisinière chevronnée.

Ida se laissa tenter par un des petits pains sucrés qui reposaient dans l'assiette que lui présentait Nora. Elle prit un

peu de crème et de confiture pour accompagner sa pâtisserie. Nora n'avait pas menti, sa cuisinière était excellente. Ida
n'était pas gourmande, mais si elle l'avait été, elle aurait pris
un second scone tant elle se délectait. Du coin de l'œil, elle
pouvait voir Elspeth qui elle aussi se régalait. Habituellement,
la dame avait un appétit d'oiseau, mais aujourd'hui, elle
prenait plaisir à déguster la petite douceur. Nora déposa
sa tasse.

— Votre présence me fait le plus grand bien.

— Merci pour l'invitation, dit Ida en s'essuyant la bouche
à l'aide de sa serviette de table. Vous aviez raison, Nora, ces
scones sont vraiment succulents.

— Que comptez-vous faire pendant votre séjour dans la
métropole, Ida ?

— Mon père a plusieurs choses à régler, mais il ne prévoit
pas séjourner longtemps, malheureusement. Comme l'hiver
semble être commencé dans votre belle ville, je vais sûrement
en profiter pour retourner visiter le Musée des beaux-arts.
C'est un endroit extraordinaire.

— Ida a aussi reçu une invitation pour une réception chez
les Connelly, exprima Elspeth.

— Les Connelly sont des gens très bien, affirma Nora.

— Sans aucun doute, mais ce n'est pas encore certain que
je m'y rende, répliqua Ida.

— Il semblerait que le fils Connelly soit intéressé par la
personnalité de notre pétillante Ida, la taquina Elspeth.

Ida se renfrogna malgré le ton badin de sa bienfaitrice.

— Cet intérêt est à sens unique. Il est très aimable, mais pour le moment, je ne me cherche pas de mari, dois-je vous le rappeler ?

— Si mon fils était plus vieux, je pourrais organiser un mariage, ajouta Nora en s'amusant à son tour.

— C'est peut-être la solution pour Ida, ça lui donnerait le temps de se décider, plaisanta Elspeth.

— Je serais prête à attendre qu'il atteigne l'âge pour le faire, la certifia Ida.

Elspeth éclata de rire, suivie de près par Nora. Pour Ida, le sujet était délicat. Son père ne cessait de lui casser les oreilles en lui répétant que le temps passait et qu'il n'y avait aucun candidat qui fût susceptible d'attirer l'attention de sa fille. Ida savait que la patience avait ses limites et que bientôt Bruce aurait atteint les siennes.

— Je n'ai jamais compris pourquoi les jeunes femmes doivent se marier aussi rapidement. Non pas que je regrette mon mariage avec Malcolm, mais j'aurais aimé profiter un peu de ma jeunesse. Je rêvais de voyages, je n'ai eu que la chance de visiter Paris et New York. Je me serais très bien vue me promener à dos de chameau pour voir ces fameuses pyramides d'Égypte ou encore naviguer sur l'Amazone. Me rendre dans tous ces endroits dépaysants au lieu de m'installer confortablement dans le rôle d'épouse et de mère.

Nora s'arrêta quelques secondes, perdue dans ces rêves qui ne se réaliseraient probablement jamais. Ida pouvait très bien comprendre comment elle se sentait puisqu'elle-même partageait cette liberté d'esprit. Elle termina son thé en se promettant que jamais son père ne lui imposerait un mariage. Dans sa jeunesse, Nora avait sûrement été la même jeune femme pétillante qu'elle l'était elle-même et en aucun cas elle ne voulait que cette flamme s'éteigne.

* * *

Une barbe de plusieurs jours couvrait toujours le menton de Julien. Malgré la franche discussion qu'il avait eue avec sa sœur, il passait encore la majeure partie de ses journées dans la chaise berçante près de la fenêtre à observer la vie qui se poursuivait à l'extérieur. Il n'était pas rare qu'Adéline le voie ainsi le matin et qu'elle le retrouve dans la même position quand elle rentrait du travail. L'état de son frère commençait sérieusement à l'inquiéter. Julien restait prostré à longueur de journée et sa recherche d'emploi était demeurée infructueuse. Selon ce qu'il lui avait raconté, il avait fait le tour des usines et n'avait trouvé aucun poste disponible. Le personnel de la plupart des usines était complet et les autres ne prévoyaient pas embaucher avant le printemps. Le doute s'insinuait dans l'esprit d'Adéline. Julien lui avait déjà menti une fois, peut-être le faisait-il encore? Si son frère ne se trouvait pas un autre travail, l'hiver serait dur.

Adéline se consolait avec le fait que le souper était prêt à son arrivée. Julien mangeait peu, mais au moins il ne se laissait pas mourir de faim à cause de ce maudit Dubh O'Farrell.

Adéline cachait ses craintes à son frère du mieux qu'elle le pouvait en espérant sincèrement que la vie leur épargnerait un autre coup du destin. Quelques réparations avaient été effectuées sur la maison, mais d'autres avaries pourraient subvenir.

L'hiver s'installait sur la métropole en même temps qu'il le faisait dans le cœur de Julien. Il avait agi sous le coup de l'impulsion et il devait en payer le prix. Il savait qu'il devait réagir et aider sa sœur, mais il se sentait incapable de le faire. De toute façon, il n'avait pas les qualifications nécessaires pour travailler dans n'importe quel domaine. Aucune usine des alentours ne voulait de lui, il devrait s'armer de patience et de courage afin d'étendre ses recherches d'emploi et sortir du quartier Saint-Henri. Il s'en sentait incapable, s'enlisant jour après jour dans le marasme qui l'habitait. Son regret de ne pas avoir eu la chance de poursuivre ses études lui brisait le cœur.

Ce qui désolait Julien était le fardeau qu'il venait de déposer sur les épaules de sa sœur. Elle travaillait tellement dur pour le seconder qu'il se sentait comme le plus minable des hommes de l'abandonner de la sorte et d'être l'instigateur de ses soucis. Trop souvent, il entendait Adéline se retourner dans son lit. Comme il aurait voulu s'excuser auprès d'elle de lui faire vivre pareils tourments ! Mais il n'y arrivait pas. Il avait l'impression de s'enfoncer dans un puits sans fond et d'être incapable de tenter quoi que ce soit pour se tirer de ce mauvais pas. Pourtant, il n'aurait pas le choix bientôt de reprendre le cours de sa vie. Sa sœur lui avait dit qu'il se relèverait de son infortune, elle en était persuadée. N'était-il pas aussi vaillant que leur père ? Julien en doutait de plus en plus. Jamais Benjamin ne se serait laissé guider par ses sentiments pour ensuite frapper son patron et les placer dans une situation précaire.

Du plat de la main, Julien se caressa le menton. Sa barbe poussait au même rythme que son mépris de lui-même grandissait. Il avait eu confiance en lui, mais à présent, il se sentait comme une loque, incapable de reprendre le contrôle de la situation. Les mauvais traitements de Dubh l'avaient acculé au pied du mur, le poussant à commettre l'irréparable et créant une brèche dans sa confiance en ses capacités. Adéline ne pouvait pas comprendre comment il se sentait, et quand elle se trouvait près de lui, il s'efforçait de paraître solide devant l'épreuve. Cependant, plus les jours passaient, plus il broyait du noir. Il se trouvait à des lieues du fils qui avait rendu leur père si fier.

* * *

Ida se tenait en retrait derrière son père lorsque le majordome des Connelly les invita à entrer. Ils auraient déjà dû être rentrés à New York, mais Bruce avait prolongé son séjour à Montréal pour régler certaines affaires et il n'avait pas pu refuser l'invitation à souper des Connelly. Son père s'efforçait d'établir des liens entre elle et Fergus. *Au moins, Elspeth connaît mes intentions et m'aidera à supporter cette soirée*, songea-t-elle en guise de consolation et d'encouragement. La présence d'Elspeth lui permettrait peut-être d'éviter la compagnie de Fergus. Le majordome les conduisit jusqu'au petit salon où se trouvaient les quelques invités de la famille Connelly.

Dès leur entrée dans la pièce, Martha Connelly se précipita à leur rencontre et fit la bise à Ida, tandis qu'Hubert, en bon propriétaire des lieux, offrit une franche poignée de main à Bruce.

— Je suis honoré de vous recevoir chez nous. Venez, mon cher Bruce, que je vous présente aux autres membres du club !

Le père d'Ida suivit son hôte alors que la jeune femme resta au même endroit, cherchant Elspeth parmi les invités ou même Nora Hughes. Malheureusement, aucune des deux dames n'était encore arrivée. Martha prit délicatement le bras d'Ida, figée près de la porte, et l'entraîna doucement vers les autres invitées.

— Vous vous souvenez de Madison Morgan, n'est-ce pas, Ida ?

Madison, qui discutait avec sa mère, releva la tête à l'évocation de son prénom et sourit timidement à Ida. Parmi les invités de Martha, seuls Madison et ses parents étaient connus d'Ida. La mère de celle-ci la salua d'un signe de tête et Ida lui rendit la politesse. Son père se trouvait déjà en grande discussion avec les autres hommes, plus loin dans la pièce. Furtivement, Ida essaya de trouver Fergus parmi ceux-ci et soupira de soulagement en constatant qu'il ne se trouvait pas avec eux. Un frémissement d'espoir s'installa dans son esprit. Peut-être qu'avec un peu de chance, Fergus ne se présenterait pas au souper ? Ida n'aurait pas à combattre les sentiments contradictoires qui l'assaillaient quand elle pensait à lui. Martha, qui tenait toujours son bras, se pencha vers elle et murmura :

— Les Meredith devaient venir, mais il semblerait qu'Elspeth soit indisposée par une migraine, Charles a préféré rester auprès de son épouse. Nora Hughes ne viendra pas, elle non plus. Elle est elle aussi indisposée, selon ce que nous a dit Malcolm.

Ida venait de reconnaître Malcolm Hughes qui faisait partie du petit groupe qui avait accueilli son père. Sans la présence de sa bienfaitrice ni de celle de Nora, avec qui elle partageait de nombreuses affinités, Ida se désespérait ; la soirée s'annonçait longue et pénible, loin de ses alliées. À son grand désarroi, l'entêtement qu'elle s'efforçait d'exprimer et qu'elle savait qu'Elspeth approuvait commençait à s'effriter à l'idée de devoir affronter seule à la fois son père et Fergus. Au moins, il n'était pas là pour le moment et son père semblait absorbé dans sa discussion. Ida décida de profiter de ce répit en espérant que son père en arriverait à oublier la principale raison de sa présence ici. Il pouvait être tellement obstiné quand il le voulait !

Ida trouva un siège vide en retrait des dames déjà installées et qui papotaient. Madison choisit ce moment pour se lever et venir s'asseoir près d'elle.

— Je suis si heureuse que vous soyez ici ! soupira-t-elle. Ces conversations de femmes mûres m'agacent tellement ! Elles ne cessent de parler de sujets futiles, de travaux d'aiguille ou du moment où elles vont se réunir pour parler encore de ces sujets creux lors de leur *five o'clock tea*. On ne s'en sort pas !

Ida ne pouvait qu'être d'accord avec elle. Elle-même fuyait ce genre de réunions ennuyantes, préférant de loin visiter des musées ou encore se promener dans la nature que proposaient les différents parcs et jardins.

— Je préfère de loin discuter des dernières tendances de la mode, continua Madison. Je voulais d'ailleurs vous dire à quel point j'adore la robe que vous portez !

Ida baissa les yeux sur sa toilette. Il ne s'agissait que d'une simple robe d'après-midi de la maison Margaine-Lacroix, ce qu'elle lui révéla. Violette avait fait un choix judicieux en lui proposant cette tenue confortable. Ida afficha un léger sourire pour dissimuler son ennui profond. Son interlocutrice considérait donc que la mode faisait partie des sujets d'importance dont la société devait débattre ! Elle aurait préféré soulever la question du droit de vote ou encore parler de ce qui se tramait en Europe. Pendant qu'elle réfléchissait, Madison continuait son bavardage sur les vêtements.

— Ce bleu horizon met tellement vos yeux en valeur, ma chère Ida ! Vous êtes choyée par la nature ! Avec le teint de ma peau et mes yeux bruns, seule la couleur prune peut me rendre moins banale.

— Votre robe est très seyante, Madison, se contenta de dire Ida en réprimant un bâillement.

Du bout des doigts, Madison se permit de toucher le tissu de la jupe d'Ida.

— Vous avez dit que c'est une robe de la maison Margaine-Lacroix ? Il s'agit donc de leur fameuse robe sylphide !

Ida releva un sourcil. Assurément, Madison connaissait mieux la mode qu'elle.

— Vous en portez une et vous ignorez tout de la robe sylphide ! s'écria Madison devant son incompréhension. Je n'en reviens pas !

— Tout ce que je sais, c'est que cette tenue est confortable, s'excusa Ida.

— Elle l'est pour la simple et bonne raison que vous n'avez plus besoin de porter de corset puisqu'elle possède un corsage renforcé qui le remplace ! Toutes les dames de la bourgeoisie rêvent de se départir de cet instrument de torture certainement créé par un homme. Je n'en reviens pas que vous ne soyez pas plus informée en ce qui concerne la mode !

Ida haussa les épaules. Madison, incrédule, la dévisagea pendant un moment. C'était Violette qui la majorité du temps feuilletait les catalogues des différentes maisons de couture et qui proposait les vêtements qui étaient ensuite commandés. La dame de compagnie avait son entière confiance. Ida avait toujours détesté faire les boutiques. Elle ignora l'attention particulière dont elle faisait l'objet et braqua le regard sur le groupe d'hommes qui échangeaient plus loin. Elle était presque convaincue que leur sujet de discussion était beaucoup plus intéressant que celui des robes sans corset. Elle hésita à aller les rejoindre. Au moment où elle se décidait à se lever, Martha leur annonça qu'ils pouvaient passer à table.

Madison lui emboîta le pas et continua sa discussion frivole sur les robes de soirée. À son plus grand soulagement, Ida se fit désigner une table près de l'une des invitées de Martha et se retrouva ainsi loin de Madison. Elle en avait assez de cette conversation insignifiante. Elle se doutait bien que sa voisine de table n'aborderait probablement pas de sujets plus sérieux, mais au moins elle n'aurait plus à entendre discourir sur les différentes étoffes utilisées et les nouveaux chapeaux que l'on pouvait admirer dans les vitrines des magasins du centre-ville. Après que tous les convives eurent trouvé leur place, Ida remarqua que celle devant elle était vacante. Elle espéra sincèrement qu'elle le resterait et que Fergus prolongerait son absence. Elle sourit timidement à sa voisine de table, une femme dans la quarantaine aux cheveux blonds coiffés dans un chignon élaboré, qui lui rendit chaleureusement son sourire.

— Ainsi, vous êtes la fameuse Ida Sloane dont Martha nous a tant parlé ?

— Je suis désolée, je n'ai pas retenu votre nom tout à l'heure lorsque notre hôtesse nous a présentées, s'excusa Ida.

— Je suis Candice Nolan, une amie de la famille Connelly. Nous avons une amie en commun.

Ida l'interrogea du regard.

— Je suis une amie de longue date de la famille Hughes. Je connais très bien Nora. Malgré les moments difficiles qu'elle passe parfois, elle a vraiment tout fait pour me soutenir lors de mon deuil, au printemps dernier.

— Je suis désolée de l'apprendre, je vous offre mes condoléances, madame Nolan.

— C'est gentil à vous, Ida. Stanley avait une bonne vingtaine d'années de plus que moi, c'était inévitable qu'il me quitte le premier.

— La perte d'un être cher ne doit pas être plus facile malgré la différence d'âge.

— Vous avez raison. Je refais lentement surface et je tente de réorganiser ma vie, mais c'est une tâche ardue.

Candice se pencha vers Ida et lui dit tout bas :

— Heureusement, mon Stan avait tout prévu et m'a tout de même laissé une somme suffisante pour subvenir à mes besoins. Il me semble que dès que je pourrai m'habiller d'une autre couleur que le noir, je m'en porterai mieux.

Ida eut un mouvement de recul et s'excusa de sa réaction en disant à Candice qu'elle venait d'avoir une discussion ennuyeuse au sujet de la mode. Candice se fit rassurante :

— Ne vous inquiétez pas, ma chère, je ne compte pas vous parler d'habillement. On dirait que de nos jours les femmes ne font que parler de ça ! Ce qui me déplaît le plus lors de ces réunions mondaines, c'est de devoir supporter les conversations et les potinages de chacune. Les femmes excellent dans ce genre de discussion tandis que ces messieurs ne font que parler de placements et de ce qui se passe dans les autres pays.

— À mon avis, ce sont des sujets auxquels il convient de s'intéresser, émit Ida.

Candice s'amusa des propos d'Ida et lui expliqua pourquoi :

— Vous avez des idées bien arrêtées pour une jeune femme de votre âge et ce n'est pas pour me déplaire ! Vous me faites penser à moi quand j'étais plus jeune. Ce qui m'étonne, c'est que le jeune Fergus Connelly a jeté son dévolu sur vous, selon ce que Martha m'a rapporté. Je croyais qu'il était plus du genre à préférer les potiches comme Madison Morgan.

Candice avait murmuré sa dernière phrase en roulant des yeux dans le but d'amuser Ida.

— Vous aviez tellement l'air de vous ennuyer tout à l'heure, ma chère amie. Je suis certaine que notre chère Madison ne vous entretenait pas du cours de la Bourse !

Ida dissimula son fou rire derrière sa main. La verve de cette femme lui plaisait beaucoup. Elle n'était pas étonnée qu'elle fût amie avec Nora Hughes, qui était capable de tenir des propos brillants et avait l'âme de ces fameuses suffragettes qui voulaient changer le monde. Candice Nolan était de la même trempe qu'Elspeth et Nora, et Ida se réconciliait tranquillement avec l'idée que tout ne tournait pas autour de la mode ou des activités mondaines des femmes de la haute bourgeoisie.

— Ainsi donc, vous venez de New York ?

— Oui, notre résidence principale s'y trouve. Quand nous sommes à Montréal pour les affaires de mon père, nous séjournons au Ritz-Carlton.

— Ce magnifique hôtel ! Vous en avez de la chance ! Étiez-vous présente lors de la soirée d'inauguration ?

— Oui, j'y étais, affirma Ida.

— C'est donc là que je vous ai aperçue. Il me semblait que votre visage m'était familier. Je suis vraiment ravie de faire plus ample connaissance avec vous, ma chère.

— Moi aussi, madame…

La porte de la salle à manger s'ouvrit à la volée et Ida suspendit ses paroles en voyant Fergus Connelly entrer en trombe dans la pièce en s'excusant de son retard. Du coin de l'œil, Ida vit Madison se redresser sur sa chaise, afficher un sourire enjôleur et ajuster sa coiffure. Elle cherchait à faire bonne impression sur le nouveau venu. Pour sa part, Ida aurait voulu disparaître sous les fleurs du tapis de la salle à manger. Elle remarqua le sourire de satisfaction de son père à la vue de Fergus. Nul doute qu'après le souper il profiterait du moment où les hommes se retireraient dans le but de prendre un digestif pour converser avec lui. Martha s'était levée pour accueillir son fils d'un baiser sonore et, d'un geste large, elle annonça à ses invités en riant :

— Mes amis, accueillez le fils prodigue !

— Encore désolé d'être en retard, tout le monde, j'avais des affaires urgentes à régler au bureau. Pendant que certains prennent l'apéro, d'autres sont forcés de travailler! plaisanta-t-il.

Fergus s'installa devant Ida et la salua d'un hochement de tête. Elle répondit à son geste et plongea sa cuillère dans le potage qu'on venait de lui servir. Candice remarqua que sa voisine paraissait moins encline à discuter depuis l'arrivée de Fergus. Elle entreprit donc de lui poser quelques questions sur sa vie à New York pour qu'elle n'ait pas à parler au jeune homme. Ida fut bien heureuse que sa voisine se préoccupe de meubler la conversation. Fergus bavardait avec ses voisins immédiats et, pendant presque tout le repas, Madison réussit à attirer l'attention de l'homme en se pâmant d'admiration après chacune de ses interventions. Bien que ni Nora ni Elspeth ne fussent présentes au souper, Ida avait l'impression d'avoir trouvé une autre alliée en la personne de Candice Nolan et cette pensée réconfortante l'accompagna le reste de la soirée.

***

La maison de Benjamin n'avait pas changé malgré le passage du temps. Philomène resta prostrée pendant quelques minutes de l'autre côté de la rue à tenter d'apercevoir du mouvement dans la maison. Les arbustes recouverts de neige bordant la montée vers la porte avaient été négligés, marquant les années depuis la mort de Benjamin. La neige dissimulait les réparations du toit que Julien avait dû faire, tel que l'avait mentionné Adéline. Philomène plissa les yeux, elle ne voyait toujours rien. Sa nièce lui avait raconté que Julien passait ses journées complètes confiné à l'intérieur, souvent assis derrière une fenêtre à contempler la vie qui se déroulait dehors. Peut-être la voyait-il en ce moment ? Philomène eut un mouvement de recul. S'il la reconnaissait, peut-être hésiterait-il à lui ouvrir la porte ? Avec nervosité, Philomène jeta un regard vers sa montre pour s'assurer de l'heure. Elle disposait encore de temps avant le retour d'Adéline du Ritz. C'est de son propre chef qu'elle avait décidé de venir rendre visite à Julien. Incertaine de la réaction qu'il aurait à son égard, elle était toutefois convaincue qu'elle devait intervenir, ne serait-ce que par souci d'apaiser sa nièce, que l'inquiétude gagnait.

Lentement, le lien de confiance se rétablissait avec Adéline. Que sa nièce se confie à elle à propos de ce qui la tracassait l'avait touchée profondément. Philomène ne pouvait rester impassible devant sa tristesse. Aussi efficace que d'habitude, Adéline travaillait tout de même comme un automate. Ses pensées vagabondaient jusqu'à la rue Saint-Ferdinand. Julien traversait une mauvaise passe et Adéline avait cru qu'il s'en sortirait, mais les semaines passaient et Julien restait prostré chez lui.

Philomène resserra le collet de son manteau pour se réchauffer. La fine neige qui tombait sur la ville devenait plus forte, ce qui laisserait une imposante couche d'ici quelques heures. Elle aurait pu repartir comme elle était venue, personne n'aurait su qu'elle s'était rendue dans Saint-Henri, mais elle ne le pouvait pas, ne serait-ce que par loyauté et par amour pour Adéline. *Au pire, Julien va me claquer la porte au nez*, conclut-elle avant de se décider à traverser la rue. Elle frappa à la porte le cœur battant et attendit qu'on lui ouvre.

Elle reconnut à peine son neveu dans cet homme aux cheveux et à la barbe hirsutes qui se tenait devant elle. Seuls ses yeux bleus lui rappelaient vaguement le petit garçon dont elle s'était occupée quand il était jeune. Il l'analysa quelques secondes, sembla chercher dans sa mémoire ce visage qu'il connaissait et quand il réalisa qu'il s'agissait de sa tante, il écarquilla les yeux et souffla son prénom.

— Bonjour, Julien ! se contenta-t-elle de lui répondre.

Philomène espérait tellement qu'il lui laisserait la chance de lui expliquer la raison de sa visite ! Julien parut hésiter, une main sur le chambranle de la porte, l'autre prête à la refermer. Philomène afficha son plus beau sourire malgré son envie de pleurer. Les longues années qu'elle avait passées loin de lui avaient transformé le petit garçon enjoué et affectueux en un étranger méfiant et amer.

— Il commence à faire froid dehors, est-ce que je peux entrer ?

Julien regarda derrière elle comme pour s'assurer qu'elle disait vrai. Un frisson lui parcourut l'échine. Il fit un pas en arrière pour la laisser passer. Philomène s'avança timidement dans l'entrée. Elle retira ses bottes couvertes de neige et son chapeau, mais ne prit pas la peine d'enlever son manteau. Connaissant les aires de la maison, elle suivit Julien jusque dans la cuisine. Toujours silencieux, le jeune homme s'installa à table, adoptant une posture formelle.

— Adéline n'est pas ici, se contenta-t-il de lui dire.

— Je le sais. C'est toi que je suis venu voir.

Julien se raidit dans sa chaise. Philomène savait qu'elle disposait de peu de temps pour en venir au vif du sujet. Julien ne tolérerait pas qu'elle reste dans la maison sans lui expliquer pourquoi elle s'y trouvait.

— Je ne serai pas longue, lui promit-elle.

— C'est une bonne chose parce que je n'ai pas beaucoup de temps, je suis très occupé, ironisa-t-il.

Derrière lui, de la vaisselle sale s'accumulait sur le comptoir. Philomène promena son regard sur la pièce. La cuisine était identique à son souvenir. La chaise berçante de Benjamin n'avait pas bougé, ce qui lui fit un pincement au cœur. La présence de cet homme parti trop tôt était encore palpable dans la maison. Elle reporta son attention sur Julien qui attendait en silence qu'elle lui explique la raison de sa visite. Il ne lui facilitait pas les choses. Pendant le trajet en tramway, elle s'était imaginé qu'il s'informerait de sa santé et de ce qu'elle avait fait durant toutes ces longues années, qu'il briserait le mur de glace érigé entre eux. Il n'en était rien. Elle toussota avant de dire :

— J'ai profité du fait qu'Adéline est à l'hôtel pour venir te parler.

— Qu'est-ce qu'elle a bien pu te dire pour te convaincre de venir perdre ton temps rue Saint-Ferdinand ?

— Elle ne sait pas que je suis ici. Ta sœur est très inquiète pour toi, Julien.

— Elle n'a aucune raison de l'être, je vais bien.

Le jeune homme passa une main sur sa barbe et se gratta la tête. Sa tante avait vieilli elle aussi, mais elle n'avait pas changé tant que ça, au fond. Sa chevelure blonde de jadis avait laissé place à des fils argentés, mais son regard bienveillant était demeuré le même. Elle semblait mal à l'aise, mais Julien n'avait aucune envie de se montrer accueillant à son endroit. D'une voix faible, Philomène poursuivit :

— Adéline m'a raconté dans quelles circonstances tu avais perdu ton travail.

— Elle est allée bavasser...

— Ça lui a pris du temps avant de me dire ce qui la tracassait, le coupa Philomène. Disons que je voyais à quel point elle était bouleversée et j'ai insisté pour en savoir plus.

— Elle s'en fait beaucoup trop. Il n'y a pas lieu de s'inquiéter, réitéra Julien.

— Adéline a peur de ne pas être capable de subvenir seule à vos besoins. Ce qui l'inquiète davantage est l'état d'esprit dans lequel tu es depuis ton congédiement.

— Mon état d'esprit ?

— Elle dit que tu passes tes journées à attendre je ne sais quoi et ça l'attriste énormément de te voir aussi abattu. Je peux comprendre que ce n'est pas évident de perdre son emploi. Quand les Allan n'ont plus eu besoin de mes services, j'ai été quelques jours à me demander de quoi serait constitué mon futur. Il faut se retrousser les manches et continuer malgré tout, Julien.

— Je n'ai pas vraiment de leçon à recevoir de ta part. Les circonstances ne sont pas les mêmes. Adéline a dû te rapporter que j'ai frappé mon patron et qu'il m'a foutu à la porte comme un moins que rien. De toute façon, c'est ce que je mérite. C'est ma faute, j'ai perdu patience alors j'en paye le prix, un point c'est tout, il n'y a rien à ajouter.

— Benjamin aurait fait la même chose s'il avait été à ta place, souleva Philomène.

Julien planta ses yeux bleus dans les siens.

— J'en doute. Mon père savait toujours bien se tenir en société et jamais il n'aurait compromis le bien-être de la maisonnée sur un coup de tête. Dubh m'a fait sortir de mes gonds et j'ai réagi. Mon père ne se serait jamais comporté de manière aussi irréfléchie.

Philomène se perdit quelques instants dans ses souvenirs. Loin de la rue Saint-Ferdinand, il lui avait été plus facile d'oublier Benjamin. Dans ce qui avait été sa cuisine, sous son toit, les souvenirs de son beau-frère bienveillant ressurgissaient nettement et lui tordaient le cœur.

— Ton père détestait les injustices, je suis convaincue qu'il se serait interposé.

Du plus profond de lui-même, Julien s'était dit que son père n'aurait jamais toléré que Dubh traite ses employés avec autant d'irrespect. En même temps, il était incapable de se comparer à son père, cet homme qu'il avait tellement admiré, et il s'en voulait de sa réaction subite. Il aurait dû réfléchir un peu avant d'en venir aux poings. Pour peu, il aurait pu croire que Dubh l'avait volontairement poussé dans cette voie pour se débarrasser de lui. Julien avait l'impression que Philomène utilisait cette corde sensible, c'est-à-dire le souvenir de son père, pour l'attendrir et il se décida à mettre fin à la torture.

— J'imagine que tu n'es pas ici pour me parler de la grandeur d'âme de mon père.

— Non, mais je pense que ça pourrait te faire du bien de te rappeler quel homme il était.

— Je ne l'ai pas oublié. Mon père a tout sacrifié pour ma sœur et moi, et jamais il ne nous a abandonnés, lui…

Philomène reçut les dernières paroles de son neveu comme un coup de poignard au cœur. Elle ne se laissa pas démonter pour autant ; elle était ici, aussi bien continuer.

— J'ai fait des erreurs, Julien. Je n'aurais pas dû partir comme je l'ai fait.

— J'espère que tu n'es pas ici dans le but que je te donne l'absolution ? Adéline est naïve de croire que tu avais tes raisons pour disparaître comme tu l'as fait, mais moi, je considère qu'il n'existe aucun motif valable pour abandonner des enfants qui avaient besoin de toi.

Philomène ravala le chagrin qui lui remontait dans la gorge. Julien ne pourrait jamais comprendre le sacrifice qu'elle avait dû faire en les laissant aux bons soins de leur père. Toute sa vie, elle s'était reproché d'avoir accepté la demande de Benjamin de prendre ses distances. Sa réconciliation avec Adéline lui avait donné espoir qu'il en serait de même avec Julien, mais il gardait une rancœur qu'elle était incapable d'atténuer.

Elle dut se faire violence pour ne pas se relever et fuir en courant. Comme elle regrettait en ce moment d'avoir eu l'audace de se présenter ici. Elle voulait quitter cette maison comme elle l'avait fait des années auparavant, mais c'était hors de question. Julien devait l'écouter jusqu'au bout, elle ne pouvait plus vivre avec ce poids qui l'accablait.

— Julien, j'avais mes raisons de partir.

— Il fallait que tu le fasses pour aller t'occuper des enfants des autres alors que nous avions besoin de toi, Adéline et moi.

Pendant trop d'années, Philomène s'était interdit d'expliquer pourquoi elle avait dû partir, mais il était temps qu'elle laisse sortir ce cri du cœur. Peu importe comment Julien le percevrait.

— Je suis partie à la demande de ton père, lâcha-t-elle.

Julien croisa les bras, se fermant devant ses explications. Philomène n'avait plus le choix, elle devait aller jusqu'au bout.

— J'étais amoureuse de Benjamin et c'est lui qui m'a demandé de partir. Il ne pouvait pas concevoir de refaire sa vie avec la sœur de sa femme adorée. Il aimait tellement votre mère !

Julien la regarda, abasourdi. Il ne lui était jamais venu à l'esprit que Philomène ait pu s'en aller à la demande de leur père. Il pensait que sa tante avait agi avec lâcheté, qu'elle avait eu peur devant la tâche de s'occuper d'eux.

— J'aurais dû insister pour rester avec vous, ajouta Philomène tristement. Quand Marguerite est morte,

Benjamin était si bouleversé. C'en était si triste à voir… Cet homme si fort, abattu comme un vieil arbre. Marguerite était toute sa vie. Il est resté des heures auprès d'elle après que la vie eut quitté son corps. J'ai dû le raisonner et lui rappeler que vous étiez toujours là tous les deux, ta sœur et toi. Que vous aviez besoin de lui. Je suis restée plusieurs mois à veiller sur vous. Lentement, Benjamin a repris le contrôle de sa vie.

Julien se souvenait vaguement de cette période. À de nombreuses reprises, il avait vu son père se cacher pour pleurer. Malgré la perte de sa sœur, Philomène s'efforçait de garder la bonne humeur dans leur foyer. Benjamin avait repris le travail et les journées paraissaient moins pénibles. Philomène s'occupait d'eux quand leur père se rendait à l'entrepôt de glace O'Farrell. Or, des mois après la mort de leur mère, Philomène était partie sans rien dire. Cette partie de l'histoire, Julien ne la connaissait pas et il se sentait soudainement prêt à savoir la vérité.

— Je connaissais ton père bien avant qu'il ne fasse la rencontre de Marguerite. J'en étais d'ailleurs profondément amoureuse.

Les joues de Philomène s'empourprèrent à ce souvenir.

— C'est grâce à moi s'ils se sont rencontrés, tous les deux, et rapidement, Benjamin est tombé amoureux de Marguerite. Avec raison. Marguerite était remarquable tant par sa beauté extérieure que par celle de son cœur. Je savais que Benjamin Couturier était un homme formidable et j'aimais tendrement ma cadette. Je lui ai cédé la place quand j'ai constaté que Marguerite était attirée par lui. Jamais je n'ai été jalouse de leur relation. Je n'ai jamais envié leur bonheur et, quand vous êtes arrivés tous les deux, je vous ai aimés comme si vous étiez mes propres enfants.

Julien essaya de s'opposer à l'élan d'attendrissement qu'il ressentait, mais il en était incapable, ne serait-ce que par le souvenir de cette tante aimante qu'il avait chérie dans son enfance.

— Quand Marguerite est partie, c'était comme si Benjamin me revenait malgré le malheur qui nous affligeait tous. Peux-tu croire que j'ai rêvé qu'il se tournerait enfin vers moi et que nous pourrions former une famille, tous les quatre ?

Julien secoua la tête, bouleversé par l'histoire que lui racontait Philomène. Il était surpris par ses confidences, et en même temps, il pouvait comprendre toute la souffrance que provoquait cet aveu.

— Je restais là près de vous, près de Benjamin à tenter d'amoindrir votre chagrin. Il s'est rendu compte qu'il commençait à éprouver des sentiments pour moi et il a eu peur, peur de trahir votre mère en tombant amoureux de sa sœur, alors qu'elle était partie depuis peu. J'ai eu beau lui dire qu'on ne pouvait pas toujours contrôler ce genre de choses, il combattait et repoussait l'évidence.

Philomène baissa la tête et essuya la larme qui s'était frayé un chemin au coin de ses paupières.

— Le coup de grâce est arrivé quand je lui ai révélé que je l'avais toujours aimé. Il m'a accusée d'avoir profité de l'occasion, d'avoir espéré la mort de ma sœur pour que je puisse devenir sa femme. Ces paroles me sont rentrées droit dans le cœur, comme un poignard. Jamais je n'aurais pu souhaiter que vous soyez privés de votre mère, Adéline et toi. C'était insensé. Benjamin était incapable d'admettre qu'il pouvait aimer de nouveau et qu'il pouvait être heureux.

— C'est pour ça qu'il t'a demandé de partir, émit faiblement Julien.

— Oui. Il n'en pouvait plus de livrer un combat contre ses sentiments et il a décidé de tout sacrifier : une présence rassurante auprès de ses enfants et la possibilité d'un nouvel amour. Je suis certaine que vous n'avez manqué de rien, tous les deux. Votre père s'est dévoué entièrement à votre éducation. Je suis partie dès qu'il me l'a demandé. Au début, j'ai espéré qu'il changerait d'idée et qu'il me supplierait de revenir auprès de vous. Le temps a passé et Benjamin ne l'a jamais fait.

Philomène renifla et essuya de nouveau ses larmes.

— Vous m'avez tellement manqué, tous les deux ! souffla-t-elle.

Julien, les bras toujours croisés, dut se retenir de se lever et d'aller la prendre dans ses bras. Philomène n'avait aucune idée à quel point elle lui avait manqué, à lui aussi.

— Mon erreur a été d'accéder sans rien dire à sa demande et de ne jamais revenir auprès de vous. J'aurais dû insister, au risque de lui promettre que je cesserais d'espérer qu'on devienne un couple. Je vous considérais comme mes enfants. J'ai jeté mon dévolu sur ceux des Allan, à la place, essayant de vous oublier du mieux que je pouvais.

— Pourquoi avoir attendu aussi longtemps avant de nous confier tout ceci?

— Parce que j'ai été lâche, pas en partant, comme tu le crois, mais en maintenant cette distance que votre père m'imposait. J'aurais dû insister davantage.

«Oui tu aurais dû!» criait la petite voix d'enfant de Julien, à l'intérieur de son cœur. En même temps, il prenait lentement connaissance du sacrifice qu'avait dû faire sa tante en s'éloignant volontairement d'eux.

— Tu dois lui en avoir voulu terriblement, fit-il faiblement.

— J'ai compris longtemps après qu'en me rejetant et en me demandant de partir, il se protégeait et expiait la faute dont il se sentait coupable. Il vous a imposé mon absence afin d'être en paix avec lui-même. J'ai souvent voulu retourner vers vous, mais j'en ai été incapable. La vie a fait en sorte que je croise Adéline près du Ritz. C'était comme un signe qui me poussait à revenir dans vos vies.

Julien desserra les bras, Philomène prit ce geste comme une trêve. Sans lui dire officiellement qu'il lui pardonnait son absence prolongée, il semblait plus ouvert à ses propos. Ils auraient toutes ces années à rattraper, mais l'avenir lui semblait plus prometteur. Julien lui laisserait peut-être une toute petite chance de se racheter.

Julien observait sa tante du coin de l'œil. Elle lui avait ouvert son cœur, il ne pouvait pas la chasser ainsi. Philomène devrait faire preuve de patience à son endroit, il aurait besoin de temps pour accepter cette perspective à laquelle il venait d'être confronté. Leur père, en voulant se protéger, avait nui malgré lui à ses enfants. Il décida de faire un pas vers la réconciliation en la remerciant d'avoir offert un poste à sa sœur au Ritz.

— Ma sœur aime beaucoup son travail de femme de chambre, continua-t-il. Elle est vraiment plus heureuse que lorsqu'elle devait se pointer à la Dominion.

— J'ai rarement vu une employée aussi appliquée à son travail. Je suis très heureuse de l'avoir embauchée dans mon équipe.

Profitant du fait que la conversation tournait désormais autour du Ritz, Philomène revint à la raison pour laquelle elle se trouvait sur la rue Saint-Ferdinand. Elle s'était égarée dans les confidences, mais elle sentait que son cœur était plus léger.

— Je n'étais pas venue ici dans le but de te raconter toute cette histoire. Je ne veux pas faire porter toute la responsabilité à votre père. On ne peut pas refaire le passé. Tout ceci m'apparaît beaucoup moins important maintenant que tu connais la vérité. J'ai perdu beaucoup trop de temps à hésiter à tout vous expliquer. J'aurais dû venir me confier plus tôt.

— Je ne t'en ai pas tellement laissé la chance, conclut Julien en souriant.

Philomène lui rendit son sourire.

— Si je suis venue aujourd'hui, c'est pour te dire que nous avons toujours besoin de bagagistes au Ritz et j'ai pensé que je pourrais t'aider à obtenir cet emploi, si tu le veux, bien entendu.

10

Julien avait peine à comprendre comment les gens pouvaient voyager avec autant d'effets personnels. Ce couple, par exemple, possédait de lourdes malles qui semblaient remplies à ras bord. L'homme s'était montré raisonnable avec ses deux malles et son sac à vêtements, mais sa femme avait à elle seule quatre malles, plusieurs boîtes à chapeau et deux petites valises de produits cosmétiques. Le couple avait récupéré la clé de la chambre et avait informé Julien du numéro de celle-ci avant de le laisser seul dans le portique de l'hôtel. Il ne restait plus de chariot disponible et Julien attendait patiemment le retour de l'un d'eux. Il avait donc dû décharger la voiture sans chariot et poser les bagages dans le hall d'entrée près de la porte principale en attendant. Son regard s'accrocha à son reflet dans la vitrine de l'hôtel. Il en profita pour réajuster son col ainsi que pour replacer ses gants blancs.

C'était la première fois de sa vie qu'il devait porter un uniforme. Les premiers jours où il avait reçu sa formation au Ritz, il avait regardé avec scepticisme la housse contenant deux uniformes complets de bagagiste. Quand il livrait de la glace, il se contentait de porter ses frusques de tous les jours. Dans son souvenir, il ne se rappelait pas avoir enfilé des vêtements aussi chics. Il imaginait ses anciens collègues le voir vêtu de ce pantalon noir avec un pli parfait sur le devant, de cette veste rouge comportant des boutons dorés, de cette casquette et de ces gants blancs qu'il devait porter en tout temps. Adéline avait procédé au rafraîchissement de sa coupe de cheveux. Il avait rasé sa barbe et il avait été surpris en apercevant le reflet du «nouveau» Julien dans le miroir. Il paraissait presque distingué, ainsi habillé. Adéline lui avait trouvé des ressemblances avec leur père, ce qui l'avait rendu encore plus fier.

Quand Philomène lui avait fait sa proposition de soumettre son nom comme bagagiste, son premier réflexe avait été de refuser puis il s'était ravisé et lui avait répondu qu'il y réfléchirait et qu'il lui reviendrait avec une réponse sous peu. Accepter ne l'engageait en rien envers sa tante, mais il ne voulait rien précipiter. Il avait demandé à Philomène de rester discrète à propos de son offre, de ne pas en parler à Adéline.

Julien avait réfléchi pendant quelques jours et il ne voyait pas de raisons valables de décliner une telle offre. Cet emploi ne le liait nullement à sa tante, si ce n'était qu'elle l'avait mise en contact direct avec l'employeur. Julien ne se voyait pas travailler dans une usine à un salaire de crève-faim dans des conditions douteuses. Il ne pouvait plus passer ses journées assis dans la cuisine à lorgner la vie des autres à travers le rideau de dentelle. Le mois de novembre avait eu raison de lui, avec sa grisaille, et l'abattement avait assez duré. Il avait besoin d'un travail, Adéline ne pouvait pas subvenir seule à leurs besoins. Il s'était rendu discrètement à sa convocation organisée en secret par sa tante Philomène. Julien détenait toutes les qualités requises pour cet emploi.

En plus de la force physique, il se débrouillait bien en anglais. Lorsqu'il avait été engagé formellement comme bagagiste, il en avait fait l'annonce à Adéline, qui s'était emballée. Elle aurait désormais de la compagnie pour faire les longs trajets de tramway. Et elle serait heureuse de savoir qu'il désirait renouer avec Philomène. Julien l'avait mise en garde, il prévoyait apprivoiser lentement cette tante perdue de vue depuis trop longtemps. Certes, Philomène lui proposait un poste, mais il ne s'agissait pas encore de passer ses dimanches après-midi en sa compagnie. Il s'était montré formel : en acceptant de travailler au Ritz-Carlton, il ne s'engageait pas à renouer avec Philomène dans l'immédiat. Adéline n'avait pas insisté. Elle connaissait son frère et, tel un fruit mûr, il finirait bien par céder un jour ou l'autre. Julien avait entrouvert une porte qui, elle l'espérait, ne se refermerait pas de sitôt.

Julien, toujours debout devant les malles empilées, balayait de l'index une poussière sur son pantalon noir. Il aperçut à la sortie des ascenseurs son collègue Jerry Parent qui rapportait un chariot en sifflant. Lorsqu'il passa devant le bureau de la réception, il se fit apostropher par le concierge alors en poste. Quand il arriva à la hauteur de Julien, il s'empara de l'une des malles et commença à les empiler. Il se pencha vers lui et, dans un souffle, il lui dit :

— Baptême ! Même pas le droit de siffler un peu pour agrémenter notre journée ! J'ai l'impression de revenir des années en arrière alors que j'étudiais chez les frères ! Tout était si strict, là-bas ! C'en était presque insupportable !

— J'imagine que ça ne fait pas très classe de siffler comme ça, s'amusa Julien.

— C'est certain que ça va contre l'*establishment* d'agir de la sorte. Les clients ne semblent pas se plaindre, mais Foster passe son temps à nous surveiller, alors vaut mieux se tenir le corps raide pis les oreilles molles !

Comme pour prouver les dires de Jerry, le concierge jeta un œil dans leur direction. Il plissa les yeux, l'air de dire qu'ils les gardaient à l'œil en tout temps. Julien tenta de retenir son sérieux et il dut se mordre les joues afin d'y arriver. Les expressions utilisées par Jérôme «Jerry» Parent faisaient toujours sourire Julien chaque fois qu'il avait la chance de discuter avec lui. Ce collègue lui rappelait Victor Bellavance, avec qui il partageait une franche camaraderie. Son ami lui manquait et il se promettait de lui rendre visite dès qu'il aurait un dimanche de congé. Julien se joignit à Jerry pour terminer d'empiler les malles et le remercia de lui être venu en aide. Jerry porta les mains au bas de son dos et soupira :

— Ne me dis pas que ça s'en va toute dans la même chambre, ces valises-là ?

Julien acquiesça et prit les boîtes à chapeau qu'il plaça sur le dessus de la pile. Jerry suivit son mouvement et hocha la tête, découragé.

— Certains exagèrent, avec leurs bagages ! Je me demande parfois pourquoi ces gens s'entêtent à voyager ! Tant qu'à déménager toute leur garde-robe, ils feraient mieux de rester chez eux !

Julien était du même avis que son collègue, mais il était conscient que sans la présence de ces mêmes voyageurs, leur emploi de bagagiste n'existerait pas. Il termina de charger le chariot avec les articles restants et contempla l'espèce de tour constituée des effets personnels du couple. Elle devait tenir jusqu'à la chambre.

— Veux-tu que j'aille les porter avec toi? Ça ira plus vite à deux.

Deux autres bagagistes se trouvaient à la réception, prêts à intervenir. Puisque ce chargement était plus qu'impressionnant, Julien pouvait se permettre de demander l'aide de son collègue.

— Si tu en as envie. C'est sûr que ça sera plus rapide si tu viens avec moi.

Julien poussa le chariot en direction de l'ascenseur et Jerry lui emboîta le pas. Malgré qu'il fût bien chargé, le chariot ne représentait pas un poids excessif. Julien en avait vu d'autres, avec les blocs de glace. En entrant dans l'ascenseur, Julien siffla à son tour, ce qui fit sourire son collègue.

— Foster sera contrarié s'il se rend compte que je ne suis pas le seul à siffler.

— Tant pis! Il ne peut pas nous entendre jusqu'ici! Il devrait être heureux, pourtant, que nous sifflions de la sorte, c'est signe que nous avons du plaisir à effectuer notre boulot.

Jerry approuva de la tête et croisa les bras. Julien sifflait toujours et le liftier se joignit à eux le temps de la montée. *The Entertainer* égaya la cabine d'ascenseur pendant quelques minutes. En sortant, les deux hommes saluèrent de la main le liftier qui continua sa mélodie.

— Et un autre de plus dans notre clan ! s'amusa Jerry.

Julien poussa le chariot vers la chambre.

— On dirait que tu as fait ça toute ta vie ! constata Jerry en le suivant.

— J'ai manœuvré des affaires plus lourdes que ça par le passé. Les chariots roulent bien, en plus, malgré le tapis dans les couloirs.

— C'est vrai que ça ne prend pas tellement d'huile de bras pour transporter les bagages, il suffit de pousser. Je me demandais : qu'est-ce que tu faisais avant de travailler ici ? le questionna Jerry.

— Je livrais des blocs de glace.

— Baptême ! Un livreur de glace ! Jamais je n'y aurais pensé ! Avec les nouveaux réfrigérateurs, j'imagine que ton ancien métier commence à être menacé ?

— Pas encore, c'est à peine si quelques maisons possèdent cet appareil. Nous en avons pour plusieurs années à utiliser de la glace, ce n'est pas tout le monde qui a les moyens de se payer ces nouvelles babioles. Même les cuisines d'ici sont pourvues de bonnes vieilles glacières afin de conserver les aliments.

— Eh ben, baptême ! Ça me surprend ! Tu livrais ta glace avec des chevaux ?

— Non, je conduisais un camion.

— Ça ne te tentait pas de donner ton nom en tant que voiturier au lieu de charrier les bagages des clients?

— J'avais besoin d'un travail et je n'ai pas craché sur le poste qui m'était offert.

— En tout cas, moi je rêve de conduire ces voitures de luxe qui se stationnent devant l'hôtel. Peut-être qu'un jour…

Jerry se perdit dans ses pensées quelques instants. Julien l'observa, songeur. Il ne lui était pas venu à l'idée qu'il pût devenir voiturier plutôt que bagagiste. Son poste lui suffisait, du moment qu'il en retirait un salaire appréciable. Les deux hommes s'arrêtèrent devant la porte de la chambre où ils devaient porter les malles et Julien frappa discrètement. Le client lui ouvrit et les laissa passer pour qu'ils déposent les bagages. Ils s'exécutèrent et le client leur tendit deux billets d'un dollar pour les remercier, puis ils repartirent avec leur chariot vide.

Jerry empocha son argent et, une fois près de l'ascenseur, il s'exclama:

— Au moins, ces riches qui ne voyagent pas léger laissent de bons pourboires!

Julien sourit à son collègue avant de pousser le chariot jusqu'à l'ascenseur. Cet argent était facilement gagné et il commençait à aimer ce travail, moins éreintant que celui de charrier des blocs de glace.

— Est-ce que je peux savoir pourquoi tu as quitté ton travail de livreur de glace?

— Disons que j'ai signifié à mon ancien patron que j'en avais assez de ses lubies d'autorité.

Jerry le regarda avec curiosité, cherchant à en savoir un peu plus. Julien le connaissait peu et il hésita quelques minutes à lui confier ce qu'il avait fait. Peut-être que Jerry percevrait son geste de façon négative et Julien devait sans doute préserver une apparence irréprochable. Il ne voulait pas passer pour un bagarreur, lui qui avait toujours eu l'habitude de régler ses conflits avec les mots plutôt qu'avec les poings. En même temps, il était convaincu que n'importe qui de sensé comprendrait l'impatience qu'il avait ressentie à l'endroit de Dubh O'Farrell. Tant pis si l'opinion de Jerry changeait à son endroit, au moins il connaîtrait la vérité sur ce que sa sœur qualifiait d'impétuosité. Julien entreprit donc de lui relater les derniers mois passés à l'entrepôt O'Farrell, en omettant de nommer l'entreprise.

— Baptême ! Tu as bien fait de casser la gueule à ce sale opportuniste ! J'aurais fait pareil à ta place !

Pour la première fois depuis des semaines, Julien se sentit allégé du fardeau de la culpabilité qu'il portait depuis son renvoi. Même si sa tante lui avait certifié que son père aurait agi de la même manière, il continuait de se culpabiliser. Il s'en était fallu de peu pour qu'il ruine le destin de sa sœur ainsi que le sien en succombant à son excès de colère.

Julien quitta la cabine de l'ascenseur le cœur plus léger que lorsqu'il y était monté. Il ne put s'empêcher de siffloter en passant devant le bureau de la réception et s'arrêta juste avant que Foster lui jette un regard désapprobateur. Le concierge de l'hôtel n'aurait pas raison de son bonheur enfin retrouvé.

* * *

Philomène tendit la boîte de biscuits à sa nièce qui se laissa tenter et savoura à pleines dents la petite douceur. Avec son travail au Ritz, Adéline avait beaucoup moins de temps pour cuisiner et, dès qu'elle avait un congé, elle préférait rendre visite à Philomène ou sortir avec Josette plutôt que de se confiner derrière le fourneau. Avec le temps, elle réalisait qu'elle était loin d'être une petite femme de maison comme la société l'exigeait. À cause de ce manque de conformisme, elle resterait probablement célibataire toute sa vie. Cette idée ne la décourageait pas, bien au contraire. Philomène paraissait parfaitement heureuse ainsi et, pour le moment, le modèle de sa tante lui suffisait amplement. Josette avait commencé à fréquenter Jean-Pierre Catudal, qui travaillait comme réparateur à la Dominion, et chaque fois qu'elle voyait son amie, celle-ci ne tarissait pas d'éloges à l'endroit de son amoureux. Adéline avait espacé les sorties avec Josette, dont les propos tournaient sans cesse autour de Jean-Pierre, ce qui commençait à l'ennuyer profondément. Elle souhaitait sincèrement que son amie trouve son bonheur avec lui et qu'elle puisse laisser derrière elle le travail difficile et contraignant de l'usine, mais elle n'approuvait pas que Josette perde son identité propre en ne cessant de vanter les mérites de Jean-Pierre sans aussi souligner les siens.

Philomène dévisageait sa nièce pendant un moment en souriant.

— Tu es perdue dans tes pensées, ma chère. Est-ce qu'il y aurait un garçon derrière tout ça ?

Adéline nia de la tête et révéla à sa tante à qui elle pensait.

— C'est propre aux amoureuses de faire passer les intérêts de leur bien-aimé au détriment d'elles-mêmes. Ton amie n'est pas bien différente avec son Jean-Pierre Catudal.

— Josette est prête à jeter son dévolu sur n'importe qui, pourvu que l'heureux élu réussisse à la sortir de l'usine. Pendant un moment, elle a même fait les yeux doux à Julien, peux-tu le croire ?

— Je la comprends, ton frère est beau garçon en plus d'être aimable.

— Quand même ! Je ne comprends pas les jeunes femmes de mon âge qui se cherchent un mari à tout prix pour se sortir de leur misère. Je ne succomberais pas au premier venu qui me montrerait un peu d'intérêt.

— Tu changeras probablement d'idée quand tu rencontreras le bon, lui certifia Philomène.

Adéline secoua la tête, sceptique. Sa tante était demeurée célibataire, Adéline avait peine à croire que c'était parce qu'elle n'avait pas réussi à dénicher l'homme idéal. Philomène détourna les yeux du regard dubitatif de sa nièce. Un jour, elle lui parlerait sans gêne de ce qu'elle avait éprouvé pour leur père. Julien était discret. Il lui avait juré qu'il garderait pour lui ses confidences et elle était certaine qu'elle pouvait lui faire confiance. Philomène trouverait le moyen de faire comprendre à Adéline que le célibat entraînait son lot de conséquences et de sacrifices. Elle choisit de changer de sujet afin d'éviter de devoir lui expliquer que la solitude lui pesait parfois malgré toute la liberté que son statut lui procurait.

— Ton frère semble se plaire au Ritz. Je l'ai croisé l'autre jour à la réception. Il a fière allure dans son uniforme, déclara-t-elle.

— Oui, il a enfin retrouvé sa bonne humeur, ça fait vraiment du bien de le voir si joyeux après ces longues semaines à broyer du noir.

— Avoir su que ma proposition ferait une telle différence, je serais allée le rencontrer bien avant.

— Sans être indiscrète, je me demande comment tu as réussi à le convaincre de te recevoir et surtout ce que tu lui as dit pour qu'il accepte ta proposition.

Philomène afficha un sourire énigmatique, sans répondre réellement à la question.

— Disons que j'ai appris à convaincre les plus récalcitrants. Les enfants Allan se montraient parfois rebelles. J'ai l'habitude de convaincre les gens, ma chère nièce.

Adéline rendit son sourire à sa tante. Elle ne doutait pas une seule seconde de son pouvoir de persuasion. Peut-être que Philomène avait remis à sa place le commis de cuisine qui avait menacé Adéline de se plaindre de sa course dans les couloirs, quelques semaines auparavant? Les premiers jours qui avaient suivi la bousculade, Adéline avait craint que sa tante en soit informée et qu'elle la sermonne. Comme une enfant qui se serait fait réprimander, elle s'était faite discrète en espérant que le commis bourru ne la dénoncerait pas. Le temps avait passé et, heureusement, elle ne l'avait pas croisé de nouveau. La curiosité la brûlait cependant de savoir s'il avait pris le temps de mettre ses menaces à exécution. Adéline prit un nouveau biscuit pour se donner une contenance et toussota timidement.

— Est-ce que tu te souviens, ma tante, quand nous avons reçu un appel pour des serviettes manquantes dans une des suites, il y a quelques semaines ?

— Oui, j'ai sermonné la fautive. Les Sloane sont des clients importants de l'hôtel, on ne peut pas se permettre de faire de tels oublis ! Par chance, ils n'ont pas porté plainte.

— Je ne sais même pas si les Sloane ont été mis au courant. C'est la dame de compagnie de Mlle Sloane qui m'a ouvert la porte quand j'ai fait la livraison des serviettes manquantes. Elle m'a paru sympathique et elle m'a dit qu'un oubli pouvait arriver et qu'elle ne nous en tiendrait pas rigueur.

— C'est de toute évidence ce qu'elle a fait parce que, fort heureusement, personne ne s'est plaint.

Adéline mangea son biscuit et pinça entre son pouce et son index les miettes qui s'étaient accrochées à la dentelle de sa blouse avant de les déposer sur la petite serviette de table devant elle. Philomène se demandait bien où sa nièce voulait en venir en revenant sur cet événement passé qui s'était avéré sans conséquence. Le comportement d'Adéline intrigua Philomène.

— Ça s'est bien passé quand tu as livré les serviettes? demanda-t-elle.

— Oh oui, comme je te l'ai dit, la dame de compagnie était fort sympathique. C'est en revenant que s'est produit un incident.

Philomène releva un sourcil. Elle commençait à être inquiète devant l'hésitation de sa nièce à se confier. Percevant l'agitation dans les yeux de sa tante, Adéline prit une inspiration avant de lui faire le récit de ce qui s'était passé. Au fil de sa narration, Philomène se détendit.

— Cet homme était furieux et il n'a jamais voulu accepter mes excuses. Il m'a dit qu'il t'en informerait et que je serais blâmée pour mon étourderie.

— Personne n'est venu me voir à ce sujet.

— Ah non? Pourtant...

Adéline se gratta la tête de l'index, elle était presque certaine qu'il l'avait fait.

— Je pensais qu'il t'avait avertie et que tu avais passé cela sous silence, expliqua-t-elle.

— Non, ce n'est pas le cas.

— Je suis surprise qu'il ne l'ait pas fait, il était vraiment fâché.

Puisque Philomène ignorait jusqu'alors sa bêtise, Adéline regrettait presque de lui en avoir fait le récit. Sans le savoir, elle venait de confesser inutilement son erreur.

— J'imagine que tu as tiré une leçon de tout ceci, dit Philomène.

Le regard bienveillant de sa tante apaisa Adéline, elle qui avait craint qu'elle s'emporte comme l'homme l'avait fait.

— Oh oui, ma tante ! Je ne cours plus dans les couloirs pour tenter de rattraper mon tramway, c'est bien certain !

— Tant mieux, alors, parce que dans ton empressement, c'est un client que tu aurais pu bousculer.

Adéline acquiesça, soulagée, mais intriguée que le commis n'ait pas donné suite à ses menaces. Une fois la colère passée, il avait probablement réalisé que sa faute n'était pas si grave, finalement, pensa Adéline. Après tout, il n'y avait pas eu mort d'homme, seulement un peu de vaisselle cassée et une veste tachée par les aliments qui s'étaient éparpillés. Appréciant la chance qu'elle avait que l'histoire ne se soit pas rendue plus loin, Adéline, le cœur plus léger, se servit un autre biscuit.

* * *

— Tu peux aller prendre ta pause, Julien, je devrais être capable de me débrouiller si de nouveaux clients arrivent. Il n'y a jamais une grande affluence à cette heure-ci.

— Tu es certain, Jerry ? Je ne voudrais pas te laisser dans la misère…

Jerry Parent pointa du menton deux autres bagagistes qui se tenaient droits près des portes tournantes de l'entrée principale de l'hôtel.

— Ils pourront m'aider si nécessaire. Ils ne sont pas aussi efficaces que mon «livreur de glace» préféré, mais je m'en contenterai. Et puis, Foster lui-même m'a dit qu'un de nous deux peut aller en pause. J'irai après toi aujourd'hui.

Julien acquiesça en silence et salua de la main son collègue avant de sortir à l'extérieur pour prendre un peu d'air. Une neige fine tombait doucement sur la ville. Julien se mit à penser que, cette année, la glace gèlerait probablement plus tôt sur le fleuve puisqu'il avait fait froid plusieurs jours d'affilée à la fin du mois de novembre et la froidure qui sévissait en ce début décembre avait surpris plusieurs Montréalais. L'hiver frappait dur et vite, comme il le fallait pour réapprovision-ner les entrepôts de glace. Ses anciens collègues pourraient en récolter plus tôt que l'année précédente et Dubh pourrait faire encore plus d'argent, pensa Julien en fouillant dans la poche de sa veste pour en sortir un paquet de Player's Navy Cut. Il porta la cigarette à sa bouche puis, cherchant son briquet, il se ravisa et s'éloigna de l'entrée principale. Foster, à la réception, les avait avertis à plusieurs reprises qu'ils devaient se déplacer plus loin pour fumer afin d'éviter d'importuner les clients. Le fait de penser à ses collègues le rendit légère-ment mélancolique. Il avait tout de même aimé travailler avec eux, surtout quand Paddy dirigeait l'entreprise. Ses collègues lui manquaient parfois même s'il s'entendait bien avec les bagagistes du Ritz-Carlton.

Julien parcourut les quelques mètres pour se rendre au coin de la rue de la Montagne, qui traversait Montréal du nord au sud et descendait en pente douce vers le fleuve. Quand il était livreur, l'arrivée dans cette rue représentait l'heure de la pause puisque, chaque fois, il s'arrêtait avec Victor pour discuter avec Marius. Depuis son embauche au Ritz-Carlton, il n'avait pas osé se rendre jusqu'aux cuisines pour aller saluer son ami. Les pauses en sa compagnie lui manquaient autant que la présence divertissante de Victor. Son ami était toujours à l'emploi de la City Ice House, mais le cœur n'y était plus. Il répétait souvent à Julien que s'il n'avait pas eu de famille à faire vivre, il serait parti lui aussi pour travailler ailleurs.

Julien alluma sa cigarette et songea honteusement qu'il avait toujours méprisé les gens qui fumaient par le passé. Pourtant, il faisait à présent partie de ce groupe de personnes. Il appréciait de plus en plus la satisfaction de tirer quelques bouffées de ce qu'il avait toujours qualifié de clous de cercueil.

Julien s'avança jusqu'au coin de la rue et il remarqua des hommes qui prenaient eux aussi leur pause, près de l'entrée secondaire sur la rue de la Montagne. Il chercha quelques secondes Marius et, le reconnaissant grâce à sa moustache, il augmenta la cadence pour se diriger vers lui.

Le visage de Marius s'éclaira lorsqu'il le reconnut et il fit quelques pas dans sa direction.

— Ah ben! Le livreur de glace qui a troqué ses blocs de glace pour des bagages! Quelle belle surprise!

Marius lui offrit une solide poignée de main.

— Victor m'avait dit que tu t'affairais maintenant ici comme bagagiste, mais j'avais du mal à le croire. Comme tu n'étais pas encore venu me saluer, j'ai pensé que Victor avait pu se tromper!

— Je travaille ici depuis quelques semaines déjà. J'ai voulu venir te voir à quelques reprises, mais il était toujours trop tard et j'étais certain que tu avais terminé ton quart de travail.

— Content de te savoir parmi nous ! Bienvenue au Ritz !

Marius le détailla des pieds à la tête.

— Ouais ! L'uniforme te va bien ! Donc, si Victor disait vrai sur ton embauche ici, il devait être sincère en racontant que tu avais mis ton poing dans la figure de ton patron…

Julien baissa les yeux et tira une dernière bouffée de sa cigarette avant de l'écraser avec son talon. Combien de temps encore cette histoire le pourchasserait-elle ? Son poing était parti tout seul, mais cet incident avait pris une ampleur insoupçonnée. Julien haussa les épaules en signe d'impuissance. Marius donna une claque sur l'épaule de son ami.

— Si tu veux mon avis, ç'a pris du temps avant que quelqu'un se décide à le remettre à sa place. Tu as bien fait de lui casser la gueule. Victor m'a dit qu'il se montre un peu plus tolérant envers ses employés maintenant. En tout cas, le nouveau coéquipier de Victor, un certain M. Bernier, ne tarit pas d'éloges à ton endroit.

— J'ai fait ce que je croyais juste, tout simplement. Le manque de respect de Dubh à l'endroit d'un honnête travailleur, de cet âge en plus, était tout à fait intolérable.

— Je le répète, tu as bien fait, mon ami ! Comment trouves-tu ton nouveau travail ? Les bagages se transportent mieux que les blocs de glace, j'imagine ?

— Le climat de travail est vraiment plus agréable que celui qui prévalait à la City Ice House.

— Je n'en doute pas une seconde. Victor t'envie énormément d'avoir réussi à te placer ici. Les livraisons se sont espacées avec le froid qui s'installe, mais je continue de le fournir en pâtisseries quand il vient faire son tour. Ça l'aide à endurer les frasques de son patron.

— Ça fait un petit bout que je ne l'ai pas vu.

Julien avait négligé ses anciens collègues depuis son embauche au Ritz et il regrettait la jovialité de Victor, de Germain et de tous les hommes qui avaient partagé son quotidien depuis tant d'années. Comme s'il avait lu dans ses pensées, Marius lui dit :

— Ce serait bien d'aller prendre une bière avec Victor un de ces soirs. Les fêtes approchent et je suis passablement occupé avec tous les banquets du Ritz, mais après, en janvier, quand ce sera plus tranquille, on devrait se donner rendez-vous autour d'une bonne bière froide !

— Ce sera avec plaisir !

Julien reporta son attention sur sa montre de poche.

— Je vais devoir retourner au boulot si je ne veux pas devoir supplier Dubh de me reprendre !

— Il doit bien te rester quelques minutes de pause encore ?

Julien acquiesça et Marius l'entraîna vers le petit groupe.

— Viens que je te présente à mes collègues. Ensuite, si tu veux, je te ferai visiter rapidement la cuisine.

Julien se laissa convaincre et le suivit alors qu'il entreprenait de le présenter à tous. Avec un sourire taquin, Marius termina en disant :

— Faites attention, les gars, Julien ne s'en laisse pas imposer et notre ancien livreur de glace sait se défendre, croyez-en ma parole !

Tour à tour, les collègues de Marius le saluèrent en souriant puis le commis entraîna son ami à l'intérieur.

— J'aimerais bien te faire visiter la cuisine de fond en comble, mais mon chef n'aimera probablement pas qu'un employé d'un autre secteur mette son nez dans ses chaudrons. Les chefs sont des êtres capricieux. Un peu moins quand même que les propriétaires d'entrepôts de glace !

Marius poussa doucement la porte battante et invita Julien à faire quelques pas à l'intérieur de la cuisine. Julien avait lu dans les journaux que les plats servis au Ritz-Carlton étaient recherchés dans toute la métropole et il ne pouvait qu'abonder en ce sens. Les effluves de nourriture qui cuisait lui mirent l'eau à la bouche et il ne put s'empêcher de s'exclamer :

— Ça creuse l'appétit toutes ces bonnes odeurs. Vivement la fin de mon quart de travail ! C'est certain que ça ne sera sûrement pas aussi bon que ce que vous cuisinez ici, mais on devrait trouver de quoi se régaler, ma sœur et moi.

— C'est pareil chez nous. Je passe mes journées à cuisiner et, quand je rentre chez moi, je prépare rarement quelque chose d'aussi élaboré que ce que nous faisons ici. La fatigue se fait sentir, après le boulot. Ma sœur est mauvaise cuisinière et elle compte sur moi pour faire les repas.

— La mienne se débrouille dans la cuisine, mais elle aime bien quand je prends les choses en main.

— Nos sœurs ont des frères dépareillés, j'espère qu'elles le savent ! s'amusa Marius.

Julien promena son regard sur l'étrange ballet qui régnait dans la cuisine. Toute cette coordination entre les différents employés était à la fois impressionnante et fascinante. Marius resta quelques secondes silencieux aux côtés de son ami. Il avait toujours aimé l'ambiance qui régnait dans la cuisine et il était heureux de pouvoir prendre le temps d'observer ses collègues vaquer à leurs diverses occupations.

— Bon ! fit Julien. Je vais retourner à mes valises et te laisser dans cette bonne odeur de boustifaille !

— Très heureux de t'avoir revu, mon ami. Je ne t'oublie pas pour la bière, promis ! Bonne fin de journée à toi !

Marius serra de nouveau la main de Julien avant de se faufiler à travers le va-et-vient des cuisiniers, des commis de cuisine et des aides de toutes sortes. Se sentant choyé d'être capable de nouer facilement des amitiés et avec l'expectative d'une sortie en compagnie de Victor et de Marius, Julien parcourut les dédales de l'hôtel en sifflant jusqu'au hall d'entrée, où Jerry l'attendait pour prendre sa pause.

* * *

Violette somnolait doucement, menton appuyé sur sa poitrine. Sa tête suivait le roulement du train sur les rails. Ida, assise à ses côtés près de la fenêtre, observait le paysage qui défilait. Pauline, en face d'elle, avait déposé un livre sur ses genoux, mais elle ne lisait pas vraiment. Ida n'avait pas eu connaissance qu'elle eût tourné la moindre page depuis un bon moment déjà. Pauline regardait elle aussi le paysage. Le train venait tout juste de franchir le fleuve Saint-Laurent et allait bientôt entrer en gare. Ida sentait l'excitation la gagner. Cette dernière portion du trajet lui signifiait que son voyage prendrait bientôt fin. Son père l'avait devancée et se trouvait déjà à Montréal. Pour la première fois, Bruce avait décidé de célébrer les fêtes de fin d'année dans la métropole canadienne. Ida n'avait pas envie de passer ce temps de réjouissances loin de son père et elle réalisait peu à peu tout l'attachement qu'elle éprouvait vis-à-vis de ses nouveaux amis montréalais. Il y avait d'abord le couple Meredith, qui se réjouissait de les compter parmi leurs invités lors du réveillon de Noël, puis Nora Hughes qui espérait une visite de sa part durant son séjour. Candice Nolan, qu'elle avait rencontrée chez les Connelly, l'avait elle aussi invitée. Madison Morgan voulait aller faire les boutiques avec elle et Pauline. Ida envisageait de se soustraire à cette activité en envoyant son amie à sa place, elle qui n'était pas friande de magasinage.

Pauline referma son livre et le rangea dans le sac à ses côtés.

— Je n'ai jamais aimé les trajets en train, ils sont interminables! Je préfère de loin les voyages en paquebot; au moins, il y a des activités à faire pendant la traversée.

— Tu avais pourtant un livre pour passer le temps, sinon, tu aurais pu faire comme Violette et dormir un peu, la taquina Ida.

— Je n'ai jamais aimé dormir en public, tu sauras, ma chère !

— Nous serons bientôt arrivés, Pauline, ne désespère pas.

Pauline reboutonna son manteau qu'elle avait gardé durant tout le voyage, bien que la cabine de train fût chauffée. Elle remit son chapeau et déposa son sac sur ses genoux, prête à débarquer dès que la locomotive s'arrêterait en gare.

— Je suis encore étonnée que tu aies réussi à me convaincre de venir passer les fêtes dans ce pays glacial.

— Il faisait tout de même froid à New York, à notre départ, se justifia Ida.

« Et puis, je ne t'ai pas obligée à rien », aurait-elle voulu lui dire, mais elle préféra garder le silence et reporter son attention sur le train qui venait de ralentir. Délicatement, elle toucha l'épaule de Violette pour la réveiller.

— Le train entrera en gare d'ici quelques minutes, Violette, lui dit-elle doucement pour la tirer du sommeil.

Violette ouvrit les yeux et porta un regard abasourdi sur le wagon, souriant timidement.

— Je suis désolée, mademoiselle, de m'être endormie. J'ai toujours été comme ça pendant les trajets en train, le roulement sur les rails est si reposant ! Les voyages en train sont beaucoup plus confortables que ceux sur la route.

Violette replaça son chapeau alors qu'Ida tirait discrètement la langue à son amie qui s'était plainte plus tôt au sujet des trains. La locomotive s'arrêta doucement au quai et Pauline se leva la première, prête à en descendre le plus vite possible. Ida la suivit de près, emportant une boîte à chapeau tandis que Violette s'occupait de son bagage à main. Les malles seraient chargées par le chauffeur qui viendrait les chercher.

— Tu as informé ton père de notre arrivée, j'espère ?

— Oui, il m'a promis d'envoyer un chauffeur pour venir nous chercher à la gare et nous conduire à l'hôtel. Je te le répète, il n'y a pas de souci.

— Je ne voudrais pas être obligée de monter dans un de ces taxis ! Et puis le voyage m'a complètement épuisée ! Je rêve d'un bon bain chaud et de changer de vêtements !

Ida leva les yeux au ciel. Il était arrivé à quelques occasions que Pauline doive prendre le taxi quand elle se trouvait à New York et jamais son amie ne s'était plainte de ce moyen de transport. Parfois, Ida se demandait ce qui la liait à Pauline, hormis le fait qu'elles étaient amies depuis leur enfance. Le snobisme de son amie la dépassait, parfois. Un agent de train aida les deux jeunes femmes et la domestique à descendre du wagon. Pauline tenait son sac serré contre elle et se laissa conduire vers la sortie. Ida s'avança vers la porte tournante, à la recherche du chauffeur engagé par son père. Pauline était restée derrière avec Violette, au grand soulagement d'Ida qui commençait sérieusement à s'inquiéter de l'absence du chauffeur. Elle se préparait à devoir convaincre son amie de prendre un taxi lorsqu'elle entendit son prénom à travers le va-et-vient de la foule.

— Ida ! J'avais peur d'avoir manqué votre arrivée.

Ida se figea en reconnaissant Fergus Connelly, qui se précipitait à sa rencontre.

— Votre père m'avait donné votre heure d'arrivée et je suis parti plus tard que prévu de mon bureau de la rue Saint-Jacques.

— C'est vous qui allez nous conduire à l'hôtel ?

— Oui ! J'ai été mandaté par votre père en personne !

Un homme suivait Fergus de près et récupérera les bagages d'Ida.

— Il y aura aussi les bagages de mon amie Pauline à prendre, l'avisa Ida.

— Votre père m'avait informé de son séjour. Vous avez finalement réussi à convaincre votre amie de se joindre à nous, émit Fergus.

— Ida peut se montrer très persuasive, intervint Pauline qui venait de s'approcher.

— Bienvenue à Montréal par ce temps glacial, Pauline !

— Je ne suis pas habituée à ce genre de température. J'espère que mes vêtements seront suffisamment chauds pour supporter ce froid sibérien.

Pauline referma son manteau alors que des voyageurs venaient de pousser une des portes et que le vent s'engouffrait dans la gare.

— C'est terrible! lâcha-t-elle en frissonnant. Ida a réussi à me convaincre de venir passer les fêtes avec elle au pôle Nord. En échange, elle devra m'accompagner ce printemps pour un voyage en Angleterre.

— Ça me semble être un excellent marché que vous avez passé toutes les deux! Je suis certain que vous vous habituerez au froid, ma chère. J'espère que vous avez tout de même fait bon voyage? lui demanda Fergus.

Pauline sourit à son interlocuteur et replaça d'une main son chapeau.

— Le voyage en train s'est bien passé. Il faut dire que j'étais en agréable compagnie. Ida est une partenaire de voyage hors pair!

Ida se mordit les joues pour éviter de rire. Pendant tout le voyage, c'est à peine si Pauline lui avait adressé la parole et les rares fois qu'elle l'avait fait, c'était pour critiquer le manque de confort d'une cabine de train.

— J'imagine donc que vous aussi avez fait bon voyage, Ida, fit Fergus.

Il les délesta de la boîte à chapeau que tenait toujours Ida et du sac que transportait Pauline. Il saisit aussi le sac de voyage de Violette, qui venait de les rejoindre.

— Suivez-moi, la voiture est stationnée tout près. Stan va se charger de récupérer vos affaires.

Ida suivit Fergus en silence alors que Pauline et lui bavardaient comme de vieux amis. Les deux jeunes femmes et la domestique s'installèrent sur la banquette arrière de la rutilante Chevrolet bleue alors que Fergus prenait place à l'avant, côté passager. Le chauffeur ne tarda pas à revenir.

— Je me suis arrangé pour que les bagages de vos invitées soient livrés directement au Ritz-Carlton, monsieur. Mesdemoiselles pourront les récupérer quand elles rentreront à l'hôtel.

— Merci, Stan. Vous nous déposerez à la maison et ensuite vous raccompagnerez Violette au Ritz.

Ida releva un sourcil et son regard croisa tour à tour les yeux de Violette et de Pauline, essayant de comprendre ce que venait d'énoncer Fergus. Il n'avait jamais été question que Pauline et elle se rendent chez les Connelly. Elles devaient rentrer directement à l'hôtel. Déterminée à élucider la méprise, Ida posa la main sur l'épaule de Fergus pour qu'il se tourne vers elle.

— Je croyais que vous nous conduisiez directement à l'hôtel…

— Ma mère tient à vous recevoir toutes les deux pour le souper. Votre père devrait venir nous rejoindre aussitôt que ses affaires seront réglées.

— Ce n'était pas ce qui était prévu, émit Ida en se rassoyant.

Pauline lui donna un léger coup de coude dans les côtes et lui souffla :

— Voyons, Ida, l'imprévu n'a jamais tué personne.

Pauline se pencha à son tour vers Fergus.

— C'est très gentil à votre mère de nous recevoir ! Ida est tellement casanière ! Ma chère amie ne répond presque jamais aux invitations spontanées.

Ida fit les yeux ronds à Pauline pour lui témoigner son exaspération. En général, elle aimait les situations spontanées, elle détestait cependant quand les gens prenaient des décisions pour elle.

— Ma mère est très heureuse de vous recevoir, elle a demandé à notre cuisinière de se surpasser pour le repas de ce soir. Ma mère se prépare depuis des jours depuis qu'elle a su que vous viendriez à Montréal.

Ainsi, cette activité était loin d'être spontanée, songea Ida qui se sentait prise au piège. Elle se renfrogna en croisant les bras. Fergus, percevant son malaise, s'excusa vivement :

— Peut-être que vous préféreriez passer par l'hôtel avant pour vous changer et vous reposer, mesdemoiselles ? Le voyage en train a dû être harassant...

— Pas du tout, le coupa Pauline.

Cette fois, ce fut Ida qui enfonça son coude dans les flancs de son amie. Elle n'avait pas arrêté de se plaindre pendant tout le voyage, répétant qu'elle rêvait de prendre un bain chaud sitôt arrivée à Montréal. Elle était même allée jusqu'à lui dire qu'elle était tellement épuisée qu'elle ne voyait pas comment elle pourrait se rendre à la salle à manger pour souper et qu'elle songeait à se commander un repas qu'elle mangerait directement dans la suite. Décidément, l'invitation de Fergus agissait comme un baume sur tous les maux de son amie. Encore une fois, Ida ressentit un pincement de jalousie qu'elle réprima aussitôt. Elle se redressa dans son siège. Elle irait à ce souper de malheur, essayerait de cacher son malaise et se montrerait de meilleure humeur afin de surpasser la fausse amabilité de Pauline. Il était hors de question qu'elle prenne le rôle de la trouble-fête.

***

Julien l'avait prévenue qu'il ne rentrerait pas pour souper, car il sortait prendre une bière avec quelques collègues du Ritz. Adéline se souvenait de cette fois où son frère était rentré tard sans l'avertir et du sentiment de colère qui l'avait submergée en réalisant à quel point Julien la tenait pour acquise. Elle était alors reléguée au rôle de ménagère, confinée derrière ses chaudrons, et elle détestait cette condition. Maintenant qu'elle avait elle-même une vie à l'extérieur de la maisonnée, la sortie de son frère prenait un autre sens. Blanche, sa collègue, l'avait invitée à magasiner avec elle sitôt qu'elles seraient en congé toutes les deux et Adéline attendait ce moment avec impatience. Elle était aussi libre que Julien et cette constatation la réjouissait. De toute façon, son frère s'était toujours montré raisonnable. Contrairement à bien des hommes de son âge, il fréquentait rarement les tavernes.

Josette était venue souper un peu plus tôt avec elle et les deux amies avaient passé de bons moments à bavarder de leur vie respective, même si Jean-Pierre Catudal occupait en grande partie les propos de Josette. Une fois son amie rentrée chez elle, Adéline s'était réfugiée dans son lit, un exemplaire du *Fantôme de l'Opéra* à la main, un roman paru quelques années plus tôt que sa tante Philomène lui avait prêté. La tante et la nièce s'étaient découvert ce point commun, elles étaient toutes deux friandes de littérature et dévoraient les bouquins comme d'autres s'empiffraient de pâtisseries.

Adéline avait lu quelques pages et attendu le retour de Julien, mais comme celui-ci tardait, elle s'était finalement assoupie. Des coups à la porte la tirèrent de son sommeil deux bonnes heures après qu'elle fut tombée dans les bras de Morphée. Adéline saisit son peignoir, qu'elle enfila, et se précipita dans le couloir qui menait à l'entrée, s'arrêtant soudain au milieu de sa course. Elle hésitait à aller ouvrir. On frappa de nouveau, ce qui lui confirma que Julien n'était pas rentré, car il aurait été réveillé par les coups à la porte. Soudain, l'inquiétude s'empara d'elle. Julien avait peut-être été victime d'un accident? Elle s'approcha de la porte qu'elle fixa pendant de longues secondes, imaginant le pire. Elle n'avait pas le choix que d'ouvrir afin d'en avoir le cœur net. Lentement, elle entrebâilla la porte et aperçut Julien, soutenu par deux hommes. À première vue, il ne semblait pas blessé, mais ivre, ce qui la rassura tout de même. C'était la première fois qu'elle voyait son frère dans cet état et elle recula d'un pas pour laisser entrer les deux hommes qui retenaient Julien qui, lui, souriait bêtement.

— Mes amis ont cru bon de me ramener. À ce qu'il paraît, je n'étais pas en état de le faire seul!

— Il peinait à mettre les pieds l'un devant l'autre, dit l'un des hommes.

Adéline indiqua aux deux individus le divan situé près de l'entrée. Julien y passerait la nuit, ce serait moins compliqué que de le conduire dans sa chambre. Des deux hommes, elle avait reconnu Victor Bellavance, mais l'autre lui était inconnu. Adéline avait serré son peignoir pour dissimuler sa chemise de nuit. Elle s'apprêtait à remercier les amis de son frère de leur gentillesse lorsqu'elle reconnut l'homme moustachu. Elle eut un mouvement de recul de le voir en plein milieu de son salon. Les deux hommes, passablement éméchés eux aussi, saluèrent leur ami en lui promettant qu'il aurait sans doute mal aux cheveux le lendemain en se réveillant. Ils ricanèrent tous deux en se dirigeant vers la porte d'entrée. Ils passèrent devant Adéline, toujours figée dans le couloir.

— Désolé du dérangement, Adéline, lui dit Victor avant de sortir.

L'homme à la moustache se tournait vers elle pour la saluer à son tour lorsque son regard croisa le sien. Il la dévisagea pendant quelques secondes puis son visage s'éclaira en la reconnaissant lui aussi.

— Ah ben! Qui aurait dit que la poule pas de tête qui courait dans les couloirs du Ritz était la sœur de mon ami Julien! s'étonna-t-il.

Adéline pinça les lèvres et croisa les bras. Même après les heures de travail, il s'avérait déplaisant. Elle avait peine à croire que Julien fût ami avec lui. Malgré toutes les excuses qu'elle lui avait formulées, il lui en gardait de toute évidence rancune puisqu'il l'avait qualifiée de poule pas de tête. Il osait l'insulter chez elle, en plus !

Marius n'en revenait pas non plus de la coïncidence. Julien lui avait dit à quelques reprises que sa sœur travaillait elle aussi au Ritz-Carlton, mais jamais il n'avait mentionné qu'elle était femme de chambre. Son commentaire déplacé lui avait échappé et Marius regrettait de l'avoir taquinée en la traitant de poule pas de tête. Elle paraissait maintenant furieuse et Marius ignorait comment se racheter. Il comprenait qu'elle fût fâchée. Marius se préparait à s'excuser de son intrusion, et surtout de son impolitesse à son endroit, lorsqu'elle brisa le silence :

— Je suis peut-être une poule pas de tête, comme vous dites, mais qui aurait dit que mon frère se tenait avec du monde aussi mal élevé ? Au moins, vous êtes un peu plus propre que la dernière fois où l'on s'est croisés, lança-t-elle sur un ton acerbe.

Adéline regretta ses paroles. Cet homme avait le don de la faire sortir de ses gonds. Alors qu'elle aurait dû le remercier d'avoir raccompagné Julien, elle avait plutôt envie de le mettre à la porte sans lui exprimer la moindre gratitude. Victor attendait sur le trottoir et il était trop aviné pour tenir compte de leur petite joute verbale. Afin d'éviter de perdre la face, Marius lança :

— Je n'ai pas l'habitude de me salir. La seule fois où j'ai dû frotter des taches sur ma veste de cuisine, c'était à cause d'une irresponsable qui avait renversé un saucier complet sur moi.

— Il ne s'agissait que de quelques éclaboussures… Un saucier complet ! Vous exagérez, s'emporta-t-elle.

Marius était allé trop loin et il s'en rendit compte. Il tenta de revenir en arrière et lui dit d'un ton radouci :

— J'ai cependant suivi vos conseils et utilisé un produit détachant. Plus rien n'y paraît maintenant.

Adéline ne releva pas la trêve qu'il essayait d'établir et lui dit sèchement :

— Je me suis excusée quand l'incident est arrivé, ne vous attendez pas à ce que je le fasse chaque fois que nous nous croiserons. Maintenant, il se fait tard et la moindre des politesses serait de nous laisser seuls.

Le petit sourire que Marius affichait derrière sa moustache s'évanouit. Le commis de cuisine franchit le seuil et tourna les talons pour rejoindre Victor qui l'attendait plus loin. D'un souffle, sans être tout à fait certaine qu'il entendrait, Adéline, repentante, lui dit :

— Merci tout de même d'avoir raccompagné mon frère.

L'homme ne se retourna pas. Victor la salua de la main avant de rattraper son ami d'un pas rapide.

***

Des célébrations avaient eu lieu au Ritz-Carlton dans le but de souligner la Nativité. Un peu plus tôt dans l'après-midi, les enfants avaient eu droit à leur bal ainsi qu'à un dépouillement d'arbre de Noël qui s'était avéré un franc succès. Le soir venu, ce fut au tour de leurs parents de festoyer. En tant qu'instigatrice de cette organisation d'envergure, Martha Connelly s'était montrée satisfaite de la soirée qui avait suivi le bal des enfants. À ses côtés, Ida semblait imprégnée de la même félicité. Fergus lui avait dit qu'Ida avait l'habitude d'organiser pareils événements à New York et elle avait eu raison de suivre les conseils de son fils en lui demandant son aide. Ida et son amie Pauline avaient participé aux différentes étapes de la mise en place de la journée-bénéfice.

— Toutes les réjouissances d'aujourd'hui se sont avérées un franc succès et c'est grâce à vous Ida, exprima Martha.

La femme promena son regard sur les couples qui évoluaient au milieu du plancher de danse. Au fond de la salle, un orchestre interprétait la pièce *Songe d'automne* d'Archibald Joyce. Ida se laissait porter par les premières notes de la valse qui, malgré sa beauté, l'avait toujours rendue mélancolique. La jeune femme n'avait pas chômé pour organiser cette journée et satisfaire les petits autant que leurs parents. L'épuisement la menaçait. Elle se prépara à retourner à sa chambre pour aller se reposer maintenant qu'elle était assurée de la réussite de la soirée.

— Vous avez suffisamment travaillé, ma chère, il serait temps de vous amuser comme votre amie Pauline, émit Martha.

— Je suis fatiguée, je pense qu'il vaudrait mieux que je remonte à ma chambre.

— Voyons donc! Profitez-en pendant que vous êtes encore jeune!

Martha Connelly avait probablement raison, mais Ida était réellement épuisée. Elle avait travaillé fort aujourd'hui. De plus, elle couvait un rhume depuis quelques jours et elle rêvait du moment où sa tête se déposerait sur son oreiller. Pauline, qui dansait en compagnie de Samuel Hamilton, passa devant elle. Son amie la gratifia d'un sourire complice. Elle avait rencontré le jeune homme lors du souper donné en leur honneur par Martha Connelly, à leur arrivée. Sam Hamilton était un ami de longue date de Fergus et avait plu à Pauline dès leur première rencontre. La New-Yorkaise avait passé plusieurs journées en sa compagnie et Ida se plaisait à taquiner son amie en lui disant qu'elle aurait bientôt une attache à Montréal, elle qui peinait à imaginer vivre dans un pays aussi glacial.

Fergus venait de quitter les deux hommes avec qui il discutait et s'approcha de sa mère et d'Ida par le fait même.

— Vous pouvez être fière de cette soirée, ma chère maman. Tout le monde n'a que de bons commentaires à votre endroit.

— Le mérite ne me revient pas entièrement, Fergus. Ida m'a beaucoup aidée ainsi qu'Elspeth Meredith et Nora Hughes. Il y a longtemps, d'ailleurs, que cette dernière ne s'était pas impliquée autant dans une cause. C'est tout à son honneur et je suis si heureuse de voir qu'elle s'est libérée au moins pendant un moment de la morosité qui semblait l'habiter depuis quelque temps.

— Les causes qui impliquent des enfants rallient toujours énormément de personnes. Mme Hughes a certainement été touchée puisqu'elle est mère, avança Ida.

Martha opina de la tête et chercha son mari parmi les hommes rassemblés çà et là.

— Assez bavardé, maintenant, allez, ouste ! Allez danser tous les deux tandis que je vais retrouver mon époux pour qu'il m'accorde cette valse. Amusez-vous, Ida, et encore une fois un énorme merci pour votre implication.

Martha s'avança et déposa un baiser sur la joue de la jeune femme avant de se faufiler parmi les couples qui dansaient. Fergus lui tendit la main :

— Vous permettez, mademoiselle ?

— Bien sûr !

Ida se laissa entraîner parmi les valseurs malgré la fatigue et un mal de tête qui s'installait lentement. Elle pouvait sentir la chaleur de la main de Fergus dans le creux de son dos et cette sensation lui procurait un frisson qu'elle attribua à son état enrhumé.

— Pauline et Sam semblent bien s'entendre. Je suis vraiment heureux pour lui, votre amie l'a charmé dès les premiers instants, selon ce qu'il m'a dit. Il envisage même de lui rendre visite à New York ce printemps.

— C'est vrai qu'ils forment un beau couple.

— Je ne serais pas surpris que lors de votre prochain séjour, Pauline se joigne à vous malgré l'hiver qui sera bien installé.

— Je ne sais pas quand je reviendrai à Montréal, mais vous avez probablement raison, Pauline sera la première à se faufiler dans le train pour m'accompagner.

— Je sais que vous reviendrez bientôt, Ida.

Ida recula et fixa le jeune homme dans le but de saisir le sens de ses propos. Heureux de l'effet qu'il venait de produire, Fergus enchaîna :

— Probablement que votre père aurait préféré vous l'annoncer lui-même, mais ce projet m'emballe tellement que j'ai envie de me confier à ce sujet.

Fergus ramena Ida près de lui.

— Votre père a décidé d'investir dans mon aciérie, n'est-ce pas formidable ? Le moment est parfait, alors que mon père souhaite se retirer tranquillement de ses affaires.

Ida pinça les lèvres, ne sachant pas si elle devait se réjouir de cette nouvelle. Son père avait omis de lui en parler et cela l'attristait. En même temps, elle l'avait très peu vu au cours des derniers jours. Bruce avait laissé la suite à sa fille et à son amie et il avait réservé une chambre sur un autre étage. Son père, en bon homme d'affaires, avait investi dans l'aciérie Connelly. Cela ne changeait rien à sa relation avec Fergus. Même si son père et Martha Connelly faisaient tout en leur pouvoir pour que les deux jeunes gens se côtoient, Ida se montrait moins récalcitrante depuis quelque temps. Elle avait décidé de se laisser une chance de mieux connaître Fergus pendant son séjour à Montréal. Le jeune homme se pencha vers elle et lui dit doucement :

— Vous savez, Ida, que nos parents ont de grandes espérances pour nous. Ce serait malhonnête de ma part de vous laisser croire que vous ne me plaisez pas. J'aime de plus en plus votre compagnie. Je suis persuadé que nous pourrions accomplir de grandes choses tous les deux.

D'abord, Ida s'arrêta de danser, prête à quitter la salle de bal, puis, même si les dernières paroles de Fergus l'avaient apaisée, elle sentait monter une colère sourde en pensant à cette liberté et cette indépendance qu'elle s'efforçait de sauvegarder et qui se trouvait soudainement menacée.

— Je ne vous cacherai pas que ma mère insiste énormément pour que je me rapproche de vous. Vous lui plaisez autant qu'à moi. Mais je ne suis pas pressé de répondre à ses aspirations et je veux prendre le temps de mieux vous connaître et que vous en fassiez autant. Je vous promets de modérer les transports de ma mère si seulement vous me confirmez que vous prendrez le temps de réfléchir sérieusement à un avenir avec moi.

Fergus la ramena près de lui et reprit sa valse. Il ne voulait rien précipiter et les inquiétudes d'Ida se dissipèrent. La patience dont il faisait preuve n'était pas à négliger. Les deux familles envisageaient une union entre eux et Fergus percevait cette réalité de la même façon qu'elle, en ne voulant rien bousculer.

— Votre franchise me touche énormément, Fergus, et je vais réfléchir à tout cela avec attention. Mon père s'avérera un associé à la hauteur de vos attentes, j'en suis certaine. Vous serez comblé par sa grande loyauté.

— Je compte aussi sur la vôtre, chère Ida.

Fergus lui prit la main et l'embrassa. Ida se sentit soudainement faible et étourdie par la valse et par la fatigue qui gagnait du terrain.

— Je pense que je vais me retirer dans ma chambre, si vous n'y voyez pas d'inconvénients, Fergus. Ce fut une longue journée et je suis fatiguée.

— Ma mère est vraiment heureuse de tout ce qui a été accompli. Vous avez été une alliée exceptionnelle. Permettez-moi de vous raccompagner.

— Ne vous donnez pas cette peine. Je n'ai que quelques pas à faire vers l'ascenseur. Je vous serais cependant reconnaissante si vous informiez Pauline que je me suis retirée dans ma chambre.

— Je le ferai avec plaisir. Bonne soirée, Ida.

Fergus posa les lèvres sur sa joue, qui était brûlante. Il en fut surpris. Toutefois, il n'insista pas pour la raccompagner afin de ne pas aller à l'encontre des confidences qu'il venait de lui faire. Il la suivit des yeux alors qu'elle se faufilait parmi les danseurs et quittait la salle.

Ida se sentit soudainement faible et s'apprêtait à revenir sur ses pas pour demander l'aide de Fergus, mais elle se ravisa. Elle ne voulait pas retourner dans la chaleur de la salle ; elle parviendrait à retourner à sa chambre seule. Le froufrou des robes, la musique et la chaleur qui régnait dans la pièce lui avaient donné le tournis. Elle respira un peu mieux à l'extérieur de la pièce. D'un pas chancelant, elle se rendit dans le hall d'entrée, passant devant la porte tournante pour se diriger vers l'ascenseur. Un mal de tête lui vrillait les tempes et des sueurs froides se faufilaient dans le creux de son dos. Elle s'appuya contre le mur près de l'ascenseur, attendant avec appréhension le retour de la cabine. Comme elle regrettait à présent d'avoir refusé l'offre de Fergus de la raccompagner jusqu'à sa chambre ! Les étourdissements s'accentuèrent et elle se sentit vaciller lorsqu'une poigne ferme la retint. Un bagagiste s'efforçait de l'empêcher de s'effondrer.

— Est-ce que tout va bien, mademoiselle ? lui demanda Julien d'une voix affable.

Ida reprit ses esprits malgré les étourdissements qui la tenaillaient.

— Oui, je vais un peu mieux.

Ida se laissa soutenir par l'inconnu, profitant de sa bienveillance. La cloche indiquant l'arrivée de la cabine retentit et les portes de l'ascenseur s'ouvrirent, ce qui lui permit enfin de s'avancer doucement. Toujours soutenue par le bagagiste, elle s'engouffra dans la cabine, tout en donnant les directives au liftier.

Julien l'avait aperçue lorsqu'elle était arrivée dans le hall. Pendant un moment, il avait cru qu'elle était ivre, mais rapidement, il avait réalisé qu'un malaise la terrassait et il se félicitait d'être intervenu à temps. Il la tenait fermement contre lui et ce contact le bouleversa. La jeune femme faisait partie des privilégiés de la société, mais elle avait soudain besoin de lui, un simple employé de l'hôtel. Elle avait repris des couleurs même si elle paraissait encore faible. L'ascenseur s'arrêta.

— *Here you are*, fit-il.

Julien, qui soutenait toujours la jeune femme, s'avança à ses côtés dans le couloir jusqu'à la porte de la suite qu'elle avait indiquée un peu plus tôt.

— Voulez-vous que je fasse appeler un médecin, mademoiselle ? lui demanda-t-il doucement.

— Ce ne sera pas nécessaire, souffla-t-elle.

Ida lui tendit la clé de la suite et Julien déverrouilla la porte avant d'entrer dans la pièce. Il fit quelques pas, la portant presque jusqu'à un sofa confortable où il l'aida à s'asseoir. Une carafe d'eau se trouvait sur le guéridon derrière elle. Sans attendre, il lui versa un verre et le lui apporta. C'est à ce moment qu'une dame s'avança dans le salon.

— *Miss* Ida, que se passe-t-il ? demanda-t-elle avec inquiétude.

— Tout va bien, Violette, rassurez-vous. J'ai eu une faiblesse en revenant à la chambre. Une bonne nuit de sommeil et tout ira mieux.

Julien se tenait en retrait, verre d'eau à la main, hésitant sur l'attitude à adopter. La jeune femme était en bonnes mains avec sa domestique, mais en même temps, il voulait s'assurer qu'elle allait mieux. Ida se tourna vers lui. Julien fut saisi à cet instant par sa grande beauté. Elle avait repris des couleurs et ses yeux bleus remplis de reconnaissance se posèrent sur lui.

— Merci, monsieur, de m'avoir raccompagnée jusqu'ici, lui souffla-t-elle.

— Ce fut avec plaisir, mademoiselle, lui répondit-il, subjugué.

Violette brisa cette ambiance intime qui s'installait entre eux. Elle trouva quelques billets qu'elle tendit au bagagiste en guise de remerciements.

— Merci pour votre aide.

— Julien Couturier pour vous servir, mademoiselle.

Le jeune homme s'inclina exagérément, sans renverser le verre d'eau qu'il tenait toujours à la main, fier de se débrouiller aussi bien en anglais. Malgré son état, Ida réprima un fou rire. De la voir s'amuser un peu rassura Julien. Elle semblait aller mieux et il pouvait repartir. Il lui tendit le verre d'eau et elle le saisit délicatement avant de le remercier d'un hochement de tête. La domestique le raccompagna jusqu'à la porte.

— Bonne soirée, monsieur Couturier, et merci encore d'avoir raccompagné Mlle Ida à sa chambre.

La porte se referma. Julien demeura quelques secondes à fixer le bois massif de la porte de la suite. L'effet qu'avait eu sur lui la jeune femme le bouleversait. Heureux d'être intervenu auprès d'elle, il marcha jusqu'à l'ascenseur, toujours sous le charme. Il avait déploré de devoir travailler pendant le temps des fêtes, mais cela avait valu la peine, ne serait-ce que pour rencontrer cette personne qui l'avait tout de suite ému. Il eut soudain l'impression que sa vie venait de prendre un tournant, sans trop comprendre pourquoi. D'un pas léger, il s'introduisit dans l'ascenseur en sifflotant.

* * *

Adéline se laissa tomber sur le siège libre du tramway, juste à côté de Blanche. Elle ne se souvenait pas de la dernière fois où elle s'était rendue chez Dupuis et frères pour faire quelques achats. Son visage arborait un sourire satisfait en tenant sur ses genoux le sac qui contenait ses emplettes. Noël était déjà passé, mais heureusement, il restait le jour de l'An où elle serait en congé. Philomène avait finalement convaincu Julien de venir célébrer la fête chez elle. Sa tante fébrile préparait déjà ce fameux souper où ils seraient réunis, tous les trois. Blanche lui avait demandé de l'accompagner pour faire quelques achats. Adéline s'était laissé tenter par l'acquisition d'une nouvelle tenue. En magasinant après Noël, elles avaient pu bénéficier de rabais importants. Les deux jeunes femmes s'étaient donc donné rendez-vous rue Sainte-Catherine pour faire leurs achats.

Le sourire content d'Adéline s'effaça tranquillement en prenant conscience des dépenses qu'elle avait faites. Blanche surveillait son amie du coin de l'œil et pouvait déceler la culpabilité qui semblait soudain l'accaparer. Il est vrai qu'elles avaient beaucoup dépensé pour se procurer quelques effets personnels en plus des cadeaux qu'elles souhaitaient offrir à leur famille. Elle-même ne se permettait pas souvent de petits écarts dans la gestion de son budget. Ses achats commençaient à lui peser sur la conscience elle aussi. Afin de se déculpabiliser, Blanche dit à son amie :

— Tu as bien fait de choisir cette jupe en serge marine. Avec la blouse coquille d'œuf que tu as achetée, ce serait vraiment très élégant.

— Je ne suis plus certaine que j'aurais dû acheter ces vêtements. J'ai quelques jupes de tweed que j'aurais pu porter et qui ne sont pas si usées. Ce sont des dépenses inutiles…

— Voyons, Adéline ! Nous travaillons fort toutes les deux, nous pouvons nous faire plaisir de temps en temps. Je doute que tu sois si dépensière, ça t'a pris plusieurs jours à te décider à m'accompagner au magasin. Et puis nous avons été chanceuses, tout était en vente !

— C'était difficile de trouver une journée où nous étions en congé toutes les deux. Il est vrai cependant que je ne dépense pas pour rien, d'habitude.

— Peut-être as-tu peur de ce que pourrait penser ton frère en te voyant revenir avec tes achats ?

Adéline commençait à s'habituer aux commentaires espiègles de sa nouvelle amie. Elle reporta son attention sur son sac qui reposait sur ses genoux et qu'elle ouvrit comme pour valider les dépenses qu'elle venait de faire. Une jupe, une blouse et des bas de coton pour elle, des gants de cuir pour sa tante, un rasoir pour son frère et un savon de fantaisie pour Josette. Rien qui ne vaille la peine de se sentir aussi coupable. De plus, elle pourrait porter à d'autres occasions les vêtements sobres qu'elle avait achetés. Elle était convaincue que Julien ne dirait rien. Son frère n'était pas quelqu'un de pingre et il la laissait gérer elle-même la paye qu'elle recevait.

— Ça te dirait de venir souper chez nous ? demanda Blanche pour changer de sujet.

— Je ne voudrais pas déranger.

— Ma mère adore avoir de la visite. Ça la change de son quotidien. Depuis le temps que mon frère et elle entendent parler de toi ! Je serais bien heureuse de faire les présentations.

Adéline avait envie de se laisser convaincre. Blanche lui avait tellement parlé de sa mère qu'elle aimait plus que tout ! La dame avait eu une attaque quelques années auparavant, la laissant invalide. La fille et le fils s'occupaient d'elle tour à tour. Adéline songeait parfois qu'elle aurait accepté que leur père soit ainsi diminué pour pouvoir malgré tout bénéficier de sa présence. Le temps des fêtes avait toujours apporté son lot de nostalgie, Adéline ne pouvait s'empêcher de penser à ses parents qui lui manquaient tant. Elle songea avec gratitude à Philomène, qui était heureusement revenue dans leur vie.

— Tu es certaine que je ne dérangerai pas ?

— Certaine !

— D'accord, j'ai bien hâte de rencontrer ta mère et ton frère.

— Dans ce cas, tu ne peux pas refuser mon invitation !

Adéline passa tout droit son arrêt de tramway et suivit son amie jusqu'à la rue de Courcelle, à quelques pâtés de maisons de chez elle. Elle ne s'était jamais demandé où habitait son amie et fut étonnée de constater que sa résidence se trouvait si proche de la sienne.

— Nous sommes presque voisines, toutes les deux, s'écria-t-elle.

— Nous sommes déménagés dans ce quartier à la mort de mon père. Quelques années plus tard, c'est maman qui avait son attaque. La vie ne nous a pas épargnés, comme elle le dit souvent, mais notre amour familial est plus fort que tout.

Blanche avait tellement de points communs avec elle qu'Adéline en était chaque fois surprise. Elle suivit son amie en silence, jusqu'à une petite maison située près de la voie ferrée. Blanche gravit les quelques marches menant à l'entrée. Elle ouvrit la porte et lança joyeusement :

— Je suis de retour et j'amène de la belle visite !

Blanche retira son manteau et ses bottes et son amie l'imita. Une bonne odeur d'oignons qui rissolaient se propageait jusque dans l'entrée et mit l'eau à la bouche des deux acheteuses. Adéline laissa son sac d'emplettes et suivit Blanche jusque dans sa chambre où elle dissimula ses achats sous son lit.

— Il est hors de question que mon frère trop curieux fouille dans mes affaires, expliqua-t-elle. Il devra attendre pour savoir ce que je lui offre comme présent.

— Le mien est pareil ! Un vrai gamin incapable d'attendre. Je devrai moi aussi cacher mes emplettes en arrivant, plaisanta Adéline.

Elles traversèrent un couloir où Adéline pouvait percevoir les voix de la mère et du frère de Blanche. Son amie lui avait expliqué que, la plupart du temps, la charge des repas revenait à son frère qui excellait derrière les fourneaux. En arrivant dans la cuisine, Adéline surprit le frère de Blanche, penché sur sa mère. Avec prévenance, il lui donnait à boire, essuyant délicatement à l'aide d'un linge les gouttes qui s'échappaient sur le menton de la femme. Ce geste de tendresse ébranla Adéline. Le rôle de la mère s'occupant de ses enfants était à présent inversé et le frère de Blanche se prêtait au jeu avec tout l'amour du monde. La dame signifia à son fils qu'elle avait assez bu et se tourna vers sa fille. Elle détailla de son visage à moitié paralysé l'inconnue qui se trouvait à ses côtés.

— Maman, laissez-moi vous présenter mon amie Adéline qui travaille avec moi au Ritz.

— Bonjour, Adéline, marmonna-t-elle.

— Je suis heureuse de vous rencontrer enfin, madame Lafortune.

Adéline prit la main tremblante que la dame lui tendait. Un chaudron contenant de l'eau qui bouillait déborda et le frère de Blanche se précipita pour le retirer du feu. Quand il se retourna pour saluer l'amie de sa sœur, son sourire s'effaça. Adéline recula, reconnaissant le commis de cuisine qui lui faisait des misères depuis l'incident du chariot. Il s'essuya les mains sur le linge qu'il tenait avant de lui en tendre une. Adéline hésita une seconde à participer à ce genre d'armistice qu'il tentait d'installer. Comme les yeux de Blanche et de sa mère étaient fixés sur eux, elle consentit au cessez-le-feu.

— Heureux de vous rencontrer, Adéline. Le repas sera bientôt prêt si vous voulez vous joindre à nous.

— Ça sent délicieusement bon, émit-elle faiblement.

— Assoyez-vous toutes les deux, il ne me reste que la sauce à préparer !

Marius lui fit un clin d'œil et Adéline réprima un fou rire. Son geste tendre à l'endroit de sa mère, un peu plus tôt, et son sens de la répartie la convainquirent de déposer les armes. Elle lui sourit et il l'imita avant de retourner derrière son fourneau.

* * *

Philomène s'adossa à son fauteuil et porta un regard rempli de reconnaissance à Adéline et à Julien qui se trouvaient tous les deux dans le salon de son modeste logis. Ils s'étaient échangé les vœux de bonne année et avaient partagé un fabuleux repas avant de procéder à un échange de cadeaux. Pour la première fois depuis des années, elle se sentait comblée par la présence de son neveu et de sa nièce. Le rapprochement qu'ils vivaient lui apportait une sérénité qu'elle n'avait pas ressentie depuis longtemps. L'année 1914 commençait sous de bons augures.

Note de l'auteure

L'écriture d'un roman historique permet certaines libertés. Si la plupart de mes personnages sont fictifs, quelques-uns sont librement inspirés de personnes réelles qui ont gravité dans l'univers du prestigieux Ritz-Carlton. C'est le cas notamment d'Elspeth Meredith et de son époux, Charles Meredith, un des associés fondateurs du Ritz. Ils sont traités ici comme des personnages fictifs et toutes leurs actions dans ce roman sont le pur fruit de mon imagination.

Encore plus chez Les Éditeurs réunis

Vous avez aimé *Les lumières du Ritz* ?
Vous apprécierez sûrement le titre suivant :

Le cabaret

Marylène Pion

1929. À la mort de son père, Ian Hughes revient s'établir à Montréal. L'homme d'affaires, exilé à New York depuis une décennie et ruiné autant par la prohibition que par la crise financière, hérite bientôt d'un ancien entrepôt de fourrures situé en plein cœur du quartier chaud du Red Light. C'est là qu'il décide d'ouvrir un cabaret. Pour y arriver, il s'associe avec Alexander Davis, un ami de longue date, et sollicite l'aide de Mme Candy, qui fait la pluie et le beau temps dans le secteur. Mais la concurrence est féroce…

Charlotte Delisle espère, elle aussi, sortir de la misère. L'ouverture du Heaven's Club représente pour cette jeune beauté une chance inouïe de quitter la maison close de la rue Sainte-Élisabeth, où elle traîne sa désillusion et ses lourdes contraintes. Même si elle n'y décroche qu'un emploi de *cigarette girl*, sa ténacité pourrait lui permettre de gravir quelques échelons insoupçonnés.

Les destins de Ian et de Charlotte, deux êtres écorchés par la vie, se croiseront entre les murs enfumés du cabaret de variétés qui accueille les plus prestigieuses vedettes américaines. Alors que les spectacles et les soirées endiablées se succèdent, la réussite et – surtout – le bonheur seraient-ils enfin à leur portée ?

Visitez lesediteursreunis.com pour plus de détails.